Bevor **Lillian Rose Grey** ihr Herz ans Schreiben verlor, studierte sie Wirtschaftswissenschaften und Management. Seit ihrer Jugend tummelten sich zahlreiche Buchideen in ihrem Kopf, die nur darauf warteten, endlich zu Papier gebracht zu werden. Ihre Romane begleiten junge Erwachsene mit viel Herz, Gefühl und Spannung auf ihrem Weg ins Erwachsenenleben. Neben dem Schreiben arbeitet sie als Dozentin in der Weiterbildung und lebt mit ihrem Mann und ihrer Tochter in Wiesbaden.

LILLIAN ROSE GREY

Mr Enemy and I

WENN AUS HASS LIEBE WÄCHST

Erstausgabe April 2022

© 2022 dp Verlag, ein Imprint der dp DIGITAL PUBLISHERS
GmbH

Made in Stuttgart with ♥
Alle Rechte vorbehalten

My Enemy and I

ISBN 978-3-98637-520-1
E-Book-ISBN 978-3-98637-412-9

Covergestaltung: Grit Bomhauer
Umschlaggestaltung: ARTC.ore Design
unter Verwendung von Motiven von
shutterstock.com: © dekazigzag, © TTstudio, © Natali Zakharova
Lektorat: Lektorat Reim

Satz: dp DIGITAL PUBLISHERS GmbH
Druck und Bindung: Books on Demand GmbH, Norderstedt

„Hier geblieben! Dachtest wohl, du kannst so einfach nach der Schule abhauen? Keine Chance, wir sind noch lange nicht mit dir fertig!"

Dröhnendes Gelächter drang an mein Ohr, gefolgt von einem scharfen Stich, der mir in die Eingeweide fuhr. Mein Kopf flog herum, und schließlich fanden meine Augen eine Gruppe Teenager, die eng aneinandergedrückt an einer Straßenecke standen. Sie lachten und schienen sich prächtig zu amüsieren, als mich die Erinnerung wie ein Blitz traf: Auch ich hatte einmal dort gestanden, genau an dieser Stelle, schwer atmend und mit dem Rücken an die Hauswand gepresst. Noch immer spürte ich die Panik in meiner Brust, als wäre es erst gestern gewesen. Ohne zu zögern, rannte ich los, direkt auf die Gruppe zu.

„Hört auf!", brüllte ich bereits von weitem und fünf Köpfe drehten sich gemächlich nach mir um. Sie schienen nur mäßig daran interessiert, wer es wagte, ihr kleines Intermezzo zu stören. Drohend baute ich mich vor ihnen auf, so gut es bei meiner geringen Körpergröße möglich war.

Ein großer Junge mit roter Basecap, der vermutlich der Anführer der Gruppe war, sah mich nur gelangweilt an und spuckte seinen Kaugummi vor mir auf den Boden.

„Verzieh dich, Kleine, das hier geht dich überhaupt nichts an." Abwehrend wedelte er mit der Hand, als wäre ich nur eine nervige Fliege, die sich versehentlich in seinen Dunstkreis verirrt hatte. Aber da hatte er die

Rechnung mit der Falschen gemacht. Kampflustig stellte ich mich direkt vor ihn und reckte das Kinn weit nach oben, um ihm zu signalisieren, dass ich keinerlei Angst vor ihm hatte. Ein Funken Interesse flackerte in seinen blauen Augen auf und erlosch gleich wieder. Mein suchender Blick fand ein Mädchen, das haltsuchend an der Hauswand lehnte, die Hände schützend vor das Gesicht gepresst. Sie roch förmlich nach Angst und Verzweiflung und ich konnte die Tränen fühlen, die sie mühsam zu verbergen versuchte. Diesen letzten Triumph wollte sie ihren Peinigern nicht gönnen.

Mein Herz krampfte sich vor Mitleid zusammen und entfachte meine Wut aufs Neue. „Ihr habt zwei Möglichkeiten", sagte ich gefährlich ruhig. „Entweder ihr verschwindet auf der Stelle und lasst das Mädchen in Ruhe, oder ich rufe die Polizei." Entschlossen zog ich mein Handy aus der Hosentasche und schwenkte es vor der Nase des Anführers hin und her. Mein Blick und meine Stimme ließen keinen Zweifel daran, wie ernst es mir war.

Einige Sekunden lang trugen wir ein stummes Gefecht aus, dann knickte die rote Basecap ein und blies zum Rückzug. „Kommt Leute, wir gehen. Die holen wir uns das nächste Mal." Mit voller Wucht trat er mit seinem schweren Stiefel gegen die Hauswand. Was für eine armselige Machtdemonstration!

„Beim nächsten Mal rufe ich direkt die Polizei, darauf könnt ihr euch verlassen", drohte ich und wusste genau, dass es nichts nützen würde. Davon ließen sich die Teenager nicht abschrecken, denn sie würden immer neue Orte und Wege finden, um ihr Opfer zu quälen. Immerhin traten sie endlich den Rückzug an, wenn auch murrend und unter Protest.

Als sie fort waren, wandte ich mich schnell dem Mädchen zu, das nun schluchzend am Boden kauerte. Jede Beherrschung war von ihr abgefallen und ihre Schultern bebten. Vorsichtig näherte ich mich ihr und berührte sie sanft am Arm, während ich mich in die Hocke sinken ließ. „Ist alles in Ordnung mit dir?"

Keine Reaktion. Ich konnte sie so gut verstehen. Schließlich waren es nicht nur die Worte oder die Handgreiflichkeiten, die einen verletzten. Am schlimmsten war die Scham. Wenn man zuließ, dass die eigenen Grenzen durchbrochen wurden, fühlte es sich an, als wäre man sich selbst nichts mehr wert. Zu Beginn wusste man noch, wer Täter und wer Opfer war. Doch irgendwann fing man an zu glauben, selbst für sein Leid verantwortlich zu sein: Du hast es so weit kommen lassen! Du hast dich nicht gewehrt! Du hast sie herausgefordert! Ich wünschte, sie könnte bereits jetzt verstehen, dass es nichts gab, für das sie sich schämen musste. Dass sie keine Schuld trug, sondern nur das Opfer war. Dass es einen hässlichen Namen für ihr Leiden gab: Mobbing.

Äußerlich sah sie unversehrt aus. Wie ein kleines Vögelchen mit ihrem zarten Gesicht und den kurzen Haaren, die es wie ein Flaum umrahmten. Doch ihre inneren Wunden waren unsichtbar. Vielleicht würden sich erst Jahre später die Narben zeigen, wenn der tägliche Kampf vorbei war und die Erinnerungen an ihre Peiniger sie einholten: an jeder Straßenecke, beim Gang in den Supermarkt, praktisch überall. So wie sie es bei mir taten, an jedem einzelnen Tag seit vier Jahren.

Ich wagte einen zweiten Versuch: „Kann ich dir irgendwie helfen?"

Ihr raues Lachen war Antwort genug. „Mir kann keiner helfen." Die Bitterkeit und Resignation in ihrem Blick ließen mein Herz schwer werden.

Am Anfang war noch die Hoffnung da, dass es besser werden würde. Dass sie irgendwann aufhörten, obwohl sie keinen Grund dazu hatten. Schließlich war man ein leichtes Opfer. Nahezu perfekt dargeboten auf der

Schlachtbank, die sich Klassenzimmer nannte. Mit Mitschülern, die eifrig mitmachten oder im besten Fall wegschauten. Toleriert von Lehrern, die zwar helfen wollten, aber zunehmend hilfloser wurden, bis sie irgendwann aufgaben.

Mühsam rappelte sich das Mädchen vom Boden auf. Ihre Beine zitterten, doch sie weinte nicht mehr.

„Kann ich dich nach Hause bringen?", fragte ich vorsichtig.

Doch sie schüttelte nur den Kopf. „Bitte nicht", antwortete sie leise und ich verstand sofort. Auch wenn es absurd war, wollte man seine Familie vor dem Schmerz schützen, den man Tag für Tag durchlitt. Wollte vermeiden, dass sie sich noch mehr Sorgen machte, als sie es ohnehin bereits tat. Stattdessen verhielt man sich so, als wäre alles in bester Ordnung. Als würde nicht jeden Tag ein kleines bisschen mehr der eigenen Seele sterben.

„Versprich mir, dass du dir Hilfe suchst. Es gibt immer eine Lösung, auch wenn du sie im Moment nicht siehst. Es wird besser werden", versuchte ich ihr Mut zu machen. Keines meiner Worte würde ihr weiterhelfen, doch ich musste es zumindest versuchen. Das war ich ihr und mir schuldig.

Ihr Mund verzog sich zu einem schiefen Grinsen. „Natürlich."

Sie glaubte mir kein Wort.

Es kam mir vor, als wäre es erst gestern gewesen, als ich an der Stelle dieses Mädchens gestanden hatte. Mein Vater hatte einen neuen Job angenommen und zusammen mit meinem kleinen Bruder Leo waren wir von Hamburg nach Stuttgart gezogen. Wehmütig hatte ich meine alten Freunde und meine geliebten Großeltern zurückgelassen, doch ich wusste, wie viel dieser neue Job meinem Vater bedeutete. Also beschloss ich, das Beste daraus zu machen. Fest entschlossen, mich in Windeseile einzuleben, freundete ich mich gleich zu Beginn der zehnten Klasse mit Lucy an. Wir waren wie Pech und Schwefel und ich war überglücklich, so schnell eine gute Freundin gefunden zu haben. Tagsüber steckten wir in der Schule die Köpfe zusammen und nachmittags trafen wir uns in der Stadt oder bei einer von uns beiden zuhause. Ich dachte, es könnte nicht schöner werden.

Doch als ich nach den Weihnachtsferien zurück in die Schule kam, war plötzlich alles anders. Ich spürte es in dem Augenblick, als ich das Klassenzimmer betrat und meine Mitschüler anfingen zu tuscheln. Als hätten sie nur auf mich gewartet, trafen mich ihre Blicke wie Dartpfeile. Hatte ich etwas Falsches gesagt oder getan? Doch niemand sprach mit mir und so setzte ich mich einfach auf meinen Stuhl und wartete ab. Erst als sich Jakob mit einem breiten Grinsen erhob und gemächlich auf meinen Platz zuschlenderte, dämmerte es mir langsam: Jakob Anderson, der fieseste Kerl der ganzen Schule, hatte mich auserkoren, sein nächstes Opfer zu sein.

Von Lucy wusste ich, dass er jedes Jahr einen Schüler herauspickte und ihn so lange quälte, bis er irgendwann den Spaß daran verlor und sich jemand Neues suchte. Diesmal war die Wahl auf mich gefallen und im Rückblick war mir auch klar, warum: Als neue Schülerin hatte ich noch keinen festen Stand in der Klasse. Zudem zogen meine leuchtend roten Haare und die zahlreichen Sommersprossen auf meinem Gesicht die fiesen Sprüche geradezu magisch an. Ich war das perfekte Opfer, und Jakob hatte es erkannt. Seine eisblauen Augen glitzerten voller Vorfreude, als er sich auf die Kante meines Tisches setzte. Lässig pustete er sich eine Strähne seines honigblonden Haares aus der Stirn, bevor er sich langsam zu mir hinunterbeugte. Ich konnte seinen Atem spüren und den Geruch nach Minzkaugummi riechen, als er mir ins Ohr flüsterte: „Gabs deine Sommersprossen umsonst oder hast du vor der Schule ein Schlammbad in der Pfütze genommen?" Gespannt beobachtete er mich, so als wartete er auf eine Reaktion. Vermutlich dachte er, dass ich in Tränen ausbrechen würde. Doch ich starrte ihn nur unbehaglich an, denn mir war zu diesem Zeitpunkt noch nicht vollends klar, was hier gerade passierte. Unendlich sanft strich er mit dem Zeigefinger über meinen nackten Unterarm bis hinauf zu der empfindlichen Stelle in der Ellenbeuge. Diese Geste stand in solchem Widerspruch zu seinen Worten, dass mich plötzlich ein unkontrolliertes Zittern erfasste. In diesem Moment hatte mein Körper unterbewusst erfasst, was Jakob vorhatte, während mein Verstand noch dabei war, zu begreifen. Freude leuchtete in seinem Gesicht auf und in diesem Moment wurde mir klar, dass er sein Ziel erreicht hatte. Jakob wollte die Panik in meinen Augen sehen. Er wollte meinen Angstschweiß riechen und die Krönung all seiner Wünsche waren meine Tränen. Aus alldem zog er seine innere Befriedigung. Ich öffnete den Mund, um etwas zu sagen, doch kein Laut kam hervor. Stattdessen blieb ich stumm, denn Leuten wie Jakob konnte man mit Worten nichts entgegensetzen. Innerlich schwor ich mir, niemals vor Jakob Anderson zu weinen. Er konnte alles mit mir machen, aber diesen einen letzten Teil meiner selbst würde ich ihm niemals geben.

Als er aufstand und zu seinem Platz zurückging, drehte ich mich zu Lucy um, die stocksteif an ihrem Tisch hinter mir saß und mich mit schreckgeweiteten Augen anstarrte. Ich suchte in ihrem Blick nach Unterstützung und Hilfe. Doch alles, was ich fand, waren Mitleid und Furcht. Keine Furcht vor Jakob, das wurde mir schlagartig klar. Sondern Furcht vor unserer Freundschaft und was mein neuer Status in der Klasse für sie selbst bedeuten würde. In diesem Moment wusste ich, dass ich Lucy verlieren würde. Und so kam es auch. Dieser Tag nach den Weihnachtsferien veränderte mein Leben von Grund auf und war der Startschuss für eine nicht enden wollende Reihe an Grausamkeiten.

Jakobs erstes Ziel bestand darin, mich in der Klasse vollständig zu isolieren. Egal, wen ich ansprach, und wenn es sich nur um die Bitte nach einem Stift handelte, niemand antwortete mir. In einigen Augen las ich Scham und die stumme Bitte um Verzeihung. Die anderen Mitschüler hingegen schienen es regelrecht zu genießen, an Jakobs Feldzug beteiligt zu sein, und machten eifrig mit.

Als ich mich beinahe daran gewöhnt hatte, dass niemand mit mir sprach, änderte Jakob seinen Kurs. Der Psychoterror begann, zunächst nur gemächlich, um dann immer mehr an Fahrt aufzunehmen. Über Schimpfwörter wie „Karotte" für meine Haare oder „Matschgesicht" wegen der Sommersprossen konnte ich noch hinwegsehen. Bei „fetter Kuh" und „Elefantenbeinen" musste ich hingegen schwer schlucken. Doch ich schaltete meine Ohren auf Durchzug und blendete alles um mich herum aus, was sich allerdings als Fehler entpuppte. Denn Jakob lebte für meine Reaktion und zog Kraft aus meiner Schwäche. Wenn ich nicht reagierte, stachelte ihn das nur noch weiter an.

Jeden Tag fand ich einen Zettel an meinen Spind geklebt. Meine Finger zitterten bereits, als ich das Papier in die Hand nahm. Doch es war wie bei einem Autounfall: Wegschauen ging nicht, ich musste den Inhalt lesen. Als eines Tages ein Post-it mit den Worten „Wenn ich du wäre, würde ich mich umbringen" mitten auf meinem Tisch klebte, war die Grenze erreicht. Ich schluckte und schluckte, um den dicken Kloß in meinem Hals loszuwerden, doch er verschwand nicht. Mir wurde klar, dass ich mit jemandem reden musste, um nicht den Verstand zu verlieren. Nach dem Unterricht nahm ich all meinen Mut zusammen und klopfte an das Büro unseres Vertrauenslehrers Herr Schulze.

„Marissa, was kann ich für dich tun?", fragte er und deutete auf den leeren Stuhl vor seinem Schreibtisch.

Ich knetete vor Aufregung die Hände, als ich mich setzte und fieberhaft nach einem passenden Einstieg in das Gespräch suchte. „Ich glaube, ich werde gemobbt", platzte es dann einfach aus mir heraus.

Seine rechte Augenbraue wanderte in die Höhe und er nahm eine kerzengerade Haltung auf seinem Bürostuhl ein. Jetzt hatte ich seine volle Aufmerksamkeit.

„Kannst du mir das genauer erklären?"

Es war unendlich schwer in Worte zu fassen, was in den letzten Wochen passiert war. Viele Dinge liefen auf einer so subtilen Ebene ab, dass man sie als Außenstehender kaum erfassen konnte. Also fiel ich direkt mit der Tür ins Haus und präsentierte den Post-it.

„Wenn ich du wäre, würde ich mich umbringen", las er laut vor und sein Gesichtsausdruck wurde immer ernster. „Das ist eine schlimme Sache. Weißt du, wer diesen Zettel geschrieben hat?"

Mir wurde bewusst, dass ich in einer Zwickmühle steckte. Sollte ich Jakob verpfeifen und damit riskieren, seinen ganzen Zorn auf mich zu ziehen? Aus dem Bauch heraus entschied ich mich dagegen und antwortete stattdessen vage: „Es sind mehrere aus meiner Klasse."

Herr Schulze seufzte. „Das macht die Sache natürlich nicht einfacher, aber ich werde sehen, was ich tun kann."

Er meinte es ernst, doch ich las in seinen Augen, was ich innerlich längst wusste: Er konnte mir nicht helfen. Niemand konnte mir helfen, solange Jakob nicht aufhören wollte. Denn er würde immer neue Mittel und Wege finden, mich zu quälen und nichts und niemand konnte ihn davon abhalten.

Am nächsten Tag hielt Herr Schulze wie versprochen eine Rede vor unserer Klasse. Natürlich nickten alle brav zu seinen Worten und beteuerten, dass es bei uns keinerlei Mobbing gab. Auch Jakob nickte, mit einem süffisanten Grinsen im Gesicht, das geradezu „Lügner" schrie. Zufrieden ging Herr Schulze zurück in sein Büro. Er hatte seine Pflicht getan, und ich war wieder allein. Für mich hatte sich nichts geändert, ganz im Gegenteil: Nach dem Auftritt von Herrn Schulze in unserer Klasse wurde alles nur noch schlimmer.

Während sich Jakob zuvor auf Worte beschränkt hatte, ließ er nun Taten folgen. Er war einfallsreich, das musste man ihm lassen. Wie zufällig wurde ich auf dem Schulhof angerempelt, geschubst und mir wurde auch mal kräftig auf den Fuß getreten. Jeder Sportunterricht war ein Trip in die Hölle, denn dort konnte man mir beinahe ungestraft weh tun. Dabei war es nicht nur Jakob, der mir all das antat. Das wäre viel zu auffällig gewesen. Er hatte seine Helfer, die für ein bisschen Anerkennung von ihm alles tun würden.

„Foul an Marissa", schrie die Sportlehrerin beim Fußball im Minutentakt. Doch sie machte keinerlei Anstalten, einzugreifen. Erst als ich mit einem verstauchten Knöchel vom Platz humpelte, zeigte sie dem Angreifer die Rote Karte. Dieser grinste nur angesichts dieser lächerlichen Strafe und klatschte Jakob ab, bevor er auf der Bank Platz nahm.

Während ich mich am Anfang noch stark und selbstbewusst gab, verließ mich später immer mehr die Kraft. Mittlerweile verbrachte ich den gesamten Schultag allein. Wie erwartet hatte Lucy irgendwann aufgegeben und sich eine neue Freundin gesucht. Ich sah ihr das schlechte Gewissen an, doch sie wollte ihre eigene Haut retten. Ihre Freundschaft zu mir hatte Grenzen und irgendwie konnte ich sie verstehen.

Obwohl ich mit aller Macht dagegen ankämpfte, veränderte ich mich. Ich zog mich immer weiter in mein Schneckenhaus zurück und aß kaum noch etwas. Nicht etwa, weil ich abnehmen wollte, sondern ich hatte schlicht und ergreifend keinen Hunger mehr. Das war der Zeitpunkt, an dem schließlich auch meine Familie Wind von der Sache bekam.

„Hast du einen Magen-Infekt?", fragte meine Mutter besorgt, als ich bereits den dritten Tag in Folge das Abendessen verweigerte und mich stattdessen in mein Zimmer verkroch. Zuvor hatten meine Eltern mein seltsames Verhalten vermutlich dem Teenageralter zugeschrieben. Doch als mein Gewicht rapide abnahm und ich kaum noch mein Zimmer verließ, begannen ihre Alarmglocken zu schrillen. Ihre Besorgnis zerriss mir beinahe das Herz, doch ich erzählte ihnen nichts von den Vorfällen in der Schule. Es war eine Sache, selbst unter Jakobs Grausamkeiten zu leiden. Aber zu sehen, wie es meine Eltern bis in Mark traf, dass ich litt, steigerte meine Qual ins Unermessliche. Als ich eines Abends meine Mutter leise im Bett weinen hörte, beschloss ich, die Sache fortan allein durchzustehen.

Ich zwang mich wieder zu essen und setzte zuhause ein fröhliches Gesicht auf, auch wenn ich mich innerlich wie tot fühlte. Außerdem gewöhnte ich mir an zu lügen und wurde erschreckend gut darin. Zuerst erfand ich imaginäre Freunde, mit denen ich mich nachmittags und am Wochenende traf, während ich in Wahrheit allein im Park oder in der Bibliothek saß und lernte. Aber es lohnte sich: Meine Eltern waren wieder glücklich und es reichte, dass ich litt. Es mussten nicht noch zwei weitere Menschen unter Jakob leiden. Diesen Triumph verdiente er nicht.

Entgegen seiner sonstigen Gewohnheit wurde ich ihm nicht mit der Zeit langweilig. Ganz im Gegenteil: Er schien sogar besonderen Gefallen an mir gefunden zu haben und so kam es, dass er sich kein neues Opfer suchte. Vielleicht lag es daran, dass ich seine Grausamkeiten mit stoischer Ruhe ertrug. Ich hatte aufgegeben, auf ein Ende der Qualen zu hoffen, und vermutlich war genau das der Ansporn für ihn: Er wollte mich knacken, wollte irgendeine Reaktion aus mir herausholen. Sein Ziel war, dass ich weinte und ihn anflehte, endlich damit aufzuhören. Doch ich weigerte mich standhaft, genau das zu tun. Stattdessen umschloss ich mein Herz mit einer dicken, steinharten Mauer, die nicht einmal er zu durchdringen vermochte. Innerlich ging ich jeden Tag ein bisschen mehr zugrunde, doch ich würde eher sterben, als ihm zu zeigen, wie sehr ich litt. Diese Macht über mich gab ich ihm nicht und es machte ihn verrückt.

Ich lebte von Wochenende zu Wochenende und von Ferien zu Ferien, die ich allesamt allein verbrachte. Statt ins Schwimmbad radelte ich jeden Tag in die Bibliothek oder setzte mich auf eine Bank im Park. Ich achtete streng darauf, nicht zu früh nach Hause zu kommen, um meinen Eltern keinen Anlass für Misstrauen zu geben. Beinahe erschrak ich selbst darüber, wie gut mein Versteckspiel funktionierte. An jedem ersten Schultag nach den Ferien übergab ich mich heimlich ins Schulklo, wischte mir den Mund sauber und marschierte hoch erhobenen Hauptes ins Klassenzimmer.

Mein Ziel war mit einem großen X im Kalender markiert: das Abitur. Ich wollte die Schule endlich hinter mir lassen und meine Mitschüler nie wiedersehen. Keinen von ihnen aber vor allem nicht Jakob. Am Tag meiner Abiturfeier stand ich vor dem großen Spiegel in meinem Zimmer und ein Gefühl grimmiger Erleichterung durchströmte mich. Zum ersten Mal seit Jahren spürte ich einen Funken Hoffnung in mir aufflackern. Ich hatte überlebt. Ab heute stand alles auf Anfang und Jakob würde endlich Vergangenheit werden. Das dachte ich zumindest ...

Teil 1

Kapitel 1

Schweiß lief in einem dünnen Rinnsal meinen Hals hinunter und bahnte sich einen Weg in den Ausschnitt meines blauen Sweatshirts. Angespannt fixierte ich die Pins auf der Bahn vor mir und kniff ein Auge zusammen, um besser zielen zu können. Dann holte ich aus, ließ die Kugel los und verfolgte mit angehaltenem Atem, wie sie sich ihren Weg auf der spiegelglatten Bowlingbahn suchte. Ich konnte nur beten, dass sie diesmal ihr Ziel treffen würde, ansonsten war mir der Spott der anderen sicher. Mein Herz pochte wie wild, als ich ungläubig dabei zuschaute, wie nicht nur ein oder zwei, sondern gleich alle Pins mit einem scheppernden Geräusch umfielen.

„Strike!", brüllte es hinter mir und ich zuckte erschrocken zusammen.

„Gut gemacht, Babe." Adrian drückte mir einen Kuss auf die Wange und grinste mir anerkennend zu. „Wir haben gewonnen", stellte er lächelnd fest, als er auf die elektronische Anzeigetafel deutete, die über der Bowlingbahn angebracht war.

Erleichtert atmete ich aus und machte im Stillen drei Kreuze. Ich war mit Sicherheit kein Bowling-Ass und der unbewusste Druck, sich nicht zu blamieren, gab mir den Rest. Dabei hätten mich weder Adrian noch sein bester Freund Tim oder dessen Freundin Nora ausgelacht. Es war mein eigener verbissener Wunsch zu gewinnen, der mir zu schaffen machte.

Als Tim vorschlug, etwas zu essen, stimmten wir sofort zu – Bowling machte hungrig! Wir nahmen in einer kleinen Sitznische mit roten Polsterbänken Platz, die wir in weiser Voraussicht reserviert hatten. Samstagabend war im Bowlingcenter immer die Hölle los und heute stellte keine Ausnahme dar. Die Speisekarte wanderte einmal im Kreis unserer kleinen Gruppe umher, doch als sie bei mir ankam, winkte ich direkt ab. Ich wusste genau, was mein Körper jetzt brauchte: Kalorien in Form einer großen Portion Chicken Nuggets mit Pommes. Allein der Gedanke daran ließ mir das Wasser im Mund zusammenlaufen.

„Wollen wir nächstes Wochenende ins Schwimmbad?", fragte Tim in die Runde, während wir auf unsere Bestellung warteten.

Noras Augen leuchteten und sie klatschte begeistert in die Hände. „Super Idee! Ich wollte schon lange mein aufblasbares Einhorn testen."

Unter dem Tisch griff Adrian nach meiner Hand und drückte sie sanft. „Hast du Lust auf Schwimmbad?"

Kurz zögerte ich, denn wenn ich ehrlich war, hielt sich meine Lust in Grenzen. Nackte Körper auf engstem Raum und mittendrin ich in meinem Badeanzug, der jedes Gramm überflüssige Körpermasse für alle Welt sichtbar machte. Doch ich wusste, wie wichtig es Adrian war, Zeit mit seinem besten Freund zu verbringen, also stimmte ich zu: „Natürlich, wir sind dabei."

In Momenten wie diesen, wenn ich mit meinem Freund und unseren Freunden zusammensaß, überkam mich regelmäßig das Bedürfnis, mich fest in den Arm zu kneifen. Ich wollte mich vergewissern, dass all das Wirklichkeit und kein Traum war, denn in den letzten vier Jahren nach dem Abitur hatte mein Leben eine regelrechte Kehrtwende vollführt.

Nur wenige Wochen nach meinem Abschluss hatte ich Stuttgart den Rücken gekehrt. Mit Ausnahme von wenigen Besuchen bei meinen Eltern und Leo, war die Stadt seither Geschichte für mich. Meine Noten waren dank der vielen Stunden in der Bibliothek einsame Spitze und somit hatte ich die Qual der Wahl, was ich studieren wollte. Zum Glück musste ich nicht lange überlegen, denn mein Traumstudium stand bereits seit Ewigkeiten fest: Ich wollte Psychologie an der Universität Tübingen studieren, um anschließend als Therapeutin Kindern und Jugendlichen zu helfen, die Ähnliches erlebt hatten wie ich. Es sollte der Startschuss für mein neues Leben sein und so kam es auch.

Durch eine glückliche Fügung wurde mir ein Platz in einer Zweier-WG in einem Wohnheim mitten in der Altstadt von Tübingen zugewiesen. Mit noch mehr Glück entpuppte sich meine Mitbewohnerin Annie als ein wahres Goldstück. Als wir uns zum ersten Mal in der WG begegneten, war sie über und über mit Farbe bespritzt und hielt in jeder Hand einen Pinsel. „Ich arbeite gerade an einem neuen Bild. Impressionismus mit einem Hauch Surrealismus", erklärte sie mir sofort und pustete sich eine schwarze Locke aus der Stirn, die sich frech ihrem Haarband entwunden hatte.

Ich musterte ihren Arbeitsoverall voller bunter Farbspritzer und die nackten Füße, die darunter hervorragten. Dann stahl sich ein Lächeln auf mein Gesicht. „Darf ich es sehen?"

Annie stutzte einen Augenblick, da es vermutlich nicht häufig geschah, dass sich eine Fremde für ihre Bilder interessierte. Doch dann nickte sie begeistert und zog mich in ihr Zimmer. In diesem Moment wurde unsere Freundschaft geboren. Etwas, das ich seit der unrühmlichen Geschichte mit Lucy schmerzlich vermisst hatte. Annie war die Erste, die mir die Hand zurück ins Leben reichte, und ich nahm sie dankbar an. Wie ein Fels in der Brandung saß sie jeden Nachmittag in der Küche und sobald ich die WG betrat, brüllte sie: „Marissa, Kaffee ist fertig!"

Bevor ich zum Lernen in mein Zimmer durfte, musste ich ihr zunächst haarklein von meinem Tag erzählen und irgendwann wurde aus der Pflicht eine liebgewonnene Routine.

Annie studierte Kunst und verbrachte viel Zeit in ihrem Zimmer, das mehr einem Atelier als einer Studentenbude glich. Zwei Staffeleien standen nebeneinander in dem kleinen Raum und das Weiß der Wände war kaum noch sichtbar vor lauter Farbe. In regelmäßigen Abständen packte sie die Inspiration und sie malte die ganze Nacht lang, bis sie am frühen Morgen erschöpft ins Bett fiel und bis zum Nachmittag schlief. Als Ausgleich für die vielen Stunden allein in ihrem Zimmer stand ihr Mund niemals still, sobald sie es verließ. Gebannt lauschte ich den Geschichten über ihre zahlreichen Liebschaften, denn eine feste Beziehung war nichts für sie – viel zu anstrengend! Dennoch wollte sie keineswegs auf Sex verzichten und so musste ich mir oft nachts die Bettdecke über den Kopf ziehen, wenn eine ihrer Bekanntschaften zu Besuch war. Sie legten los, als gäbe es kein Morgen mehr, denn das gab es tatsächlich nicht: Kein Junge durfte jemals an unserem kleinen Tisch in der Küche frühstücken, was ich äußerst angenehm fand, und deshalb ertrug ich die nächtliche Geräuschkulisse mit stoischer Ruhe.

Mit Annie teilte ich die Liebe zu ausgefallener Kleidung und allem Bunten. Wer unsere WG zum ersten Mal betrat, musste sie für eine fürchterliche Hippie-Bude halten. Wild gemusterte Vorhänge hingen an den

Fenstern und der Fußboden war gepflastert mit Orientteppichen, die wir mühsam vom Flohmarkt nach Hause schleppten. Keines der Kissen auf unserem altersschwachen Sofa passte zum anderen, aber wir waren schrecklich verliebt in unsere kleine Studentenbude.

Vor einem Jahr lernte ich dann Adrian kennen, als ich ihm versehentlich in der Mensa einen Teller mit Linseneintopf vor die Füße leerte. Es sah aus, als hätte ich mich mitten auf seine Schuhe übergeben und ich war vor Scham wie gelähmt. Ich wartete bereits darauf, dass mich jemand von hinten geradewegs in die Essenslache schubste, doch nichts geschah. Stattdessen drückte mir Adrian beruhigend den Arm.

„Das ist mir dieses Semester auch schon passiert. Die Putzfrau schrubbt den Boden immer mit irgendeinem Höllenmittel und ständig rutscht jemand aus. Du wartest hier und ich organisiere einen Stapel Servietten."

So kam es, dass Adrian die komplette Sauerei aufwischte, während ich daneben stand und nicht fassen konnte, dass er so nett zu mir war. Zum Dank lud ich ihn auf einen Moccachino mit Sahne in dem kleinen Café auf dem Campus ein. Vom ersten Augenblick an mochte ich diesen großen, schlanken Jungen mit seinen braunen Wuschelhaaren und einer Brille, die immer etwas schief auf seiner Nase saß.

„In zehn Jahren möchte ich ein Haus im Grünen und zwei Kinder haben", erzählte er mir bereits beim ersten Treffen. Andere hätten bei diesem Gesprächsthema vermutlich direkt die Flucht ergriffen, doch ich hing wie gebannt an seinen Lippen und lauschte den Plänen für die Zukunft. Bei Adrian gab es keine taxierenden Blicke meinen Körper entlang, keine fiesen Sprüche oder Sticheleien. Damit war er genau das, was ich nach der Achterbahnfahrt in der Schule brauchte, und so dauerte es nicht lange, bis wir ein Paar wurden. Er konnte mir endlich geben, wonach sich mein Herz mit aller Macht sehnte: Sicherheit.

Das ganze erste Semester über verhielt ich mich wie ein verängstigtes Kaninchen. In allen Ecken sah ich Jakob lauern. Ich hörte seine Stimme im Hörsaal, sah sein Gesicht in der Mensa und roch seinen Minzkaugummi, wohin ich auch ging. Natürlich war er es nicht, kein einziges Mal. Jakob war weit weg, zumindest körperlich. Emotional war er ganz nah bei mir. Ich erkannte erst jetzt, wie tief die Narben waren, die er geschlagen hatte. Mit welcher Kraft sie sich in mein Herz gegraben hatten und nicht bereit waren, es je wieder loszulassen. Immer wenn ich dachte, die Erlebnisse hinter mir lassen zu können, schlugen die Erinnerungen grausam zu und zwangen mich in die Knie. Unzählige Abende kauerte ich verzweifelt unter meiner Bettdecke, während mich die Emotionen, die ich so lange unterdrückt hatte, wie eine Lawine überrollten. Ich zahlte den Preis, den eigentlich Jakob und seine Mittäter hätten zahlen müssen. Mit jeder Faser meines Körpers hasste ich sie und wünschte mir nur eines: dass sie endlich aus meinem Leben verschwanden. Ich wollte frei sein. Frei von den Erinnerungen, den Gefühlen und diesem unerträglichen Schmerz in meiner Brust. Doch so einfach war es nicht.

Erst durch Annie gewann ich langsam aber sicher die Freude am Leben zurück, und als ich Adrian kennenlernte, kam in kleinen Schritten auch das Vertrauen in die Menschen wieder. Am Anfang nur vorsichtig, immer auf der Hut vor einer weiteren Enttäuschung. Ich traute mich nicht, mein Herz zu weit zu öffnen, denn eine weitere Verletzung würde es nicht ertragen. Zu tief waren die alten Wunden und eine weitere würde es zerstören. Doch Annie und Adrian ließen nicht locker und langsam wagte ich es, meine Fühler aus dem Schneckenhaus zu strecken und mich wieder ins Leben zu tasten.

Als ich nach unserem Bowlingabend erschöpft aber glücklich in meinem Bett lag, wanderten meine Gedanken zurück zu dem gestrigen Vorfall, als der Junge mit der roten Basecap das Mädchen bedroht hatte. Ob sie es sicher nach Hause geschafft hatte? Ich wusste, dass es nichts nützte, mir darüber Gedanken zu machen, denn ich konnte ihr nicht helfen. Nicht solange sie sich nicht helfen lassen wollte. Doch ich konnte einfach nicht anders, als mir zu wünschen, irgendetwas für sie zu tun.

Auf leisen Sohlen schlich sich plötzlich das Gesicht von Jakob in meinen Kopf. Was er wohl sagen würde, wenn er mich heute beim Bowling gesehen hätte? Dass ich jetzt Freunde hatte und sogar einen Freund, der mich liebte.

Doch vermutlich hatte er mich längst vergessen. Für ihn war ich nur ein austauschbares Spielzeug gewesen, ein Zeitvertreib für die langweiligen Unterrichtsstunden. Dass er damit beinahe ein Menschenleben zerstört hatte, war ihm sicherlich egal. Oder es gab ihm den besonderen Kick, wer wusste das schon?

Warum machte ich mir überhaupt Gedanken über ihn? Während er in der ersten Zeit in Tübingen noch ständig in meinen Gedanken präsent war, hatte es mit der Zeit immer mehr abgenommen. Die letzten Monate hatte ich sogar überhaupt nicht mehr an ihn gedacht. Doch jetzt war er mit einem Schlag wieder zurück. Die Begegnung mit der roten Basecap hatte Dämonen geweckt, die ich längst vergraben glaubte. Als hätte Jakob nur auf eine Gelegenheit gewartet, in der mein Herz offen und unbewacht war, um sich dann hineinzustehlen. Doch er war lediglich ein Schatten meiner Vergangenheit und konnte mir nichts mehr tun, das sagte ich

mir immer wieder. Mein verwundetes Herz musste das
nur noch begreifen.

Kapitel 2

„Hier Karottenkopf, fang!"

Schmerzerfüllt schrie ich auf, als etwas Hartes meinen Hinterkopf traf. Aua! Ein Basketball rollte über den Boden und ich drehte mich um auf der Suche nach dem Übeltäter. Wie erwartet stand Jakob hinter mir, ein paar Meter entfernt, mit einem spöttischen Grinsen im Gesicht.

„Ich habe dir doch gesagt, dass du ihn fangen sollst. Kann ich doch nichts dafür, dass du zu langsam bist."

Ich schnappte mir den Ball und lief entschlossen in Richtung Ausgang. Bloß raus hier aus dieser blöden Turnhalle – der Sportunterricht war jede Woche die Hölle. Doch bevor ich die Tür erreicht hatte, war Jakob schon vor mir und versperrte den Ausgang.

„Wo willst du denn hin? Die Stunde ist noch lange nicht zu Ende."

„Lass mich durch!", rief ich und versuchte mich an ihm vorbeizudrängen.

„Das kann ich leider nicht zulassen. Ich muss doch dafür sorgen, dass du nicht den Sportunterricht schwänzt. Oder, Jungs, was meint ihr?", fragte er höhnisch in die Runde.

Ohne dass ich es bemerkt hatte, war ich plötzlich von der halben Basketballmannschaft umringt. Sie umkreisten mich, zogen die Schlinge immer weiter zu und wussten genau, dass ich keine Chance gegen sie hatte. Ich blickte mich um auf der Suche nach Hilfe, doch die Mädchen hatten sich alle auf eine Bank gesetzt. Sie lachten und redeten miteinander, doch keine interessierte sich für mich. Als mich die ersten Körper berührten, wollte ich schreien, doch ich konnte nicht. Kein Laut drang aus meiner Kehle. Stattdessen starrte ich nur stumm auf das Gesicht von Jakob, das nur Zentimeter von meinem entfernt war. Er trug eine rote Basecap auf dem Kopf und grinste diabolisch.

„Süße Albträume, Marissa." Und dann schubste er mich mit voller Kraft nach hinten. Ich fiel ...

... und wachte keuchend in meinem eigenen Bett auf. Licht, ich brauchte Licht! Meine Finger tasteten orientierungslos herum, bis sie endlich den Knopf der Nachttischlampe fanden. Helligkeit durchflutete mein kleines Zimmer und erleichtert stellte ich fest, dass ich mich in meinem eigenen Bett befand. Allein! Mein Wecker zeigte 04:07 Uhr an. Völlig fertig vergrub ich das Gesicht in den Händen. Ich dachte, ich hätte nach all den Jahren endlich mit Jakob abgeschlossen, doch die Erinnerung schien noch immer in mir zu schlummern, jederzeit bereit zuzuschlagen. Es musste an dem Erlebnis mit der roten Basecap liegen, denn daran hatte ich vor dem Einschlafen als Letztes gedacht. Verzweifelt versuchte ich, den Traum zu rekapitulieren, doch er entglitt mir immer wieder wie eine glitschige Schlange.

Doch, ich war mir sicher, so eine Kappe hatte der Anführer der Gruppe auf dem Kopf getragen. Erleichtert, dass es zumindest dafür eine logische Erklärung gab, ließ ich mich zurück in mein Kissen sinken. Doch an Schlaf war nicht mehr zu denken. Mein Herz pochte noch immer wie wild und ich war fix und fertig.

Um mich zu beruhigen, griff ich nach dem Buch auf meinem Nachttisch. Mit jeder gelesenen Seite kam ich mehr zur Ruhe und irgendwann schlief ich wieder ein – unter dem schummrigen Licht der Nachttischlampe und mit dem aufgeklappten Buch auf meiner Brust.

Hartnäckiges Klopfen an meine Zimmertür weckte mich in den frühen Morgenstunden. Zumindest dachte ich das, denn ich fühlte mich, als hätte ich überhaupt nicht geschlafen.

„Marissa, ist alles in Ordnung mit dir?", rief es von draußen. Das war Annie!

Wie spät war es? Verschlafen fuhr ich mir durch die verstrubbelten Haare und erstarrte, als mein Blick auf den Wecker fiel, der 09:30 Uhr anzeigte. Ich hatte nicht nur verschlafen, sondern bereits die erste Vorlesung verpasst. „Ja, alles in Ordnung, ich komme gleich!", rief ich schnell, damit sie sich keine Sorgen mehr machte. Wie gerädert hob ich ein Bein nach dem anderen aus dem Bett und entschied mich spontan für meine graue Jogginghose sowie ein rosa Sweatshirt. Die erste Vorlesung war bereits vorbei und die zweite verpasste ich gerade. Also konnte ich guten Gewissens die dritte und letzte ebenfalls schwänzen. Ich fühlte mich absolut nicht in der Lage, heute zur Uni zu gehen.

Müde trottete ich in die Küche, wo mich Annie bereits mit sorgenvoller Miene erwartete. Vor ihr auf dem Tisch stand eine dampfende Tasse Kaffee und wortlos reichte sie mir meinen Becher. Wie ein Roboter gab ich Milch und Zucker dazu und ließ mich neben sie auf den Stuhl fallen. Gnädigerweise schenkte mir Annie noch ein paar Minuten, um den Kaffee wirken zu lassen, doch dann hielt sie es nicht länger aus. „Was ist los mit dir? Bist du krank? Du siehst furchtbar aus." Charmant wie eh und je, die liebe Annie.

Seufzend schüttelte ich den Kopf. „Schlecht geschlafen", murmelte ich und rührte möglichst leise in meiner Kaffeetasse, da mein Kopf bereits beim kleinsten Geräusch zu platzen drohte.

Beherzt griff sie an meine Stirn, um die Temperatur zu fühlen. „Du siehst so aus, als ob du etwas ausbrütest. Am besten bleibst du daheim und kurierst dich richtig aus. Ich koche uns später eine Kartoffelsuppe nach dem Rezept meiner Oma. Die wirkt Wunder und hilft gegen sämtliche Krankheiten, von Haarausfall bis Fußpilz.“

Beim Gedanken an das furchtbare Gebräu, das diese Suppe sein musste, stahl sich ein kurzes Grinsen auf mein Gesicht. Dann wurde ich schlagartig wieder ernst. Ob sie auch gegen Albträume half?

Dankbar blickte ich Annie an. „Ich fühle mich heute tatsächlich nicht gut. Eine warme Suppe wäre toll, auch wenn ich weder Haarausfall noch Fußpilz habe. Ich lege mich gleich wieder ins Bett und versuche noch etwas zu schlafen.“

Annie nickte zufrieden und ich trottete mit der Kaffeetasse zurück in mein Zimmer und setzte mich an den Schreibtisch. Doch ich konnte mich nicht konzentrieren. Ständig tauchte der Traum mit Jakob aus der Erinnerung auf. Dieses Gefühl der Enge in meiner Brust, als die Jungs immer näher kamen. Und danach dieses schreckliche Gefühl, ins Bodenlose zu fallen. Ich dachte, ich hätte längst damit abgeschlossen.

Mit jeder Stunde, die ich an meinem Schreibtisch über den Büchern verbrachte, verflog der Schrecken der Nacht weiter. Nach der Suppe von Annie war ich sogar so weit, dass ich sie auf den Studentenflohmarkt auf einer Wiese unten am Fluss begleitete. Es gab nichts Besseres als einen Flohmarkt, um sich abzulenken. Ich plauderte mit den Händlern, die allesamt Studenten waren. Lachend feilschten wir um Preise, die bereits lächerlich niedrig waren, doch es machte einfach riesigen Spaß. Nach zwei Stunden waren meine Füße wund und ich hatte bereits Rückenschmerzen vom Tragen der ganzen Kostbarkeiten, die wir gefunden hatten. Annie hatte ein altes Teeservice mit Blümchenmuster ergattert. Der Student, dem sie es abgekauft hatte, schwor Stein und Bein, dass es aus dem englischen Cottage seiner Uroma stammte. Ich vermutete eher den Trödelladen an der Ecke als ehemaligen Besitzer, aber das Service war zu schön, um es zurückzulassen. Als ich auf einem alten Kleiderständer eine abgewetzte braune Ledertasche erspähte, stürzte ich mich mit einem Ausruf der Begeisterung darauf. Nach genau so einer hatte ich bereits seit Ewigkeiten gesucht! Sie war geräumig und hatte genug Platz für all die Bücher, die ich ständig mit mir herumschleppte.

Unter einem Berg alter, staubiger Kleider zog Annie dann noch eine grüne Wollmütze hervor, die sie mir triumphierend vor die Nase hielt. „Schau mal, die passt wunderbar zu deinen roten Haaren."

Skeptisch drehte ich die Mütze zwischen den Händen. Sofort musste ich an die rote Basecap denken und bekam eine Gänsehaut. Doch die Mütze war so wunderschön, dass ich einfach nicht anders konnte, als sie zu kaufen. Ich würde mir bestimmt nicht von einem Traum vorschreiben lassen, was ich tun würde und was nicht. Die Zeiten, in denen ich meine roten Haare vor Scham versteckte, waren zum Glück schon lange vorbei.

Der Nachmittag mit Annie an der frischen Luft tat mir gut. Als wir zuhause ankamen, waren die Ängste der Nacht wie weggeblasen und der Traum von Jakob nur noch ein zarter Schemen. Je eher ich ihn als Teil meiner Vergangenheit akzeptierte, umso weniger Macht hatte er über mich. Ich hatte mich verändert und war nicht mehr die Marissa aus der Schule. Ich hatte Adrian und Annie, die mich mit Zähnen und Klauen gegen jeden Feind verteidigen würden. Jetzt war ich kein so leichtes Opfer mehr wie früher und würde es auch niemals mehr sein.

Kapitel 3

„Wer von Ihnen kann mir die verschiedenen Ansätze der Traumtheorie nennen?"

Stille senkte sich über den Hörsaal, während alle angestrengt nachdachten. Frau Graf, unsere Professorin für Allgemeine Psychologie, blickte aufmerksam in die Runde, auf der Suche nach einer Antwort. Als sie heute Morgen verkündete, dass es in der Vorlesung um das Thema Träume gehen würde, musste ich mich beherrschen, um nicht mitten im Hörsaal hysterisch loszulachen. Passender hätte es wirklich nicht sein können! Vielleicht würde ich nach dieser Vorlesung endlich wissen, was mein Traum mir sagen wollte – oder erkennen, dass ich langsam aber sicher verrückt wurde.

In der dritten Reihe erschien ein Handzeichen und Frau Graf rief Martin auf, der beinahe immer und auf alles eine Antwort wusste. „Träume sind unterbewusste Hinweise auf unsere geheimsten Wünsche. Nachts, wenn wir keine Kontrolle über unsere Gedanken haben, zeigen sie uns das, was wir tagsüber verdrängen."

Immer tiefer sackte ich in meinen Stuhl und konnte nur mit Mühe ein verzweifeltes Stöhnen unterdrücken. Ernsthaft? Wie passte diese Theorie mit meinem Traum zusammen? Schließlich konnte ich mir unmöglich wünschen, dass mich Jakob auch Jahre nach der Schule immer noch quälte.

Frau Graf nickte. „Das stimmt zumindest teilweise. Träume können uns einen Hinweis auf unsere Wünsche liefern. Das ist aber nur eine Theorie von vielen. Wer kann mir eine weitere nennen?" Mit langsamen

Schritten lief sie durch den Hörsaal, während ich mich immer kleiner machte, um ja nicht aufgerufen zu werden. Dann würde ich vor emotionaler Überforderung und Schlafmangel in Tränen ausbrechen, da war ich mir sicher.

„Annabelle, haben Sie eine Idee?"

Puh, der Kelch war noch einmal an mir vorübergegangen. Annabelle überlegte eine Weile und Frau Graf wollte sich schon jemand anderem zuwenden, als sie doch noch eine Antwort fand: „Träume dienen der Informationsverarbeitung. Sie helfen uns, Erinnerungen richtig abzuspeichern und Erlebnisse besser zu verarbeiten."

Zufrieden nickte Frau Graf. „Das ist korrekt. Sie sehen, es gibt nicht nur eine Möglichkeit, Träume zu betrachten und zu interpretieren. Tatsächlich gibt es in der Geschichte der Traumtheorie zahlreiche ..."

Ihr restlicher Vortrag zog komplett an mir vorüber. Träume als Informationsverarbeitung, das hörte sich gar nicht so verrückt an, wie ich mich gerade fühlte. Halbwegs erleichtert wollte ich mich wieder der Vorlesung zuwenden, als ich ein leises Piepsen wahrnahm, das aus meiner Ledertasche kam. O nein, ich war so durcheinander, dass ich ganz vergessen hatte, mein Handy lautlos zu stellen. Frau Graf hasste jegliche Ablenkung wie die Pest und wenn sie das Piepsen hörte, würde sie fuchsteufelswild werden. Im besten Fall würde sie das Handy einkassieren und es im schlimmsten Fall direkt vor meinen Augen aus dem Fenster werfen. Nach einem Sturz aus dem zweiten Stock wäre vermutlich jeder Wiederbelebungsversuch zwecklos.

Vorsichtig griff ich mit einer Hand in die Tasche, um mein Handy möglichst unauffällig herauszuziehen und es lautlos zu stellen. Den Blick hielt ich dabei konstant nach vorn gerichtet. Glücklicherweise stand Frau Graf gerade an der Tafel und hatte uns den Rücken zugedreht, um etwas aufzuschreiben. Ich konnte nicht widerstehen einen Blick auf das Display zu werfen, um herauszufinden, wer mir schrieb. Eigentlich konnten es nur Adrian, Annie oder meine Eltern sein. Als stattdessen der Name „Lucy" aufleuchtete, fiel mir vor Schreck beinahe das Handy aus der Hand. Was war hier los? Erst der Traum mit Jakob und jetzt eine Nachricht von Lucy. Das konnte doch kein Zufall sein! Ich war mir sicher, dass ich ihre Telefonnummer bereits vor Ewigkeiten gelöscht hatte. Doch den Gegenbeweis hatte ich gerade live vor mir.

Als Lucy mich während der schlimmsten Zeit mit Jakob im Stich gelassen hatte, war ich wochenlang zwischen Verständnis und Wut hin und her gerissen. Zum einen wusste ich, dass sie sich aus Angst so verhalten hatte. Jeden Tag sah ich die stumme Bitte um Verzeihung in ihren Augen, als sie wortlos an mir vorbeilief. Auf irgendeine Weise konnte ich sie verstehen, denn Furcht ließ einen seltsame Dinge tun. Gleichzeitig wusste ich tief in meinem Herzen, dass ich selbst niemals so gehandelt hätte. Wäre es umgekehrt gewesen, hätte ich sie gegen Jakob verteidigt. Für mich gab es keine Entschuldigung für ihr Verhalten und so hatte ich sie aus meinem Leben und meinen Gedanken gestrichen. Aber offensichtlich nicht aus meiner Kontaktliste.

Argwöhnisch, aber mit einem Hauch Neugier, öffnete ich ihre Nachricht. Frau Graf hatte ich mittlerweile völlig vergessen, so sehr hatte mich das Auftauchen von Lucy aus dem Konzept gebracht. Ein Foto erschien auf dem Display, darunter der Text: „Unsere Abifahrt – schade, dass du nicht dabei warst! Ich denke oft an dich und hoffe, es geht dir gut. Lucy."

Das Foto zeigte unsere Klasse, wie sie vor einem großen grünen Reisebus posierte, mit dem sie damals in den Abiurlaub gefahren war. Zwei Wochen Badeurlaub an der spanischen Küste. Ich hatte noch nicht einmal in Erwägung gezogen mitzufahren, sondern direkt abgesagt. Meine Teilnahme an der Abifahrt wäre reiner Selbstmord gewesen und so hatte ich dankend verzichtet.

Mir entfuhr ein ungläubiges Schnauben. Was sollte die Aktion mit dem Foto? Lucy hatte mich jahrelang ignoriert, nur um mir jetzt eine einzige nichtssagende Nachricht zu schreiben? Wollte sie ihr Gewissen erleichtern, indem sie feststellte, ob ich noch lebte?

Heiße Wut stieg in mir auf. So einfach war das nicht, liebe Lucy! Du hattest deine Chance, Tag für Tag in der Schule. Doch du hast sie nicht genutzt und jetzt war es zu spät, um mir alte Fotos zu schicken. Ich hatte mich selbst an den Haaren aus dem Sumpf gezogen und würde dich bestimmt nicht mit einem „Mir geht es super" von deinem schlechten Gewissen befreien.

Meine Hand schwebte bereits über dem Löschen-Button, da zuckte ich zurück, als hätte ich mich verbrannt. Ich beugte mich tiefer über das Foto und tatsächlich: Ganz rechts auf dem Bild neben Lucy stand Jakob. Er trug ein buntes Hawaiihemd und Kaki-Shorts. Selbstsicher grinste er in die Kamera, den Daumen wie ein Sieger nach oben gestreckt. Sofort war der Jakob aus meinem Traum wieder in meinem Kopf, als er mich geschubst hatte. Konnten mich nicht einfach alle in Ruhe lassen? War es zu viel verlangt, nach Jahren der Qual ein bisschen Seelenfrieden zu bekommen? Offensichtlich ja, denn die Vergangenheit schien entschlossen, mich nicht so leicht aus ihren Fängen zu lassen.

Stöhnend vergrub ich das Gesicht in den Händen und vergaß dabei völlig, dass ich nicht allein war, sondern mit ungefähr hundert Menschen zusammen in einem Raum.

„Frau Winter, geht es Ihnen nicht gut?"

Die energische Stimme von Frau Graf riss mich unsanft aus meinen Gedanken. Schnell nahm ich die Hände wieder runter und als ich aufschaute, blickte ich in ihr besorgtes Gesicht. Nicht nur das, auch meine Kommilitonen hatten sich mittlerweile alle zu mir umgedreht. Der vertraute Schauer einer sich ankündigenden Panikattacke erfasste mich: zu viele Gesichter, zu viel Aufmerksamkeit. Atmen, Marissa, Atmen!

Nur mühsam gelang es mir, die Attacke niederzuringen. Meine Stimme klang mehr wie ein Krächzen, als ich Frau Graf endlich antworten konnte: „Ich war gestern krank und bin vermutlich noch etwas angeschlagen", murmelte ich und schob mein Handy dabei so weit wie möglich unter den Ärmel meines Pullovers, um es vor ihren Blicken zu verbergen.

„Sie sehen wirklich blass aus." Die Sorge in ihrer Stimme rührte mich. „Wenn es Ihnen schlecht geht, sollten Sie nach Hause gehen und sich auskurieren. Niemand muss sich krank zur Vorlesung quälen. Auch wenn Psychologie natürlich das einzige Fach ist, für das es sich lohnen würde." Leises Gelächter begleitete ihre Worte und Frau Graf wandte sich wieder dem Plenum zu.

Ich wollte schon erleichtert ausatmen, als sie sich noch einmal ruckartig zu mir umdrehte. Ihre Augen verengten sich zu Schlitzen, als ihr Blick zielgenau zu meinem Handy wanderte, das immer noch unter dem Ärmel meines Pullovers lag. Sie musste einen Röntgenblick besitzen, anders konnte sie das Handy unmöglich sehen.

„Frau Winter, Sie wissen, dass ich Handys in meiner Vorlesung unter keinen Umständen dulde. Normalerweise würde ich es jetzt mit größter Freude unter dem Absatz meines Stiefels zermalmen. Da Sie aber bereits blass wie eine wandelnde Leiche sind, will ich Gnade vor Recht ergehen lassen. Sie erhalten von mir lediglich eine Zusatzaufgabe für die Semesterferien."

Ich schluckte schwer. Frau Graf konnte sehr erfinderisch sein, wenn es darum ging, ihre Studenten in die Mangel zu nehmen. Innerlich bereitete ich mich auf stundenlange Kopierarbeiten oder Tafelputzdienst bis ans Lebensende vor und betete, dass es damit getan war. Doch natürlich war es das nicht ...

„Wenn Sie so große Freude an Ihrem Handy haben, möchte ich Ihnen die Gelegenheit geben, es auch sinnvoll zu nutzen. Ich bin auf der Suche nach einem Freiwilligen, der mir bei einer kleinen Studie hilft, und habe gerade jemanden gefunden."

Mein fragender Blick musste Bände sprechen, denn das Lächeln auf Frau Grafs Gesicht wurde immer breiter: „Ich habe ein Online-Kommunikationsangebot zum Thema Mobbing auf Instagram entwickelt und Sie, Frau Winter, dürfen mir in den Semesterferien dabei helfen. Keine Sorge, es wird nicht allzu viel Arbeit, Sie müssen nur ab und zu ein Foto posten und ein paar Nachrichten beantworten."

Ich saß wie vom Donner gerührt auf meinem Stuhl und starrte Frau Graf an. Für jeden anderen wäre diese Strafaufgabe ein wahrgewordener Traum gewesen. Für mich allerdings war es schlichtweg die Hölle! Ich hatte schon immer einen großen Bogen um die sozialen Medien gemacht. Dieser ständige Vergleich von perfekten Körpern und perfekten Leben war nichts für mich. Jedes Mal, wenn Annie mich überreden wollte, ein Profil bei Instagram zu erstellen, antwortete ich ihr dasselbe: Eher friert die Hölle zu! Offenbar war sie in diesem Moment zugefroren, mitten in der Psychologie-Vorlesung.

„Könnte ich stattdessen irgendetwas anderes machen? Egal was?", flehte ich.

Frau Graf lächelte mich so breit an, dass es mehr wie ein Zähnefletschen aussah. „Nein. Ich denke nicht, dass es zu viel verlangt ist, wenn Sie ab und zu ein paar Nachrichten beantworten. Kommen Sie nach der Vorlesung zu mir, dann erkläre ich Ihnen alles. Und wenn Sie noch einmal fragen, wandert Ihr Handy doch noch unter meinen Stiefel."

Ich musste einsehen, dass jeder Widerstand zwecklos war. Nach der Vorlesung hörte ich mir zähneknirschend die Infos zu meiner Zusatzaufgabe an.

„Mobbing ist ein ernstes und weit verbreitetes Problem", begann Frau Graf und ich hätte beinahe laut gelacht. Wem sagte sie das? „Die Schwierigkeit liegt darin, dass sich gerade Teenager nicht trauen, offen darüber zu reden. Oder es erst dann machen, wenn es beinahe zu spät ist. Deshalb habe ich als Experiment ein Instagram-Profil erstellt. Wir liefern Informationen und Kontakte zum Thema Mobbing und Betroffene können uns online anschreiben und anonym Fragen stellen."

Das hörte sich ganz interessant an und so langsam wuchs meine Neugier. „Wir reden online über Mobbing" las ich auf dem Instagram-Profil, das mir Frau Graf unter die Nase hielt.

„Was ist meine Aufgabe dabei?", fragte ich etwas ratlos.

„Die meisten Beiträge dienen der Aufklärung rund um Mobbing und sind bereits vorbereitet. Sie müssen sie nur online stellen und die Kommentare und Nachrichten dazu beantworten. Das ist eine gute Übung für Sie als zukünftige Psychologin."

Das klang besser, als ich zunächst gedacht hatte. Ein paar Fragen zu beantworten würde ich mit Sicherheit schaffen. Immerhin konnte ich mich perfekt in die Lage der Betroffenen hineinversetzen, dachte ich humorlos.

Anschließend traf ich mich mit Adrian in der Mensa. Obwohl ich mich freute, ihn zu sehen, gelang es mir nicht, mich auf ihn und unser Gespräch zu konzentrieren. Lustlos stocherte ich in der Bolognese herum, während ich mit meinen Gedanken überall war, nur nicht hier.

„Erde an Marissa, bitte kommen!"

Eine silberne Gabel kreiste wild vor meinem Gesicht herum.

„Hilfe!" Erschrocken zuckte ich zurück und Adrian brach in schallendes Gelächter aus.

„Wie lange wedelst du bereits mit deiner Hand vor meiner Nase herum?", fragte ich irritiert.

„Zu lange. Was ist los, Babe? Du bist heute so anders als sonst."

Ich schmiegte meine Wange in seine warme Hand, die er mir entgegenstreckte und genoss die vertraute Berührung seiner Haut.

„Es ist nichts. Ich habe nur nicht so gut geschlafen und bin ein bisschen neben der Spur."

Sein Blick war voller Mitleid, als er mich betrachtete. „Du siehst wirklich blass aus. Am besten gehst du nach Hause und legst dich ins Bett. Annie kocht dir bestimmt was Leckeres, wenn du sie darum bittest."

Abwehrend hob ich die Hände. „Ich verzichte dankend! Ihre Suppe von gestern soll auch gegen Fußpilz helfen und genauso hat sie geschmeckt." Warum wollten mir alle ständig Suppe einflößen und mich ins Bett schicken? Da brachten mich keine zehn Pferde rein, wenn es nicht unbedingt sein musste – denn in meinem Bett lauerte Jakob.

„Was hast du mir gerade erzählt?", hakte ich schnell nach, um die Aufmerksamkeit von mir wegzulenken.

Adrians Augen funkelten und aus Gewohnheit rückte ich die Brille auf seiner Nase wieder gerade, die wie immer etwas schief saß und ihm so das Aussehen eines verrückten Professors verlieh. Er klang ganz aufgeregt, als er weitersprach: „Meine Fakultät bietet für die Semesterferien eine Exkursion nach Griechenland an. Dort wollen wir uns Ausgrabungen anschauen und ...“

Bereits nach wenigen Sekunden wurde seine Stimme zu einem entfernten Rauschen im Hintergrund. Auch wenn ich es nicht wahrhaben wollte: Ich musste dringend schlafen. Wenn schon nicht in meinem Bett, dann notfalls auf unserem altersschwachen Sofa mit der kaputten Sprungfeder, die sich einem unangenehm in den Rücken bohrte, wenn man zu weit rechts lag und ...

„Babe?“

Eine Berührung am Arm ließ mich vor Schreck zusammenzucken. Ich war schon wieder abgeschweift. Den Preis für die aufmerksamste Freundin gewann ich heute nicht.

„Reiß dich zusammen“, mahnte ich mich selbst und versuchte, einen möglichst interessierten Gesichtsausdruck aufzusetzen, als er meine Hände in seine nahm.

„Heißt das, du hast nichts dagegen?“, fragte er und ein Strahlen breitete sich auf seinem Gesicht aus.

Ich hatte nicht den blassesten Schimmer, wovon er sprach. Doch das durfte ich auf keinen Fall zugeben. Nicht, nachdem ich bestimmt zehn Minuten lang zu seinen Erzählungen genickt hatte, während ich in Wahrheit keines seiner Worte gehört hatte. „Natürlich nicht“, erwiderte ich deshalb sofort. Wie schlimm konnte es schon sein? Adrian war ein Musterbeispiel an Vernunft. Vermutlich hatte ich mein Einverständnis zu etwas absolut Sinnvollem erteilt wie einem Besuch im Baumarkt oder etwas ähnlich Spektakulärem.

„Ich wusste, dass du zustimmen würdest. Du bist einfach die Beste! Drei Wochen Griechenland, das wird einfach der Wahnsinn!“

Griechenland? Drei Wochen? Mir klappte die Kinnlade herunter. Vielleicht sollte ich das nächste Mal doch besser zuhören.

41

Kapitel 4

„Egal wie schnell du rennst, ich krieg dich schon noch!"

Panisch warf ich einen Blick über die Schulter, während meine Schritte immer schneller wurden. In meinen Ohren rauschte es und das Einzige, das ich wahrnahm, waren mein keuchender Atem und das rhythmische Geräusch meiner nackten Füße auf dem Asphalt. Ich rannte, ohne eine Ahnung wohin. Doch ich musste hier weg, und zwar auf der Stelle. Er durfte mich nicht kriegen, diesmal nicht! So musste sich die Antilope fühlen, wenn sie vor dem Löwen flüchtete und ahnte, dass sie es niemals schaffen würde. Sie wusste, dass sie zu langsam war, und dennoch rannte sie immer weiter. Ohne Sinn und Verstand, aus reinem Überlebensinstinkt, bis zum bitteren Ende. Jakob holte auf und Adrenalin flutete meinen Körper, als ich zu einem letzten Sprint ansetzte. Nur noch Zentimeter trennten uns voneinander und ich wusste, dass die Jagd gleich vorbei sein würde. Als sich sein Griff unerbittlich um mein Handgelenk schloss, wäre ich beinahe von den Füßen gerissen worden. Doch im nächsten Moment fand ich mich in Jakobs Armen wieder.

„Lass mich los!", brüllte ich und versuche verzweifelt, ihn von mir wegzustoßen, doch er war zu stark. Er hatte mich gefangen, hielt mich fest und ich konnte nur beten, dass es diesmal nicht so schlimm werden würde. Ich zog bereits den Kopf ein, um mich zu schützen, als mein Kinn überraschend sanft angehoben wurde. Ich blickte direkt in zwei eisblaue Augen, die mich interessiert musterten.

„Du siehst anders aus als damals in der Schule. Irgendetwas hat sich verändert, Marissa, doch ich weiß nicht, was."

Ich schnappte nach Luft, als er nach einer Haarsträhne griff und sie sanft um den Finger drehte. „Deine Haare sind noch immer feuerrot, das ist es nicht."

Was passierte hier gerade? Diese Entwicklung machte mir mehr Angst, als die Verfolgungsjagd gerade. Bei dieser waren unsere Rollen klar verteilt gewesen. Doch das hier war neu! Ich versuchte mich langsam aus seinen Armen zu winden, doch er hielt mich unerbittlich fest. Eine Gänsehaut kroch über meinen Körper, als er beinahe zärtlich über mein Gesicht strich.

„An deinen Sommersprossen liegt es auch nicht, es sind noch genauso viele wie früher."

Wie paralysiert stand ich da und ließ Jakobs seltsame Musterung über mich ergehen. Er umkreiste mich, während er mich von oben bis unten betrachtete.

„Pummel-Marissa sieht mittlerweile ganz anständig aus, wer hätte das gedacht?"

Jetzt reichte es! Was dachte sich der Kerl eigentlich, so über mich urteilen zu können? Wut stieg in mir auf, fachte mein inneres Feuer an und ließ die Angst schrumpfen.

„Fahr doch zur Hölle, Jakob." Ich drehte mich um und wollte davonlaufen, als er mich am Arm packte und ruckartig zu sich herumdrehte. Sein Gesicht war nur noch Zentimeter von meinem entfernt und ich roch den Minzkaugummi, dem er noch immer treu war.

„Ich bin ein neugieriger Mensch, Marissa. Deshalb werde ich ein Experiment wagen, halte einfach still."

Himmel, was hatte er bloß vor? Ich kniff die Augen zusammen und wollte den Kopf zur Seite drehen, als mich bereits seine Lippen trafen. Ein Stromstoß durchfuhr meinen Körper und meine Beine drohten unter mir wegzuknicken. Doch Jakob hielt mich fest. Mit seinen Armen und mit seinem Mund, der immer noch auf meinem lag. Ich war gefangen zwischen Abscheu und diesem neuen Gefühl, das in meinem Bauch kribbelte und das ich am liebsten auf der Stelle losgeworden wäre. Doch mit jeder Sekunde, die der Kuss dauerte, wurde es stärker. Bis ich Jakob so entschlossen von mir stieß, dass diesmal er es war, der einen Schritt zurückmachte.

„Wow, nicht schlecht, wer hätte gedacht, dass du so gut küssen kannst?" Mit einem schnellen Schritt war er wieder bei mir und zog mich in einen zweiten Kuss, in dem Angst auf Neugier und Hass auf Lust trafen.

Als ich aufwachte, war es finstere Nacht. Neben mir hörte ich die gleichmäßigen Atemzüge von Adrian und das leichte Pfeifen, das er im Schlaf immer von sich gab. Mir entwich ein frustrierter Seufzer. Schon wieder ein Traum von Jakob, schon wieder eine schlaflose Nacht. Nachdem ich mich zu Beginn im Traum heftig gegen ihn gewehrt hatte, hatte ich nun aufgehört, gegen ihn anzukämpfen. Stattdessen kamen wir uns immer näher und ich fragte mich, was die bessere Variante war. Am schlimmsten war, dass ich ihn nicht länger hassen konnte, wenn ich in seinen Armen lag. Das verwirrte mich mehr, als ich zugeben wollte. Ich befand mich nicht länger auf der vertrauten Straße der Wut, sondern driftete immer mehr in eine Zwischenwelt ab, in der meine Gefühle verschwammen.

An Schlaf war nicht mehr zu denken, ich lag hellwach im Bett. Um Adrian nicht zu stören, schlich ich nach nebenan ins Wohnzimmer. Zum Glück wohnte er allein in seiner kleinen Wohnung, weshalb ich keine Angst vor Mitbewohnern haben musste, die wie aus dem Nichts auftauchten. Das schummrige Licht seines Laptops erleuchtete das dunkle Zimmer, als ich ihn anschaltete. Ich genoss die Dunkelheit um mich herum, die mich sanft einhüllte. Mittlerweile war es zur Gewohnheit geworden, dass ich nachts wach war. Mein immer größer werdendes Schlafdefizit versuchte ich durch einen Mittagsschlaf auszugleichen, was jedoch nicht immer klappte. Mit jedem Tag glich ich mehr einem Zombie, und es war nur noch eine Frage der Zeit, bis ich vor Erschöpfung zusammenbrach.

Wie von selbst gaben meine Finger Jakobs Namen bei Google ein. Mein Herz klopfte wie wild, als die Ergebnisse auf dem Bildschirm auftauchten. Leider war Jakob Anderson ein ziemlich häufiger Name und so musste ich mich mühsam durch jeden einzelnen Eintrag klicken. Ein schwedischer Architekt, ein Influencer, sogar ein berühmter Schauspieler war dabei. Doch nicht der Jakob, den ich eigentlich suchte. Frustriert seufzte ich, doch dann kam mir eine Idee. Wo konnte man heutzutage beinahe jeden Menschen auf der Welt finden? Bei Instagram! Meine Hand griff wie von selbst zu meinem Handy und gab seinen Namen ein. Ich scrollte durch die Trefferliste und scannte jedes Profilbild auf der Suche nach dem richtigen Jakob und tatsächlich ... dort war er, nur einen Klick von mir entfernt! Mein Magen zog sich vor Aufregung zusammen und ich musste mich dazu zwingen, tief ein- und auszuatmen. Es war vollkommen absurd: Seit Wochen traf ich Jakob in meinen Träumen, aber in der Realität gelang es mir kaum, auf seinen Namen zu klicken.

„Weil das hier echt ist und kein Hirngespinst“, flüsterte mir eine innere Stimme zu. Sie hatte wie immer recht. Das hier war nicht der Jakob aus meinem Traum, der mich in den Arm nahm und küsste. Nein, das hier war der Jakob, der mir all die schlimmen Dinge angetan hatte und der vermutlich keinen Gedanken mehr an mich verschwendete.

Doch für einen Rückzieher war es jetzt zu spät. Entschlossen klickte ich auf seinen Namen und starrte eine geschlagene Minute auf das Profil, das sich vor mir öffnete. 479 Abonnenten. Ein ungläubiges Schnauben entfuhr mir: War das etwa sein Fanclub oder woher kannte er so viele Leute? Neugierig betrachtete ich die Bilder in seinem Feed. Das aktuellste zeigte ihn auf einer Brücke inmitten einer großen Stadt. Umgeben von lauter Menschen stand er da und reckte breit grinsend die Daumen in die Höhe. Seine Körpersprache strahlte dieselbe widerliche Arroganz aus wie früher. Ich beugte mich nach vorn, um Einzelheiten erkennen zu können. Wenn mich nicht alles täuschte, war das die Millenium Bridge in London. Im Hintergrund erkannte ich die St. Paul's Cathedral. Ob er dort Urlaub gemacht hatte?

Mittlerweile hatte ich alle Hemmungen fallen gelassen und klickte mich ungeniert durch seine Fotos. Jakob vor dem Tower mit einer Gruppe Jungs, die sich gegenseitig mit Bier zuprosteten. Am Big Ben umarmte er ein hübsches blondes Mädchen und auf dem nächsten Bild spazierte er grinsend durch die Kew Gardens. Auffällig war, dass er auf fast jedem Bild eine Bierflasche in der Hand hielt. Anscheinend war er niemals ohne Alkohol unterwegs.

„Und auch nicht ohne Mädchen", stellte ich grimmig fest und betrachtete seine Begleiterinnen, die auf jedem Bild wechselten. Eine schöner als die andere, wie ich nicht ohne Neid zugeben musste. Fast alle Kommentare zu seinen Fotos waren auf Englisch, und so langsam kamen mir Zweifel, dass er lediglich Urlaub in London machte.

„Dude, what a party last night! Hope to see ya soon."

„Worst hangover EVER, but it was definitely worth it."

Das klang mehr nach einem Auslandssemester als nach einem Urlaub. Ich hatte genug gesehen! Entschlossen klappte ich den Laptop zu. Was hatte ich erwartet? Nur weil mir Jakob im Traum schöne Worte ins

Ohr flüsterte, hatte er sich nicht automatisch auch im echten Leben geändert. Das war definitiv nicht der Fall. Partys, Alkohol, Mädchen und mittendrin das grinsende Gesicht von Jakob, das mir signalisieren sollte, dass er es geschafft hatte. Er genoss sein Leben in vollen Zügen, während er keinen einzigen Gedanken mehr an seine Vergangenheit geschweige denn an mich verschwendete.

Die Erkenntnis, dass er sich in London amüsierte, während ich seinetwegen seit Wochen litt, entfachte die Wut in mir. Ich hatte genug von diesem Trip in die Vergangenheit und wollte nichts lieber, als Jakob endlich loszuwerden. Stattdessen verfolgten mich seine eisblauen Augen bis in meine Träume und ich konnte nur beten, dass sie irgendwann wieder verschwanden.

Kapitel 5

Jakob – wenn ich diesen Namen noch einmal hörte, müsste ich schreien! Leider war mein Unterbewusstsein anderer Meinung. Während ich ihm zunächst befahl, Jakob sofort und auf der Stelle zu vergessen, beschränkte ich mich irgendwann auf Bitten und schließlich auf Betteln. Doch alles half nichts. Meine Hoffnung, dass sich das Problem mit der Zeit von allein lösen würde, erfüllte sich nicht. Natürlich nicht, das wäre auch zu einfach gewesen und erfahrungsgemäß war in meinem Leben niemals etwas einfach. Nacht für Nacht träumte ich von ihm und jeden Morgen erschrak ich mehr beim Blick in den Spiegel, aus dem mir ein blasses, hohlwangiges Gesicht mit violetten Schatten unter den Augen entgegenblickte.

Mittlerweile waren auch Adrian und Annie darauf aufmerksam geworden, dass irgendetwas mit mir nicht stimmte. Ein paar Tage lang konnte ich sie mit dem Vorwand täuschen, krank zu sein, doch über Wochen hinweg war es unglaubwürdig. Annies Radar schlug an und ich sah ihren prüfenden Blick, wenn ich jeden Morgen wie gerädert aus meinem Zimmer taumelte und im Halbschlaf versuchte, den richtigen Knopf an der Kaffeemaschine zu finden. Doch ich war noch nicht bereit, mit ihr zu reden, denn das würde bedeuten, dass ich meine Vergangenheit vor ihr ausbreiten musste. Auch wenn es nichts gab, für das ich mich schämen musste, tat ich es dennoch. In Annies Augen laß ich, dass die Gnadenfrist, die sie mir gewährt hatte, bald enden würde. Doch noch ließ sie mich in Ruhe und ich nahm die Verschnaufpause dankbar an.

Adrian hingegen bemerkte, dass irgendetwas anders war, aber er nahm mir die Ausrede, dass es am Prüfungsstress lag, ohne zu zögern ab. Glücklicherweise war er mit seinen Gedanken schon halb in Griechenland bei seiner Exkursion, die in der nächsten Woche beginnen würde. Sein Kopf war voll mit Packlisten und Tourdaten. So sehr ich ihn auch vermissen würde, war ich dennoch erleichtert, dass er keine weitere Erklärung für mein seltsames Verhalten forderte. Es war schwer genug für mich, ihm jeden Morgen in die Augen zu blicken, während ich in der Nacht zuvor mit einem anderen zusammen war. Dass es nur ein Traum war, über den ich keine Kontrolle hatte, tat dabei nichts zur Sache – zumindest nicht für mich.

Mit letzter Kraft brachte ich die Abschlussprüfungen hinter mich. Endlich Semesterferien! Normalerweise hätte ich das mit Annie und einem Cocktail in unserer Lieblingsbar gefeiert, doch ich wollte einfach nur meine Ruhe. Wenigstens musste ich mich jetzt tagsüber nicht mehr an die Uni schleppen, sondern konnte mich so lange in meinem Zimmer verkriechen, wie ich wollte.

Ich hatte beschlossen, die Semesterferien komplett in Tübingen zu verbringen. Normalerweise plante ich zumindest einen kurzen Besuch in Stuttgart, doch bereits beim Gedanken daran geriet ich in Panik. Dort würde mich alles nur noch mehr an Jakob erinnern, worauf ich dankend verzichtete. Meine Eltern waren zwar enttäuscht, aber sie akzeptierten meine Entscheidung, ohne zu zögern. Sie freuten sich, dass ich in Tübingen so glücklich war. Die Tatsache, dass Adrian drei Wochen in Griechenland verbringen würde, verschwieg ich lieber. An dem Wunsch, meinen Eltern keine Sorgen zu bereiten, hatte sich auch Jahre später nichts geändert. Alte Muster gab man eben nur schwer auf.

Allerdings zerriss mir der Gedanke an Leo beinahe das Herz. Ich konnte seine traurigen Augen vor mir sehen, wenn meine Eltern ihm erzählen würden, dass ich in den Ferien nicht kam. Aber es ging einfach nicht.

Der Abschied von Adrian verlief kurz und schmerzlos. Ich begleitete ihn zum Bahnhof und hörte mit halbem Ohr zu, wie er mir begeistert von seiner Exkursion erzählte. Doch mehr als ein „hmm", „ja" und „schön" brachte ich nicht über die Lippen. Glücklicherweise bemerkte er es in seinem Eifer und der Vorfreude auf die anstehende Reise nicht. Am Bahnsteig gab er mir einen letzten Kuss, bevor er in den Zug stieg.

„Tschüss, Babe. Ich werde dich anrufen, sobald ich Empfang habe. Es kann allerdings etwas dauern, man hat uns schon vorgewarnt, dass das Netz in der Pampa eine Katastrophe ist. Aber mach dir keine Sorgen, ich gehe schon nicht verloren."

Ich brachte ein halbherziges Lächeln zustande und er runzelte besorgt die Stirn. Jetzt hatte ich es auf den letzten Metern noch geschafft, ihn zu beunruhigen. Genau das wollte ich vermeiden.

Er legte einen Finger unter mein Kinn und hob es sanft an, sodass ich ihm in die Augen schauen musste.

„Geht es dir gut?"

Hastig nickte ich und zwang mich zu einem Lächeln. „Ja, ich bin nur erschöpft von den Prüfungen. Gestern hatte ich zwei an einem Tag und ich fühle mich, als hätte mich ein LKW überrollt. Zuhause lege ich mich erstmal ins Bett und mache einen Tag lang nichts anderes als Netflix zu schauen und Schokolade zu essen."

Prüfend ruhte sein Blick auf mir. Sein Lügenradar war zwar bei weitem nicht so ausgeprägt wie das von Annie, aber gut genug, um zu spüren, dass etwas nicht stimmte. „Versprich mir, dass du mich anrufst, wenn irgendetwas ist", mahnte er mich.

„Natürlich", versicherte ich schnell. „Ehrenwort! Annie ist schließlich auch noch da." Ich hob die Hand zum Schwur und wir mussten beide lachen. Erleichtert stellte ich fest, dass er sich entspannte, und ich setzte eine bewusst fröhliche Miene auf.

Zum Glück gab der Schaffner in diesem Moment das Signal zur Abfahrt. Viel länger hätte ich diese Show auch nicht durchgehalten. Schnell nahm Adrian seinen Koffer und stieg ein. Ich blieb am Bahnsteig stehen, bis auch der letzte Waggon aus meinem Blickfeld verschwunden war. Seltsam, wie erleichtert ich mich fühlte, dass mein Freund für drei Wochen das Land verließ. Aber es gab mir die Gelegenheit, mich und meine Gedanken zu ordnen. Wenn er zurückkam, war ich hoffentlich wieder die Freundin, die er kannte, und kein schlafloser Zombie mehr.

Kapitel 6

In dem Moment, als mich seine Lippen berührten, explodierte die Welt um mich herum. Mein Körper stand komplett unter Strom, als ich mit beiden Händen in seine dichten Haare griff, um ihn näher zu mir heranzuziehen. Es war noch viel zu viel Abstand zwischen uns. Fordernd tasteten sich meine Lippen weiter voran und als seine Hände an meinem Körper entlangglitten, stöhnte ich unterdrückt auf. Doch plötzlich stoppte er abrupt und ich hörte ein leises Lachen.

„Was ist los?", fragte ich frustriert. „Warum hörst du auf?"

„Du überrascht mich immer wieder. Ich hätte niemals gedacht, dass du so leidenschaftlich sein kannst. In der Schule habe ich dich immer für eine prüde Streberin gehalten", neckte er mich.

Seine Finger zogen träge Kreise um meinen Bauchnabel, was Schauer durch meinen gesamten Körper jagte. Jedes Mal, wenn ich mit Jakob zusammen war, staunte ich über diese magische Anziehungskraft, die von ihm ausging. Nach alldem, was ich mit ihm erlebt hatte, müsste ich ihn eigentlich zum Teufel jagen wollen. Doch das Gegenteil war der Fall. Mein Verstand und mein Körper lieferten sich einen erbitterten Kampf und nach anfänglichem Zögern gab ich mich Jakob immer weiter hin. Manchmal fragte ich mich, wo das alles hinführen sollte, doch im Moment genoss ich einfach das Gefühl, das er mir gab, wenn wir zusammen waren.

„Ich mag dich sehr, Marissa, weißt du das eigentlich?", begann er plötzlich ungewohnt ernst und mein Herz setzte für einen Takt aus. Was war mit dem alten

Jakob passiert? Mittlerweile konnte ich damit umgehen, wenn er mich berührte und küsste. Aber ein Jakob, der mit mir über seine Gefühle sprach, war zu viel des Guten. Mein Körper war eine Sache, doch mein Herz war tabu – das würde ich ihm niemals schenken.

„Bis vor kurzem hast du mich gequält, wo du nur konntest. Und plötzlich sagst du mir, dass du mich magst – einfach so, als wäre es die normalste Sache der Welt. Verstehst du nicht, dass mich das völlig durcheinanderbringt?"

„Ich sage dir nur die Wahrheit. Auch ich kann mich ändern, oder glaubst du mir etwa nicht?"

„Ich weiß es nicht", gab ich ehrlich zu und konnte in seinen Augen lesen, wie sehr ihn diese Antwort verletzte. Er wollte, dass ich ihm glaubte, doch ich konnte nicht. Nicht nach alldem, was passiert war.

Erschöpft ließ ich mich gegen seinen Oberkörper sinken und vergrub das Gesicht in seiner Halsbeuge. „Wo soll das mit uns nur enden, Jakob?" Meine Stimme war lediglich ein Flüstern, als mir eine Träne über das Gesicht rann.

„Wie soll was enden? Rede mit mir, Marissa!"
Ein kräftiges Zwicken an der Hüfte ließ mich erschrocken auffahren. „Aua! Was soll das?" Empört rieb ich mir die schmerzende Seite. Ich war zurück in meinem Zimmer, doch diesmal war ich nicht allein. Erschrocken stellte ich fest, dass neben mir auf dem Bett Annie saß und mich mit besorgter Miene musterte.

„Was machst du denn hier?", fragte ich erstaunt.

Zischend stieß sie die Luft aus. „Du hattest einen Albtraum und hast unverständliche Worte gemurmelt", klärte sie mich auf. „Ich habe mehrmals versucht, dich zu wecken. Als alles nichts half, habe ich mich zu härteren Maßnahmen genötigt gesehen."

„Oh", murmelte ich. War es wirklich so schlimm gewesen? Verlegen stellte ich fest, dass ich im Schlaf geweint hatte. Meine Wangen waren immer noch feucht und ich wischte schnell mit dem Ärmel meines Schlafanzuges darüber in der Hoffnung, dass Annie es nicht bemerkt hatte. Doch natürlich entging ihrem Röntgenblick kein einziges Detail.

„Was ist los mit dir? Ich schaue mir das jetzt bereits seit Wochen an. Du siehst mit jedem Tag erschöpfter aus und kommst kaum noch aus deinem Zimmer, außer um ins Bad zu gehen. Und wenn du dich doch mal in der Küche blicken lässt, dann stürzt du dich auf die Kaffeemaschine wie ein Ertrinkender. Du kannst vielleicht Adrian täuschen und alles auf den Prüfungsstress schieben, aber bei mir hast du damit keinen Erfolg."

Entschlossen verschränkte sie die Arme vor der Brust und ließ keinen Zweifel daran, dass ich diesmal nicht so leicht aus der Nummer herauskommen würde.

Ergeben seufzte ich. Gegen Annie hatte ich keine Chance. Sie würde mich erst wieder aus diesem Bett aufstehen lassen, wenn sie jedes noch so kleine Detail der Geschichte kannte. Erneut schossen mir Tränen in die Augen und ich sah, wie ihr Blick weicher wurde. „Du hast recht", schniefte ich. „Mir geht es tatsächlich nicht gut."

Wortlos reichte sie mir ein Taschentuch und ich hob die Bettdecke an, damit sie neben mich schlüpfen konnte.

„Erzählst du mir, was los ist?", bat sie mich leise und ich nickte.

Einmal angefangen brachen in Annies Gegenwart alle Dämme. Ich erzählte ihr von meiner Schulzeit und den Attacken meiner Mitschüler. Ich erzählte ihr von meinen Träumen und natürlich von Jakob – vor allem von Jakob. Wie er mich jede Nacht in meinen Träumen heimsuchte und wie es mit jedem Tag schlimmer wurde. Dass ich kaum noch schlafen konnte und tagsüber so müde war, dass ich beim Lernen auf meinen Unibüchern einschlief. Dazu kam das schlechte Gewissen gegenüber Adrian, da ich im Traum kurz davor gewesen war, ihn mit Jakob zu betrügen.

Annie hörte sich alles mit ruhiger Miene an und ließ mich die ganze Geschichte an einem Stück erzählen. Erst als ich fertig war und mich erschöpft in mein Kissen fallen ließ, ergriff sie das Wort: „Das ist heftig! Kein Wunder, dass du so durch den Wind bist. Am liebsten würde ich diesen Jakob erwürgen."

Ich musste unter Tränen lachen. „Da sind wir schon zwei."

Annie grinste, wurde gleich darauf aber wieder ernst. „Die Frage ist doch, wie wir ihn wieder aus deinem Kopf kriegen. Das muss doch irgendwie möglich sein. Du als angehende Psychologin müsstest das doch wissen."

Da hatte sie einen wunden Punkt getroffen. Alle Ansätze, die ich kannte, funktionierten bei Jakob nicht. Wie eine Zecke hatte er sich in meinem Kopf festgeklammert und weigerte sich, loszulassen.

„Bei Jakob versagt mein ganzes Wissen. Am Anfang habe ich mich gegen die Träume gewehrt, doch es wurde schlimmer. Dann habe ich jeden Gedanken an ihn ignoriert, aber auch das half nichts."

Einige Minuten lang hingen wir beide stillschweigend unseren Gedanken nach, dann erhellte sich Annies Gesicht. „Eine Sache hast du noch nicht ausprobiert."

„Welche denn?", fragte ich neugierig. Vielleicht kam sie jetzt mit irgendeiner neuartigen Gedankentechnik um die Ecke, von der ich noch niemals etwas gehört hatte.

„Konfrontationstherapie."

Mein ratloser Gesichtsausdruck musste Bände sprechen, denn sie brach in schallendes Gelächter aus. „Du musst ihn treffen", erklärte sie mir.

„Bist du verrückt? Ich kann doch nicht einfach zu ihm gehen und sagen: Hallo Jakob, erinnerst du dich an mich? Ich bin Marissa, das Mädchen, das du jahrelang in der Schule gequält hast. Seit kurzem träume ich jede Nacht von dir. Ich würde dich gerne loswerden, was allerdings nicht wirklich funktioniert, weshalb ich hier vor deiner Türe stehe. Kannst du mir irgendwie helfen?"

Lachend schüttelte Annie den Kopf. „So sollst du das natürlich nicht sagen, Dummerchen. Vielleicht reicht es ja schon aus, wenn du ihn siehst? So aus der Ferne. Vielleicht kuriert dich das, und du musst überhaupt nicht mit ihm sprechen."

Nachdenklich ließ ich ihren Vorschlag auf mich wirken. Das ergab tatsächlich Sinn. „Daran habe ich noch nicht gedacht. Aber wie soll ich das anstellen? Er ist gerade für ein Auslandssemester in London. Ich kann ja schlecht dorthin fliegen, nur um einen Blick auf ihn zu werfen."

„Warum denn nicht?" Annie kicherte. Dann wurde sie wieder ernst und legte mir die Hand aufs Knie. „Ganz ehrlich, warum solltest du nicht nach London fliegen? Adrian ist auf seiner Exkursion in Griechenland. Ihm ist es egal, ob du in Tübingen bist oder in Timbuktu. Deine Eltern rechnen ebenfalls nicht mit deinem Besuch. Du kannst es ja als Urlaub betrachten und dir nebenher noch die Stadt ansehen. Was wäre die Alternative? Hierbleiben und jeden Tag ein bisschen weiter zur Untoten mutieren? Nein, das ist deine Chance, ihn endlich loszuwerden. Eine bessere kommt nicht."

Ihre Idee schlug so langsam Wurzeln in meinem Kopf. Vielleicht war es tatsächlich nicht ganz so verrückt, wie es auf den ersten Blick wirkte. Ich wollte diesen Kerl endlich aus meinem Leben streichen. Wenn die einzige Möglichkeit darin bestand, das Land zu verlassen, dann hatte ich keine andere Wahl. Adrian war drei Wochen in Griechenland, warum sollte ich dann nicht ebenfalls verreisen? Zwar hatte ich keinen Urlaub geplant, aber ich wollte tatsächlich schon immer einmal nach London. Also warum nicht jetzt? Ich müsste niemandem davon erzählen und könnte anschließend stillschweigend mein gewohntes Leben wieder aufnehmen. Ganz so, als hätte es Jakob und diese verrückten Träume niemals gegeben.

„Gut", sagte ich schlicht.

„Wie jetzt?" Mit weit aufgerissenen Augen sah mich Annie an.

„Ich mache es. Ich buche den nächsten Flug nach London."

Sie blickte mich an, als wäre ich verrückt geworden. Dabei war es ihre Idee gewesen.

Noch in derselben Nacht buchten wir einen Flug nach London für mich und ein Zimmer in einem Hostel. Annie hätte mich am liebsten begleitet, doch ein dringendes Kunstprojekt hielt sie davon ab.

Ich konnte es nicht fassen: Morgen um die Mittagszeit würde ich bereits im Flieger nach England sitzen!

Kapitel 7

„Bitte schnallen Sie sich an. Wir starten gleich.“ Erschrocken zuckte ich zusammen, als mich die Stewardess aus meinen Gedanken riss. Ihre perfekt geschminkten Augenbrauen hoben sich fragend, bis ich begriff, was sie von mir wollte. Nur ein winziger zuckender Muskel in ihrem Gesicht verriet ihre Ungeduld, während sie weiterhin freundlich lächelte.

„Natürlich.“ Gehorsam griff ich nach dem schwarzen Sicherheitsgurt, legte ihn mir um den Bauch und zurrte ihn fest. Nach einem letzten prüfenden Blick setzte sie ihre Kontrollrunde durch das Flugzeug fort, während ich seufzend tiefer in den Sitz sank.

Konnte mich mal jemand kneifen? Ich saß tatsächlich in einem Flieger nach London! Und das alles nur wegen eines verrückten Traums. Korrigiere, wegen einer ganzen Serie an verrückten Träumen. Machte es das besser? Nicht wirklich.

Als ich gestern mit Annie zusammen den Flug gebucht hatte, erschien alles noch so logisch: Ich würde nach London fliegen, Jakob suchen und spontan von meiner Besessenheit für ihn geheilt werden. So weit, so gut. Doch bereits auf der Fahrt zum Flughafen beschlichen mich immer mehr Zweifel an unserem Plan. Was wäre, wenn er komplett nach hinten losging? Dann hätte ich die weite Reise umsonst auf mich genommen und konnte mich zuhause direkt auf die Couch beim Therapeuten legen. Auf der anderen Seite: Was hatte ich schon zu verlieren? Bereits jetzt glich ich einer wandelnden Leiche. Außerdem war London eine schöne Stadt. Adrian war auf einer Exkursion in Griechenland und ich machte Urlaub in England. Ich konnte die Reise ja mit ein bisschen Sightseeing verknüpfen, redete ich mir die Sache schön. Morgens Jakob stalken und mittags mit dem Schiff die Themse hinunter schippern – ganz normale Semesterferien eben.

„Meine Damen und Herren, in Kürze erreichen wir London Heathrow. Bitte schnallen Sie sich an." Der tiefe Bariton des Kapitäns schallte durch den Lautsprecher und riss mich aus dem Halbschlaf, dem ich die letzten Minuten verfallen war. Das Flugzeug sackte ruckartig ab und ich krallte mich in meine Armlehne. Als ich einen Blick aus dem kleinen Fenster warf, sah ich, wie wir durch die Wolkendecke brachen. Unter uns breitete sich London bei strahlend blauem Wetter aus und mein Mund formte vor Entzücken ein leises „Oh".
Bereits aus dieser Höhe konnte ich die Tower-Bridge erkennen, die das eine Ufer der Themse mit dem anderen verband. Und ja, dort hinten sah ich den Palace of Westminster und den Big Ben – den wollte ich unbedingt aus der Nähe anschauen! Ich presste die Nase so lange an die kalte Scheibe, bis wir mit einem unsanften Aufprall auf dem Rollfeld landeten. Geschafft, ich war tatsächlich in England!
Plötzlich herrschte überall um mich herum hektische Betriebsamkeit. Jeder wollte so schnell wie möglich an sein Handgepäck und die Stewardessen hatten alle Hände voll zu tun, die ungeduldigen Passagiere zu koordinieren. Ich hingegen hatte es nicht eilig und wartete bis ganz zuletzt, um mein Gepäck zu holen und das Flugzeug zu verlassen.
Eine halbe Stunde später fand ich mich mit meinem kleinen Rollkoffer am Bahnsteig von Heathrow wieder. Um zu meinem Hostel zu gelangen, musste ich den Heathrow Express nehmen, welcher vom Flughafen

direkt zur Paddington Station fuhr. Von dort aus sollte
es nur ein Katzensprung zu meinem Hostel sein. Am
Bahnhof summte und brummte es wie in einem Bie-
nenstock und ich umklammerte fest den Griff meines
Koffers, um ihn ja nicht im Gedränge zu verlieren.

Als der Zug endlich eintraf, stiegen mit mir noch Dutzend andere Passagiere ein. Einen freien Sitzplatz zu ergattern war unmöglich, also umklammerte ich schnell
einen der Haltegriffe, um nicht beim ersten Bremsen
umzufallen. Dann schlossen sich die Zugtüren und es
ging endlich los.

Mein Hostel lag im Stadtteil Kensington, der direkt an
den Hyde Park angrenzte. Als ich endlich die Endsta-
tion erreichte, zitterten mir vor Aufregung und Erschöpfung die Knie. Die letzten Meter würde ich zu Fuß
zurücklegen müssen. Mein Koffer klapperte über den
Asphalt, während ich durch die Straßen Kensingtons
lief und die noblen Gebäude bestaunte, die sich nebeneinander aufreihten. Jeder Stein strahlte förmlich Pro-
minenz und Aristokratie aus. Himmel, wer hier lebte,
der hatte es wirklich geschafft! Neben den herrschaft-
lichen Häusern kam ich an zahlreichen kleinen Pubs,
Bars und Cafés vorbei, die die Straßen säumten. Der
himmlische Geruch nach Curry und Koriander ließ
meinen Magen so laut knurren, dass man es vermutlich noch zwei Straßen entfernt hörte. Doch er musste
sich noch etwas gedulden, zuerst musste ich im Hostel
einchecken. Mit seinen braunen Klinkersteinen und
den weiß gerahmten Fenstern sah es von außen hübsch
und gepflegt aus. Doch als ich an der Rezeption meinen
Zimmerschlüssel in Empfang nehmen wollte, erwartete mich eine böse Überraschung.

„Sorry, wir haben kein Einzelzimmer mehr frei." Das
Mädchen hinter dem Tresen, deren blondes Haar von
pinken Strähnen durchzogen war, kaute ungerührt auf
ihrem Kaugummi.

Vor Entsetzen klappte mir die Kinnlade runter. „Ich habe definitiv ein Einzelzimmer gebucht. Bitte schau nochmal nach!"

Eine pinkfarbene Strähne um den Finger gewickelt, warf sie einen kurzen Blick auf den Bildschirm und gähnte. „Wie gesagt, wir haben kein Einzelzimmer mehr. Ich kann dir einen Platz im gemischten Schlafsaal anbieten. Drei Betten sind bereits belegt, eines ist noch frei. Du solltest dich schnell entscheiden, bevor es weg ist."

Eine Kaugummiblase explodierte vor meinem Gesicht und ich trat einen Schritt zurück. Ein gemischter Schlafsaal mit drei wildfremden Menschen? Und was, wenn es drei Männer waren? Niemals!

Auf der anderen Seite wusste ich, dass es beinahe unmöglich war, spontan ein bezahlbares Hostel in London zu finden. Im schlimmsten Fall stand ich heute Abend auf der Straße und wusste nicht, wo ich schlafen sollte. Egal was ich wählte, es konnte nur in einer Katastrophe enden.

Zähneknirschend griff ich nach dem Schlüssel, den mir das Mädchen entgegenstreckte. Sie zeigte auf die Treppe, während sie mit der anderen Hand nach dem klingelnden Telefon griff. Gott, wo war ich hier nur gelandet? Zornig stapfte ich die Treppe nach oben auf der Suche nach meinem Schlafsaal. Doch mein wütender Abgang blieb unbemerkt. Das Mädchen hatte sich bereits umgedreht und sprach kichernd in den Telefonhörer.

„Bitte, lass zumindest ein Mädchen dabei sein. Alles, bloß keine drei Männer", flehte ich stumm, als ich vorsichtig den Raum betrat. Er war zum Glück leer und ich atmete erleichtert aus. Das Zimmer war spärlich eingerichtet: Zwei schlichte Etagenbetten standen an der Wand, dazu ein Kleiderschrank und ein Mülleimer. Eine Tür führte nebenan in ein winziges Badezimmer.

Neugierig trat ich näher und betrachte die Habseligkeiten, die auf den Betten verstreut lagen. Tops, BHs, Kleider, ein Föhn … Man konnte den Stein förmlich hören, der mir gerade vom Herzen fiel. Das gehörte eindeutig keinem Mann! Vielleicht hatte ich doch noch eine winzige Chance, diesen Trip des Grauens zu überleben.

Eines der oberen Etagenbetten war noch frei und ich legte meine wenigen Kleider auf die Bettdecke, bevor ich meinen leeren Koffer in einer Zimmerecke verstaute.

Fertig. Ich war am Ziel angekommen. Doch keine Freude und kein Triumphgefühl wollten sich bei mir einstellen. Stattdessen drohte mich eine Welle des Heimwehs unter sich zu begraben. Um nicht in Tränen auszubrechen, checkte ich schnell das neue Instagram-Profil. Mir klappte die Kinnlade herunter, als mein Handy quasi vor meinen Augen explodierte: 32 Kommentare, 200 Likes und 14 Nachrichten. Beim Warten auf meinen Flug hatte ich vorher den ersten Beitrag online gestellt: Der Text „Probleme mit Mobbing? Du bist nicht allein! Schreib uns!" leuchtete in einem farbenfrohen Post. Mir war bewusst, dass es viele geben musste, die genauso betroffen waren wie ich. Doch mit diesem Ansturm auf einen einzigen Beitrag hatte ich nicht gerechnet. Langweilig würde es mir heute Abend nicht werden, so viel war sicher! Nacheinander las ich die Kommentare und Nachrichten, in denen völlig Fremde ihr Herz ausschütteten. Ihre Geschichten und Erlebnisse waren teilweise unfassbar und mein Herz krampfte sich vor Wut und Mitleid zusammen. Wut auf Menschen wie Jakob, die aus Spaß das Leben anderer zerstörten. Mit jeder Nachricht, die ich beantwortete, wurde mir klarer, wie wichtig meine Reise nach London war. Ich hatte die Chance, meinen Peiniger zur Rede zu stellen und ihm zu zeigen, was er angerichtet hatte. Viele andere hatten diese Möglichkeit nicht. Sie steckten noch viel zu sehr im Kreislauf aus Gewalt, Angst und Schuld, um sich wehren zu können. Mit fliegenden Fingern tippte ich Nachricht um Nachricht, bis ich irgendwann erschöpft über meinem Handy einschlief.

Teil 2

Kapitel 8

Jakob

Nur mühsam unterdrückte ich den Impuls, Charlottes Hand wegzuschieben, die schlaff wie ein toter Fisch auf meinem nackten Brustkorb lag. Ihre blonden Locken kitzelten meine Nase und ich musste niesen: Fuck!

Bumm, bumm, bumm – Mein Herz schlug in einem wütenden Takt, während ich immer tiefer ein- und ausatmete in dem Versuch, mich zumindest halbwegs unter Kontrolle zu bekommen. Was zum Teufel war nur los mit mir? Neben mir im Bett lag nicht nur irgendeine Frau, sondern Charlotte. Ja, genau, DIE Charlotte, die heißeste Braut auf dem Campus. Während die anderen Frauen sie vor Neid am liebsten erwürgen würden, warfen sich die Männer vor ihr in den Staub. Ein Fingerschnippen genügte, um aus jedem standhaften Kerl einen winselnden, sabbernden Köter zu machen, der das Stöckchen fangen wollte – in diesem Fall natürlich Charlotte.

Als ich vor vier Monaten mein Auslandssemester in London begonnen hatte, drang sofort der Name

Charlotte Dubois an mein Ohr. Beinahe ehrfurchtsvoll sprachen die Jungs von ihr und sie übertrieben nicht. Als ich sie zum ersten Mal sah, stieß ich einen bewundernden Pfiff aus: blonde Ringellocken, die beinahe bis zur Taille reichten, ein Engelsgesicht und natürlich diese endlos langen Beine, die in absolut heißen Leggins steckten. Das allein würde nicht einmal ansatzweise ausreichen, um einen Hauch Interesse in mir zu entfachen – schließlich war ich auf dem Campus umzingelt von süßen Miezen. Doch Charlotte hatte etwas an sich, das mich mehr reizte, als alles andere: Ihr eilte der Ruf voraus, dass sie niemanden an ihr Allerheiligstes ließ. Übersetzt hieß das: Sie war noch Jungfrau. Als ich das erfuhr, leuchteten meine Augen und mein Kampfgeist war mit einem Schlag geweckt. Ich hatte sie bereits alle in meinem Bett gehabt: Blond, brünett oder schwarzhaarig; jede sah aus, als wäre sie direkt vom Runway gestöckelt, um sich in meine Arme zu werfen. Was ich natürlich gerne zuließ, um sie am nächsten Tag postwendend zurück in die Wüste zu schicken. Au revoir – auf Nimmerwiedersehen! Was mir auf meiner Eroberungsliste allerdings noch fehlte, war eine Jungfrau – ein unberührter Körper, der ganz mir gehörte. Deshalb erklärte ich das Ziel, Charlotte zu entjungfern, kurz nach meiner Ankunft in London zur Priorität Nummer eins.

Um zu bekommen, was ich wollte, musste ich nicht einmal tief in die Trickkiste greifen. Mit den altbewährten Methoden hatte ich noch jede Frau ins Bett bekommen – und Charlotte Dubois bildete dabei keine Ausnahme. Eines Tages rempelte ich sie vor der Cafeteria an und schüttete ihr „versehentlich" einen Schluck Kaffee über die blütend weiße Jeans.

„Hoppla, entschuldige bitte, das war mein Fehler. Ich lasse die Hose für dich reinigen." Scheinbar besorgt begutachtete ich den braunen Fleck, der sich in rasanter Geschwindigkeit ausbreitete.

„Ist schon gut, ist doch nur eine Hose", winkte sie ab, auch wenn sich ihre kirschroten Lippen missmutig verzogen.

Lässig fuhr ich mir durch das blonde Haar und setzte mein charmantestes Grinsen auf, das ich extra für solche Zwecke reserviert hatte. Ich kannte die Wirkung dieser Maßnahmen sehr genau. „So ein hübsches Mädchen wie dich kann auch der größte Kaffeefleck nicht entstellen." Zwinker, zwinker. Gespannt wartete ich auf ihre Reaktion. Eine Sekunde lang spürte ich einen Anflug von Unsicherheit – hatte ich zu dick aufgetragen?

Hatte ich nicht! Zufrieden sah ich, wie sich ein zartes Lächeln auf ihr Gesicht stahl. Bingo! Das war mein Zeichen, in die Offensive zu gehen.

„Darf ich dir als Entschuldigung einen von diesen köstlichen Schokomuffins mit extra dicken Stückchen und einen Cappuccino spendieren?"

Meine Hand ruhte die ganze Zeit sanft auf ihrer Hüfte, während sie sich anstandshalber zunächst etwas zierte, dann aber zustimmte.

„Lieber einen Pistazien-Donut und einen Espresso. Mit zwei Löffeln Zucker." Für Prinzessin Charlotte stets nur das Beste.

Zufrieden zog ich ab, um das Gewünschte zu besorgen. Innerlich grinste ich; Schritt eins war geschafft!

Bereits am folgenden Tag setzte ich zu Stufe zwei an. Mit einem strahlenden Lächeln und einem Kaffee in der Hand bezog ich Position vor dem Hörsaal und wartete auf die Ankunft von Charlotte und ihrem Gefolge.

„Ich werde dich jetzt einfach so lange mit Kaffee versorgen, bis meine Schuld beglichen ist: also quasi das komplette Semester." Theatralisch presste ich mir beide Hände aufs Herz.

Sie stutzte kurz, doch dann zuckten ihre Mundwinkel. Charlotte Dubois schmolz dahin und ich rieb mir in stummer Vorfreude die Hände, während ich ihr in Gedanken bereits die Kleider vom Leib riss. Doch zunächst musste ich sie in die Vorlesung begleiten und den langweiligsten Vortrag aller Zeiten über Sozialkunde über mich ergehen lassen. Was für ein hirnloses Blabla, wer tat sich so etwas freiwillig an? Immer wieder gähnte ich heimlich in die Hand. Was tat man nicht alles, um ein Mädchen klarzumachen ...

In der folgenden Woche schlich ich bei jeder sich bietenden Gelegenheit um Charlotte herum und brachte ihr eine Kleinigkeit mit. Nie zu viel und nie zu wenig, das war meine Devise. Fakt war: Ich wurde langsam Teil ihres Lebens und sie konnte es nicht länger ignorieren.

Dann wurde es Zeit für den finalen Schlag: Von heute auf morgen machte ich mich rar – Die „No-Contact-Regel", bis sie sich selbst bei mir meldete. Und das würde sie, ganz sicher, es war nur eine Frage der Zeit.

Das Traurige daran war, dass dieser Plan todsicher jedes Mal funktionierte. Man musste Charlotte zugutehalten, dass es bei ihr immerhin ganze drei Wochen dauerte, bis sie Wachs in meinen Händen war. Die Frauen vor ihr knickten bereits nach kurzer Zeit ein, bereit mir alles zu schenken, was ich wollte. Und noch viel mehr ...

Beinahe ungläubig sah ich dabei zu, wie bereitwillig mir Charlotte gestern Nacht ihre Jungfräulichkeit auf dem Silbertablett servierte. Ich musste nur noch zugreifen, um endlich das kostbare Blümchen zu pflücken. Die vermeintlich prüde Jungfrau entpuppte sich im Bett als wahre Wildkatze, was mich nicht weiter verwunderte: Stille Wasser waren immer die tiefsten, im wahrsten Sinne des Wortes ... Ich war wie berauscht von dem Willen, sie vollkommen zu erobern und bereitete ihr eine unvergessliche Nacht, an die sie sich noch Jahre später erinnern würde. Als sie nach dem Sex neben mir lag und wie ein Fisch nach Luft japste, klopfte ich mir innerlich selbst auf die Schulter. Dann setzte ich einen imaginären Haken hinter ihren Namen: Mission Jungfrau erfüllt!

Das hieß allerdings auch, dass Charlotte ausgedient hatte. Es war jedes Mal dasselbe: Sobald ich ein Mädchen erobert hatte, ging mein Interesse an ihr flöten – und das buchstäblich in der Sekunde, in der ich wieder bei klarem Verstand war. Während sie davor wie ein leckeres Erdbeertörtchen ausgesehen hatte, schmeckte ich danach nur noch den ekligen, klebrigen Zuckerguss und dieser musste so schnell wie möglich in den Müll.

So lag ich hier, in meinem Bett, mit einer schlafenden Charlotte neben mir und konnte ihre Nähe kaum ertragen. Am Besten zog ich das Pflaster in einem Rutsch ab. Ein kurzer, schmerzhafter Schnitt war immer noch besser als ein langsamer, quälender Abschied. Außerdem konnte ich nicht zulassen, dass sie die ganze Nacht blieb, das durfte keine Frau!

Unsanft rüttelte ich an ihrer nackten Schulter. „Du musst verschwinden", sagte ich leise aber bestimmt.

Doch Charlotte brummte nur unwilling und dachte gar nicht daran, sich aufwecken zu lassen. Also zwickte ich sie kurzentschlossen einmal kräftig in die Hüfte. Mit Erfolg – ein Paar himmelblaue Augen tauchte in meinem Blickfeld auf, während sie sich gleichzeitig an die Seite fasste.

„Autsch, mich hat etwas gestochen!"

„Du musst jetzt gehen", wiederholte ich genervt, ohne auf ihr Gejammer einzugehen.

Ihre Augen weiteten sich ungläubig. „Wie meinst du das?"

„So, wie ich es sage." Ich erschrak beinahe selbst über die Kälte in meiner Stimme. Kein Funken Wärme lag mehr darin. Aber es war besser so: für mich und für sie. Früher oder später würde auch sie das begreifen. „Der Abend mit dir war nett, aber jetzt ist er zu Ende. Da vorne ist die Türe. Du findest alleine raus, oder?"

Träge rollte ich mich auf die Seite, während Charlotte aus dem Bett sprang, als hätte sie ein Skorpion in den Hintern gebissen. Sie zitterte am ganzen Leib, während sie sich so schnell sie konnte ihren BH anzog und in den winzigen Tanga schlüpfte, der kaum als Kleidungsstück durchgehen konnte. Mit den Schuhen in der Hand drehte sie sich noch einmal zu mir um, mit fassungslosem Blick. „Warum?"

Ein sanftes Lächeln umspielte meinen Mund. „Warum? Ach, Sweetheart, hast du das noch nicht begriffen? Ich wollte dich ins Bett kriegen. Dein Blümchen pflücken, deine Höhle erforschen oder wie man sonst noch sagt. Das habe ich erreicht – mission completed und du musst jetzt verschwinden. Es war eine wunderbare Nacht mit dir oder so ähnlich ..." Nachlässig wedelte ich mit der Hand, als würde ich eine lästige Fliege verscheuchen.

Doch Charlotte machte es mir nicht leicht. Sie war es gewohnt, stets alles zu bekommen, was sie wollte. Und gerade wollte sie mich. Niederlagen gab es in ihrer Welt nicht und umso stärker sträubte sich alles in ihr gegen die Tatsache, dass sie gerade eine erlitt.

„Aber ich dachte, du liebst mich!" Empört stemmte sie die Hände in die Hüften und sah dabei aus wie ein zweijähriger Trotzkopf, der vehement sein Lieblingsspielzeug zurückforderte. Jetzt fehlte nur noch, dass sie mit einem Bein auf den Boden stampfte und brüllte.

Meine linke Augenbraue zuckte amüsiert in die Höhe. „Habe ich das je zu dir gesagt?"

Sie überlegte kurz, aber ich kannte die Antwort bereits. Der Tag, an dem Jakob Anderson zu einem Mädchen „Ich liebe dich" sagte, würde niemals kommen. In diesem Punkt konnte ich mich entspannt zurücklehnen. Doch Charlotte war es viel zu sehr gewohnt, dass die Männer ihr nachliefen, als dass sie glauben konnte, dass ich eine Ausnahme war.

„Also?", hakte ich ungeduldig nach. „Habe ich jemals zu dir gesagt, dass ich dich liebe?"

Stumm schüttelte sie den Kopf, und das warme Gefühl von Befriedigung durchströmte mich.

„Aber du hast es mich glauben lassen", fügte sie kaum hörbar hinzu.

Das stimmte wohl. Schlimm genug, dass sie so dumm war und es mir abgekauft hatte!

„Beim nächsten Mal solltest du vorsichtiger sein, wem du etwas glaubst. Sieh es als lehrreiche Erfahrung, Sweetheart. Männer lügen wie gedruckt, wenn sie eine Frau ins Bett kriegen wollen. Noch dazu so ein begehrtes Objekt wie eine Jungfrau. Doch damit ist es nun vorbei, ab sofort bist du nur noch B-Ware. Aber sieh es so: In deiner ersten Nacht hättest du es definitiv schlimmer treffen können als mit mir. Immerhin bist du voll und ganz auf deine Kosten gekommen." Ich zwinkerte ihr zu und sie antwortete mit einem Englisch-Wörterbuch, das sie mir an den Schädel donnerte. Im letzten Moment zog ich den Kopf ein, ansonsten hätte er die Englisch-Vokabeln in einer ganz neuen Form kennengelernt.

„Du mieses Arschloch!", kreischte sie und ich musste mich beherrschen, nicht laut loszulachen. Sie sah einfach zu komisch aus, wie sie halbnackt und vor Wut schnaubend vor mir stand. Aber jetzt reichte es, die Vorstellung war beendet.

„Verschwinde!", sagte ich scharf und irgendetwas an meinem Tonfall ließ sie einknicken. Mit einem letzten verachtenden Blick machte sie auf dem Absatz kehrt und stürmte aus dem Zimmer, als wäre der leibhaftige Teufel hinter ihr her.

Endlich, welch himmlische Ruhe! Zufrieden ließ ich mich zurück in das Kissen sinken und griff nach meinem Handy. Damn, ich hatte bereits seit drei Tagen nichts von meiner Mutter gehört und so langsam wuchs die Sorge, dass etwas passiert sein könnte. Vielleicht war es doch keine gute Idee gewesen, für ein Auslandssemester monatelang von zuhause weg zu sein. Ich wusste, dass ich keine ruhige Minute haben würde, wenn ich IHN nicht ständig im Blick hatte. Aber meine Mutter hatte darauf bestanden, dass ich nach England flog und ich konnte ihr die Bitte nicht abschlagen. Das konnte ich noch nie. Jetzt lag ich hier in meiner kleinen Studentenbude in London und machte mir ständig Sorgen um sie. Das Auslandssemester hatte ich mir anders vorgestellt.

Immerhin waren die Frauen hier eine nette Ablenkung. Nachdem ich Charlotte gehabt hatte, stellte sich lediglich die Frage, wer als Nächstes kommen sollte. Die Messlatte lag hoch, mal schauen, wen ich noch finden würde, um mir die Zeit hier so angenehm wie möglich zu vertreiben.

Kapitel 9

Marissa

Leises Gemurmel drang an mein Ohr, als ich am nächsten Morgen aufwachte. Ich brauchte ein paar Sekunden, um den Schock zu verkraften, wo ich gerade war: In einem Hostelbett in London! Vorsichtshalber ließ ich die Augen noch eine Weile geschlossen, während ich den Stimmen lauschte, die im unteren Teil des Etagenbettes flüsterten. Ich spitzte die Ohren. Das war doch …

„Ihr sprecht ja Deutsch!" Ups, hatte ich das etwa laut gesagt?

Drei Köpfe wandten sich ruckartig nach oben, während ich gleichzeitig mein vermutlich knallrotes Gesicht über die Brüstung streckte.

„Hi." Verlegen lächelnd winkte ich nach unten, während ich mir am liebsten die Bettdecke über das Gesicht gezogen und mich tot gestellt hätte. Aber dafür war es zu spät, ich hatte mich bereits als lebendig zu erkennen gegeben. „Ich bin Marissa", stellte ich mich vor. Nachdem ich den ersten Schritt gemacht hatte, konnte ich genauso gut auch den zweiten machen.

Ein Mädchen mit kurz geschnittenen schwarzen Haaren überwand ihre Überraschung als Erste. „Hi, ich bin Becky. Das sind Sue und Ellie." Sie zeigte nacheinander auf die anderen beiden Mädchen und ich bemühte mich um ein freundliches Lächeln.

Ellie ergriff das Wort. „Becky und ich kommen aus München. Sue hat für ein Semester in München studiert, bevor sie zurück in ihre Heimat Schottland ist.

Wir verbringen die Semesterferien gemeinsam hier in London."

Mein Blick wanderte zu Sue. Mit ihren wilden roten Locken sah sie tatsächlich aus wie eine waschechte Schottin.

„München ist eine schöne Stadt, aber ich hatte solches Heimweh, ich musste einfach zurück." Die Hand aufs Herz gepresst, lächelte sie verzückt und war mir sofort sympathisch.

Unwillkürlich musste ich lachen. Es hörte sich einfach zu komisch an, wenn sich zwei Mädchen mit bayerischem Dialekt und eine Schottin miteinander unterhielten.

Entgegen meiner sonstigen Schüchternheit stieg ich spontan die Leiter hinunter und setzte mich zu ihnen auf das untere Bett. Zu froh war ich, dass ich mir das Zimmer nicht mit drei Männern teilen musste. Danke, Universum, ich würde mich revanchieren!

„Was führt dich nach London?", stellte Becky direkt die Frage, vor der ich mich am meisten fürchtete.

Stille senkte sich über das Zimmer, während ich angestrengt nachdachte. Was sollte ich ihnen sagen? Die Mädchen waren mir zwar auf den ersten Blick sympathisch, doch ich kannte sie nicht. Drei Wildfremden die schräge Geschichte mit Jakob auf die Nase zu binden, war mir dann doch nicht geheuer. Selbst bei Annie hatte es Wochen gedauert, bis ich mich getraut hatte, den Mund aufzumachen. „Ich besuche einen alten Schulfreund von mir. Es ist quasi eine Überraschung", rückte ich zumindest mit der Halbwahrheit heraus.

Becky blickte mich schräg von der Seite an. Sie schien zu spüren, dass ich etwas verschwieg, bohrte aber zum Glück nicht weiter nach. „Wir wollen gleich noch etwas Sightseeing machen. Hast du Lust mitzukommen?"

„Wo wollt ihr denn hin?", hakte ich vorsichtig nach. Eigentlich wollte ich so schnell wie möglich mit der

Mission Jakob starten. Auf der anderen Seite hatte ich mir einen richtigen Urlaubstag mehr als verdient – immerhin hatte ich Semesterferien!

„Wir wollen uns den Wachwechsel beim Buckingham Palace anschauen. Vielleicht erhaschen wir ja sogar einen Blick auf ein Mitglied der Königsfamilie." Sue kicherte.

„Und anschließend müssen wir zu diesem wahnsinnig guten Imbiss am Trafalgar Square, das habt ihr mir versprochen. Ich habe bereits jetzt Hunger, Leute", stöhnte Ellie und hielt sich den Bauch.

Sightseeing und Essen hörte sich ganz wunderbar an und so beschloss ich spontan, mich ihnen anzuschließen. „Ich bin dabei. Aber ich muss vorher noch ins Bad."

„Das müssen wir alle, Schätzchen, stell dich einfach hinten an", knurrte Becky gutmütig.

Eine Stunde später fand ich mich vor den goldenen Toren des Buckingham Palace wieder. Das riesige Gebäude strahlte eine beeindruckende Atmosphäre aus und staunend lief ich einmal an den Toren auf und ab, bis der Wachwechsel begann.

„Es geht los", kreischte Sue plötzlich und ich eilte schnell zu den anderen, um das Spektakel nicht zu verpassen.

Als sich die Soldaten in ihren roten Röcken mit stoischer Miene in Bewegung setzten, entfuhr mir ein leises Kichern. „Was machen die denn, wenn es sie unter ihrer riesigen schwarzen Mütze juckt? Das muss ganz furchtbar sein, wenn man sich nicht kratzen kann."

„Ich würde das niemals durchhalten", stöhnte Ellie. „Ich muss viel zu oft pinkeln." Sie klang so verzweifelt, dass wir alle in schallendes Gelächter ausbrachen. Das brachte uns einen mahnenden Blick einer älteren

Dame ein, die mit Tweed-Kostüm und Hut ausstaffiert neben uns stand.

„Countenance please", sagte sie würdevoll und wir gaben unser Bestes, uns für den Rest der Zeremonie zusammenzureißen.

Die letzte Wache war noch nicht um die Ecke verschwunden, als Ellie bereits darauf bestand, dass sie endlich ihren Burger bekam. Da das Wetter traumhaft sonnig war, liefen wir zu Fuß durch den St. James's Park. Mein Handy piepste munter und ich zog es heraus, um es lautlos zu stellen. Jetzt wollte ich mich erstmal auf meinen Tag mit den Mädels konzentrieren; die Nachrichten konnten bis heute Abend warten.

„Was machst du da?", fragte Becky neugierig und spähte mir über die Schulter.

„Ein Semesterprojekt für die Uni. Na ja, eigentlich ist es eher eine Strafaufgabe", gestand ich verlegen. „Ich betreue einen Instagram-Kanal zum Thema Mobbing. Am Anfang fand ich es furchtbar, aber jetzt fängt es langsam an, mir Spaß zu machen."

„Hört sich nach einer guten Sache an", meinte Sue.

„Nicht trödeln, Leute, ich habe Hunger", rief uns Ellie zu, die bereits vorausgelaufen war. Wir nahmen die Beine in die Hand, um endlich etwas zu Essen zu bekommen. Nichts machte so hungrig wie Sightseeing!

Kapitel 10

Jakob

„Kommst du mit in die Cafeteria, Deans Kreation der Woche testen? Tommy meinte, es sei eine Pizza mit Ananas, Marshmallows und Oliven. Entweder völlig krank oder absolut genial, so genau weiß man das bei Dean ja nie.“

Verwirrt schaute ich von meinem Handy auf und sah Sam vor mir stehen, der mich mit erwartungsvollem Blick ansah. Nur mühsam gelang es mir, mich von meinem Display loszureißen, das ich quasi dauerhypnotisierte in der Hoffnung, dass es endlich klingelte. Warum zum Teufel meldete sie sich nicht bei mir? Ich hatte bereits drei Nachrichten auf ihrer Mailbox hinterlassen und mit jeder Minute, die verstrich, wurde ich nervöser. Ablenkung durch Deans verrückte Pizzakreation wäre vermutlich keine schlechte Idee. Wenn ich noch länger auf mein Handy starrte, würde ich es irgendwann vor lauter Frust an die Wand pfeffern. Außerdem knurrte mein Magen beim Gedanken an Pizza wie ein hungriger Wolf.

„Lasst uns hier verschwinden“, seufzte ich und erhob mich von dem unbequemen Stuhl im Hörsaal. Warum konnte man nicht etwas Bequemeres erfinden, wenn die Studenten sich stundenlang täglich den Hintern darauf plattsaßen?

Gemeinsam mit Sam machte ich mich auf den Weg zur Cafeteria, die allerdings niemand so nannte. Bei allen hieß sie nur Deans, benannt nach dem Besitzer und

Barista unseres Herzens. Dean war einfach eine Wucht. Seinen Bart, der ihm fast bis zum Schlüsselbein reichte, hatte er zu einem wilden Zopf geflochten. Dazu hatte ich ihn noch nie in etwas anderem als einem Holzfällerhemd gesehen, das allerdings täglich die Farbe wechselte. Ich fragte mich schon ewig, ob es in seinem Kleiderschrank sieben Fächer mit sieben verschiedenfarbigen Hemden gab, die nach Wochentag geordnet waren.

Deans Café lag mitten auf dem Campus und war das Herzstück der Uni. Während wir uns im Hörsaal die Köpfe mit Wissen vollstopften, schlugen wir uns anschließend bei Deans die Bäuche voll. Als ich das Café zum ersten Mal betreten hatte, war es bereits um mich geschehen. Der verheißungsvolle Duft nach Kaffee und Donuts in zehn Geschmacksrichtungen machte mich zu einem Süchtigen, der jeden Tag nach seinem Stoff verlangte. Mein erster Gang am Morgen führte mich nach dem Zähneputzen direkt zu Deans, wo dieser mir wortlos mein Lieblingssandwich und einen Cappuccino reichte. Ein Nicken von mir genügte – wir verstanden uns auch ohne Worte, Männer eben. Einen Sitzplatz zu ergattern glich hingegen einem Sechser im Lotto. Doch aus irgendeinem Grund hatte Dean einen Narren an mir gefressen und so wartete jeden Morgen bereits ein freier Tisch auf mich und meine Jungs.

Meine Jungs, das waren Sam, Tommy und Andrew. Wir alle studierten Civil Engineering, worüber wir uns auch kennengelernt hatten. Während ich nur ein Auslandssemester in London verbrachte, waren die anderen waschechte Engländer. Mit einer seltsamen Vorliebe für Porridge und Baked Beans, die ich niemals verstehen würde. Sie zeigten mir gleich zu Beginn die angesagtesten Bars und Clubs der Stadt – und natürlich das heißeste Frischfleisch.

Sam war das, was einem Freund am nächsten kam. Er war es, der mich bereits an meinem ersten Tag an der Uni angesprochen und zu seiner Party eingeladen hatte. Und wow, war das eine Party gewesen! Sam stammte aus einer reichen Familie, die sich in England einen Namen mit Architektur gemacht hatte. Mir war schlichtweg die Kinnlade runtergeklappt, als ich die Stufen zum Anwesen seiner Familie erklommen und zögernd auf die Klingel gedrückt hatte. Ich wollte mich schon wieder umdrehen für einen raschen Abgang, als ein Butler mit strenger Miene die Türe öffnete. Seine linke Augenbraue zuckte einmal kurz, als er meine abgewetzten Jeans und das schwarze T-Shirt betrachtete, doch er hatte sich schnell wieder im Griff. Mir war nicht bewusst gewesen, dass Sam zur High Society von London gehörte. Als ich in die riesige Eingangshalle trat, in der ein protziger Kronleuchter von der Decke hing, glitt mir ein leises „Fuck" über die Lippen. Dem Butler entging es natürlich nicht und er warf mir einen vernichtenden Blick zu. Doch ich war so gebannt von der Partygesellschaft, dass er mich nicht weiter interessierte. In Deutschland erschienen alle mehr oder weniger im gammeligen Alltagslook zu einer Party. Hier war ich umgeben von Frauen in sexy Abendkleidern, die sich geschmeidig zur Musik bewegten.

„Danke, James", sagte Sam, als mich der Butler bei ihm abgesetzt hatte und sich mit stoischer Miene entfernte.

Ich wusste nicht, wen ich zuerst angaffen sollte: Die heißen Frauen oder den Butler. Ich hatte noch niemals einen Butler im wahren Leben gesehen. Im Fernsehen natürlich schon, aber mir war bis heute nicht klar, dass es so etwas tatsächlich noch gab!

Sam nahm mich unter seine Fittiche und stellte mich nacheinander allen vor. Dass zu ihm auch seine zwei Anhängsel Tommy und Andrew gehörten, die wie

festgetackert an seiner Seite hingen, nahm ich stillschweigend in Kauf. Sie störten mich nicht groß und
gaben mir das Gefühl, mehr Freunde zu haben, als es
tatsächlich der Fall war. Allerdings drehten sich ihre
Gespräche beinahe ausschließlich um Partys, Frauen
und Geld – was mich tierisch langweilte. Gleichzeitig
war ich froh darüber, dass es nicht persönlicher wurde
– es gab Dinge in meinem Leben, die niemanden etwas
angingen.

„Lass dir nicht alles aus der Nase ziehen", forderte
mich Sam auf, als ich gerade von meiner Ananas-Mar-
shmallow-Oliven-Pizza abgebissen hatte. Mein Magen
rebellierte kurz angesichts der ungewohnten Ge-
schmackskombination.

„Wie war es mit Charlotte? Habt ihr …?" Auch Andrew
hielt es nicht mehr aus und ich sah das sensationslüs-
terne Funkeln in seinen Augen.

Mit einem breiten Grinsen lehnte ich mich zurück
und gönnte mir erstmal einen großen Schluck Kaffee.
Sollten sie doch noch ein bisschen zappeln! Tommy
und Andrew hingen wie sabbernde Köter an meinen
Lippen in der Hoffnung, einen Bissen von meiner le-
gendären Nacht mit Charlotte abzubekommen.

„Ja", gab ich schließlich zu und strich mir eine vorwit-
zige Haarsträhne aus der Stirn. Ich machte mir nicht
einmal die Mühe, das selbstzufriedene Lächeln zu verbergen, das sich auf meinen Lippen ausbreitete.

Die Jungs johlten begeistert und klatschten mich der
Reihe nach ab, was ich nur zu gerne zuließ. Lediglich
Sam beschränkte sich auf ein verhaltenes Grinsen.

„Wie war es?", hakte Tommy sogleich nach. „Wir wollen jedes schmutzige Detail wissen! War sie tatsächlich
noch Jungfrau, so wie alle sagen?"

Mein Ego suhlte sich genüsslich in ihrer Aufmerksamkeit. „Langsam, Jungs, langsam", wiegelte ich grin-

send ab und hob beide Hände. „Ein Gentleman genießt und schweigt."

„Als ob du ein Gentleman bist", mischte sich nun auch Sam ein. Auf seinem Gesicht lag eine Mischung aus Neugier und Widerwillen. Ich wusste, dass er meine zahlreichen One-Night-Stands nicht guthieß. Sam war ein feiner Kerl, der nur mit einem Mädchen ins Bett ging, wenn er es ernst mit ihr meinte. Er war das absolute Gegenteil von mir. Stillschweigend duldete er meine Eskapaden, doch ich spürte, dass ich es bei ihm nicht übertreiben durfte.

„Ich sage nur so viel: Es war eine legendäre Nacht und Charlotte ist voll und ganz auf ihre Kosten gekommen. Mehr Details gibt es nicht, sorry, Jungs."

Tommy und Andrew zogen enttäuschte Gesichter, aber damit mussten sie leben. Es war Sam, der mir aus irgendeinem seltsamen Grund wichtig war und dessen Gunst ich nicht verspielen wollte.

Als ob man vom Teufel sprach, ging in diesem Moment die Türe der Cafeteria auf und Prinzessin Charlotte trat mit ihrem Gefolge ein. Obwohl jedes einzelne Mädchen ihrer Clique wunderschön war, bestand kein Zweifel daran, dass Charlotte die ungekrönte Anführerin war. Alle Köpfe flogen herum, als sie zur Tür hereinstolzierte. Alle außer meinem, denn ich hatte keinerlei Interesse mehr an ihr. In dem Moment, als ich sie aus meinem Bett geworfen hatte, war jeglicher Jagdinstinkt erloschen und sie war für mich so uninteressant wie eine Topfpflanze. Ich musste wirklich verrückt sein, diese kleine Wildkatze aus meinen Fängen zu lassen! Warum zum Teufel gelang es mir nicht, mehr als ein Mal mit einem Mädchen zu schlafen? Warum widerten sie mich regelrecht an, sobald ich sie einmal hatte?

Tommy rammte mir den Ellbogen in die Seite und zeigte auf Charlotte. Erst da bemerkte ich den mörderischen Blick, mit dem sie mich quer durch die Cafeteria fixierte. Wenn Blicke töten könnten, dann hätte ich jetzt mausetot unter dem Tisch gelegen und mich nicht mehr gerührt.

„Was ist denn mit der los?", fragte Tommy und kratzte sich verwirrt am Kopf. „Ich dachte, die Nacht war so legendär."

Sam beugte sich über den Tisch und raunte mir zu: „Alter, was hast du jetzt wieder angestellt? Deine zahlreichen One-Night-Stands sind eine Sache, aber das hier ist Charlotte! Sie kann mit einem Fingerschnippen deinen gesellschaftlichen Ruin befehlen. Und so wie sie dich gerade ansieht, würde sie dich am liebsten im nächsten Klo herunterspülen und den Deckel zumachen."

Sollte sie doch. Das machte mir keine Angst. Außerdem würde ich meinen Hintern darauf verwetten, dass sie es nicht tat. Immerhin posaunte sie überall herum, dass sie noch Jungfrau war und wie ich nur zu gut wusste, war sie das seit gestern Nacht nicht mehr. Was ich auch beweisen konnte anhand eines herzförmigen Muttermals an einer pikanten Stelle. Ich konnte mich also getrost entspannen und Charlotte weiterhin Giftpfeile auf mich schießen lassen. Betont gelassen gähnte ich, um allen zu zeigen, wie egal mir Charlotte Dubois war. Tommy und Andrew blickten mich voller Neid an, was mein Ego in ungeahnte Höhen getrieben hätte, wäre da nicht das Stirnrunzeln auf Sams Gesicht.

„Es war nicht so, wie du denkst", versuchte ich die Wogen zu glätten. „Alles zwischen uns war absolut freiwillig. Sie dachte allerdings, dass ich eine Beziehung und die große Liebe und all das Zeug will. Als klar war, dass ich keinen Bock habe, täglich mit ihr Händchen zu halten, ist sie wütend abgerauscht."

Das war zumindest die halbe Wahrheit. Verschwiegen hatte ich nur, dass ich sie aus meinem Zimmer

geworfen hatte, direkt nachdem ich mit ihr fertig war.
Die Jungs mussten ja nicht alles wissen.

Und tatsächlich, es wirkte. Die Falten auf Sams Stirn
glätteten sich und er klopfte mir lachend auf die Schulter. „Junge, Junge, deine Probleme möchte ich haben.
Jeder hier auf dem Campus würde töten, nur um einmal Charlottes Hand zu halten. Und du servierst sie
einfach ab." Ein Hauch widerwilliger Bewunderung lag
in seiner Stimme, was mir mehr bedeutete, als ich zugeben wollte. Sam war mir wichtig. Mit seiner ehrlichen, geradlinigen Art hatte er etwas an sich, das ich
unbedingt behalten wollte.

Mein Blick glitt wieder zu meinem Handy, und als ich
einen Anruf in Abwesenheit erspähte, klopfte mein
Herz wie wild. „Sorry, Jungs, ich muss mal schnell telefonieren."

„Schon hat er die nächste am Start", stöhnte Andrew
und vergrub in gespielter Verzweiflung das Gesicht in
den Händen.

Wenn die wüssten! Hier ging es nicht um irgendein
Mädchen. Das hier war viel wichtiger.

So schnell ich konnte, bahnte ich mir einen Weg nach
draußen, um zu telefonieren. Dabei achtete ich konsequent darauf, Charlotte nicht den Rücken zuzudrehen.
Eine verschmähte Frau sollte man schließlich niemals
unterschätzen.

Kapitel 11

Marissa

Der beste Freund des Stalkers war das Internet – das hatte ich seit meiner Ankunft in London begeistert festgestellt. Alle Informationen, die ich benötigte, um Jakob zu finden, wurden mir mithilfe von Google quasi auf dem Silbertablett serviert. Die Homepage der Universität und das Vorlesungsverzeichnis waren ein gefundenes Fressen und lieferten mir alles, was ich für den Start in mein Stalkerleben brauchte. Instagram war die Kirsche auf der Sahne. Innerhalb von zwei Stunden hatte ich nicht nur herausgefunden, wo und was Jakob studierte, sondern auch seinen halben Studiengang gestalkt. Ich musste mich lediglich in eine der Vorlesungen setzen und warten, bis er kam. So leicht, so schwer; schließlich durfte er mich auf gar keinen Fall erkennen!

Am Tag nach unserem Sightseeing-Trip sahen mir Becky, Sue und Ellie stirnrunzelnd dabei zu, wie ich versuchte, meinen leuchtend roten Haarschopf unter einer Basecap zu verstecken. Ich hatte definitiv zu viele Haare! Irgendwo blitzte immer eine Strähne hervor und erst nach einer gefühlten Ewigkeit gelang es mir, wirklich alle unter der Mütze zu verstauen. Anschließend waren die Sommersprossen dran, mein zweites Erkennungsmerkmal.

„Wow", flüsterte ich und fasste mir ungläubig ins Gesicht, als ich die zweite Schicht Make-up aufgetragen hatte. Das Ergebnis konnte sich wirklich sehen lassen.

Nicht einmal meine eigene Mutter hätte mich so auf den ersten Blick erkannt.

Die Mädchen verkniffen sich glücklicherweise die neugierigen Fragen, aber ich sah ihren Blicken an, dass es nicht mehr lange dauern würde, bis ich ihnen Rede und Antwort stehen musste. Dann war es so weit: Mission Jakob konnte beginnen!

Wie hatten sich die Leute nur früher zurechtgefunden, bevor es Handys gab? Stirnrunzelnd folgte ich dem blinkenden Punkt auf dem Display, der mir eigentlich sagen sollte, wo ich mich gerade befand. Doch er war wohl im Sitzstreik und bewegte sich keinen Millimeter.

„Endlich!" Im Stillen dankte ich dem Erfinder des GPS, als der Punkt sich in atemberaubender Geschwindigkeit bewegte.

Um zur Uni zu gelangen, musste ich die Tube nehmen. Ganze dreimal wechselte ich die Linie und einmal verfuhr ich mich sogar und landete in Notting Hill. Die Besichtigung der berühmten Drehorte stand zwar auch auf meiner To-do-Liste, doch nicht heute. Irgendwann erreichte ich dann völlig verschwitzt mein Ziel.

Die Uni in Tübingen war bereits ein prächtiges Gebäude, dem man seine historische Vergangenheit von weitem ansah. Doch das Universitätsgebäude, vor dem ich hier stand, war noch einmal eine ganz andere Größenordnung. Kurz klappte mir die Kinnlade runter angesichts der riesigen Parkanlage, deren Ende ich nicht einmal erspähen konnte. Das Gebäude selbst besaß mehr Türme, Erker und Zinnen, als ich zählen konnte. Hier zu studieren, musste der Wahnsinn sein!

„Einen Studienplatz an dieser Universität zu ergattern, ist bestimmt nicht einfach", schoss es mir plötzlich durch den Kopf. Entweder war Jakob plötzlich zum

Musterstudenten mutiert oder die Messlatte lag bei Austauschstudenten deutlich niedriger.

Grübelnd lief ich durch den Park auf das Gebäude zu. Zahlreiche Studenten standen in Gruppen zusammen oder nutzten das schöne Wetter, um auf den Parkbänken zu sitzen und zu lernen. Wohin ich auch blickte, sah ich Pullover und T-Shirts, auf denen das Universitätslogo abgebildet war, das die Besitzer voller Stolz trugen. Ich trat durch das riesige Eingangstor des Hauptgebäudes und folgte den Schildern an den Wänden, die die Richtung zu den Hörsälen wiesen. Nur wenige Minuten später stand ich vor dem richtigen Raum. Das war einfach – fast zu einfach! Ich hatte mit jeder Menge Schwierigkeiten gerechnet, vielleicht sogar damit, Jakob überhaupt nicht zu finden. Doch hier war ich, vermutlich nur noch durch eine Tür von ihm getrennt. Gleich würde ich ihn zum ersten Mal seit Jahren wiedersehen und mein Herz legte spontan einen wilden Discofox aufs Parkett. Im Sekundentakt musste ich die schweißnassen Hände an der Hose abstreifen. Jetzt nur keinen Rückzieher machen! Kurz vor dem Ziel aufzugeben, kam überhaupt nicht infrage, obwohl alles in mir schrie: „Renn, so schnell du kannst!"

Ich zog mir die Mütze tiefer ins Gesicht und trat in den Hörsaal. Noch war kaum jemand da – gut so! Ich suchte mir einen Platz weit hinten in der Ecke, denn von dieser Position aus konnte ich jeden sehen, der zur Tür hereinkam. Jetzt hieß es abwarten und Tee trinken.

Die Minuten zogen sich wie Kaugummi, als ich jeden Neuankömmling mit Argusaugen fixierte. Doch Jakob war nicht dabei. Der Hörsaal füllte sich immer weiter und langsam stiegen Zweifel in mir auf, dass er noch auftauchen würde. Als auch noch die Professorin ihren Platz einnahm, hatte ich genug. Jakob würde nicht mehr kommen, da war ich mir sicher.

Schnell stand ich auf, um den Raum zu verlassen. Ich hatte keine Lust, mir jetzt einen stundenlangen Vortrag anzuhören, sondern musste mir einen neuen Plan überlegen. Gerade wollte ich nach meiner Tasche greifen, als ich aus dem Augenwinkel eine Bewegung wahrnahm. Mein Herz setzte für eine Sekunde aus, als ich sah, wer zur Tür hereinspazierte: Es war Jakob. Mit drei anderen Jungs zusammen durchquerte er gemächlich den kompletten Hörsaal, so als wäre es das Normalste auf der Welt, zu spät zur Vorlesung zu kommen. Er ließ sich Zeit, ganz so als wäre er der König des ganzen Campus. Den ärgerlichen Blick der Professorin ignorierte er gekonnt.

Ich konnte einfach nicht anders, als ihn anzustarren. Genau das hatte ich erwartet! Er hatte sich kein bisschen verändert und dachte noch immer, dass die ganze Welt nach seiner Pfeife tanzte.

Schnell setzte ich mich wieder und senkte den Kopf in Richtung Tischplatte. Doch die Vorsicht war unnötig, denn Jakob blickte nicht einmal ansatzweise in meine Richtung. Lässig warf er seine abgewetzte Ledertasche vor sich auf den Tisch und strich sich die widerspenstige Haarsträhne aus der Stirn. Eine Geste, wie ich sie bereits seit Schultagen kannte und die nichts an ihrer Wirkung eingebüßt hatte.

Ich konnte förmlich das hingebungsvolle Seufzen aller Frauen im Raum hören, während sich mir stattdessen der Magen umdrehte. Er sah gut aus, das musste ich ihm lassen, so ungern ich das auch zugab. Vielleicht sogar noch besser als früher mit dem nachlässigen Studentencharme, den er jetzt versprühte.

„Bei mir kannst du damit aber nicht punkten, Freundchen", dachte ich grimmig. „Ich bin immun gegen dich." Unter dem Tisch ballten sich meine Hände wie von selbst zu Fäusten.

Die Vorlesung rauschte nur so an mir vorbei, während ich angestrengt versuchte, mich daran zu gewöhnen, mit Jakob im selben Raum zu sein. Mein galoppierendes Herz wechselte in einen langsamen Trab und ich spürte, dass ich wieder atmen konnte.

War es das jetzt? Hatte es ausgereicht, Jakob zu sehen, um mit ihm abzuschließen? Doch in mir selbst nahm ich keine Veränderung wahr. Ganz im Gegenteil – im Moment fühlte ich mich aufgewühlter als zuvor. Vielleicht musste ich einfach noch etwas mehr Zeit in seiner Nähe verbringen, um meinem Körper zu signalisieren, dass Jakob mittlerweile völlig ungefährlich war. Zwar ein Idiot, aber zumindest ein harmloser Idiot.

Kapitel 12

Jakob

Hätte mir jemand während der Schulzeit erzählt, dass ich einmal voller Begeisterung in einer Vorlesung über Betontechnologie sitzen würde, hätte ich ihm einen Vogel gezeigt – und ihn anschließend verprügelt. In der Schule fand ich es einfach nur ätzend, französische Verben zu konjugieren oder Gedichte zu interpretieren. Wer zum Teufel brauchte so etwas schon für seine Zukunft? Wieso sollte ich mich für etwas anstrengen, das keinen Sinn ergab? Die Situation zuhause gab mir damals den Rest, und so verbrachte ich die Nachmittage lieber in der Stadt mit meinen Jungs als hinter dem Schreibtisch. Nach dem Abi kam dann das böse Erwachen, denn die Studiengänge, die ich wählen konnte, waren begrenzt. Halbherzig entschied ich mich für Civil Engineering, was sich jedoch als regelrechter Glücksfall entpuppte. Baukonstruktion, Vermessung und Stahlbau schafften das, was keiner noch so heißen Frau gelang: Sie weckten meine Leidenschaft. Seither steckte ich mein ganzes Herzblut in das Studium und klebte förmlich an den Lippen der Professoren. Meine Noten wanderten vom Keller hin zur absoluten Spitze. Als mich meine Professorin in Stuttgart für ein Stipendium in England vorschlug, konnte ich es kaum fassen. Ich war es nicht gewohnt, dass mich jemand ohne Hintergedanken unterstützte, und wurde sofort misstrauisch. Doch auch in London wussten die Professoren meine Begeisterung für ihr Fach zu schätzen. Bereitwillig drückten sie auch mal ein oder sogar zwei Augen zu, wenn ich zu spät zur Vorlesung kam – so wie heute. Mrs Blythe warf mir lediglich einen so scharfen Blick zu, dass ich mitten im Hörsaal hätte tot umfallen müssen. Doch sobald ich mich hinsetzte und ihrer Vorlesung lauschte, war ich wie in einer anderen Welt. Sie lenkte mich ab von den Sorgen, die ich mir um meine Mutter machte. Von dem Schrecken, der zuhause auf mich wartete, und der lähmenden Angst vor der Zukunft.

Als ich mit Sam und den Jungs über den Campus zur nächsten Vorlesung schlenderte, spürte ich plötzlich ein unangenehmes Kribbeln im Hinterkopf. Es war ein Gefühl, als ob jemand direkt hinter mir laufen würde, und ich konnte regelrecht den heißen Atem im Nacken fühlen. Schnell drehte ich mich um, doch niemand war zu sehen. Seltsam, ich hätte schwören können, dass ich mir das nicht nur einbildete. Kopfschüttelnd wandte ich mich wieder dem Gespräch über die Party heute Abend zu.

„Du kommst doch zu Charlys Party, oder?", fragte mich Andrew mit seinem typischen Übereifer in der Stimme, der mich zunehmend nervte. Es war nur eine gottverdammte Studentenparty und kein Staatsbankett.

Mechanisch nickte ich, während ich mit meinen Gedanken weit weg war. Die Sorge, was gerade zuhause passierte, musste mir mehr zusetzen, als ich dachte, wenn ich bereits anfing, Gespenster zu sehen.

Gestern am Telefon hatte meine Mutter mir noch versichert, dass es ihr gutging. Doch ihr bemüht fröhlicher Ton ließ bei mir sofort alle Alarmglocken schrillen. Ich kannte diesen Tonfall. Er sollte mich davon überzeugen, dass alles in Ordnung war – obwohl vermutlich genau das Gegenteil zutraf. Mit einem unguten Gefühl im Bauch hatte ich aufgelegt und zum hundertsten Mal ihre Sturheit verflucht. Sie hatte mich überredet, das Stipendium anzunehmen. Ich selbst hätte mich niemals beworben, schließlich wusste ich genau, wo mein Platz war: Zuhause, zwischen ihr und IHM. Doch wenn meine Mutter sich etwas in den Kopf gesetzt hatte, brachten sie keine zehn Pferde davon ab. Nur zwei Monate später saß ich im Flieger nach London und hatte seit meiner Ankunft keine ruhige Minute mehr vor lauter Angst, dass ihr etwas passierte. Danke, Mama!

Ich gab mein Bestes, das langweilige Gespräch der Jungs über die Party des Jahrhunderts bei Charly zu ignorieren. Als ob sie auch nur einen Funken besser sein würde als die restlichen Saufgelage, zu denen wir ansonsten eingeladen wurden. Als Mr Graham mit der Mathematikvorlesung begann, versuchte ich mich auf das zu fokussieren, was er an der Tafel erklärte. Doch anders als sonst konnte ich mich heute weder dafür begeistern noch darauf konzentrieren. Das Gefühl beobachtet zu werden, hatte mich bis in den Hörsaal hinein verfolgt. Wie ferngesteuert drehte ich mich zum gefühlt tausendsten Mal um, was mir einen scharfen Rippenstoß von Sam einbrachte.

„Prof Graham hat dich bereits auf dem Schirm, Jakob. Was soll der Mist? Hat dich irgendwas in den Hintern gebissen oder warum drehst du dich ständig um?", zischte er.

Verdammt! Professor Graham hatte seine Vorlesung unterbrochen und funkelte mich so wütend an, dass ich es quer durch den gesamten Hörsaal spürte. Das Letzte, was ich wollte, war, negativ aufzufallen, und schon gar nicht bei Graham. Ich brauchte die gute Note in Mathematik für das Stipendium und ein Professor, der mich auf der Abschlussliste hatte, war dabei nicht hilfreich. Mühsam unterdrückte ich den Impuls, mich erneut umzudrehen, und starrte stattdessen wie hypnotisiert die Tafel an. Endlich fuhr er mit seinem Vortrag fort.

Unauffällig beugte ich mich zu Sam. „Ich weiß, dass es sich verrückt anhört, aber ich habe heute ständig das Gefühl, mich würde jemand stalken. Auf dem Campus, im Hörsaal, überall!"

Sam blickte mich ungläubig an. „Wer sollte dich denn stalken? Oder hast du etwa die Campus-Mafia verärgert?", fügte er grinsend hinzu.

Da machte es plötzlich „Klick" in meinem Kopf. Natürlich! Ich hatte mir das ganz sicher nicht eingebildet. Es musste Charlotte sein oder jemand aus ihrem Gefolge, den sie beauftragt hatte, mich im Auge zu behalten. Vermutlich knabberte sie immer noch an der Abfuhr nach unserer gemeinsamen Nacht. Erleichtert, endlich eine logische Erklärung gefunden zu haben, wandte ich mich wieder der Vorlesung zu und bemühte mich, alles sorgfältig mitzuschreiben. Ganze zwanzig Minuten hielt ich durch, ehe der Drang zu stark wurde und ich mich einfach umdrehen musste! Meine Augen verengten sich zu Schlitzen, als sie die Reihen nach Charlotte absuchten. Doch so sehr ich mich auch anstrengte, ich konnte sie nirgends entdecken.

Ein erneuter und heftiger Rippenstoß von Sam ließ mich schmerzerfüllt aufkeuchen. Ich fuhr herum und sah, dass alle, einschließlich Professor Graham, mich anstarrten. Fuck!

Er polterte auch sofort los: „Mr Anderson! Wenn Sie lieber die hübschen Frauen in den Reihen hinter sich betrachten, als meinem Unterricht zu folgen, dann gehen Sie bitte. In meiner Vorlesung ist kein Platz für Störenfriede. Wer nicht lernen will, ist hier nicht erwünscht!"

„Nein, Sir, das stimmt nicht!", begehrte ich gegen die Ungerechtigkeit auf. Die hübschen Mädchen interessierten mich schließlich nicht die Bohne. Aber wer würde mir das schon glauben?

„Raus!", schrie der Professor mit hochrotem Kopf und ich wählte den Weg des geringsten Widerstands. So schnell ich konnte, packte ich meine Unterlagen zusammen und stürzte in Richtung Ausgang. Aus dem Augenwinkel sah ich noch, wie Sam mir einen bedauernden Blick zuwarf, da schloss ich eilig die Tür hinter mir. Frustiert ließ ich mich auf eine Bank vor dem Hörsaal sinken und wartete, bis die Vorlesung vorbei war und die Jungs endlich rauskamen. Tommy und Andrew blickten mich neugierig an, während Sam mir kumpelhaft den Arm um die Schultern legte.

„Was war denn eben los da drin? Leidest du seit Neuestem unter Verfolgungswahn?", fragte er mich halb im Spaß, halb im Ernst.

Ich erzählte ihm von meiner Theorie über Charlotte. Mitleid konnte ich nicht erwarten, schließlich hatte ich mich ihr gegenüber wie ein Arschloch verhalten, dachte ich mit einer winzigen Spur Reue.

Frauen machten eben nichts als Ärger und Frauen wie Charlotte waren die Schlimmsten. War das die Nacht mit ihr wirklich wert gewesen? O ja! Wenn ich nur daran dachte, wie sich ihre schlanken Beine an mich geklammert hatten, stahl sich ein Grinsen auf mein Gesicht. Das war es definitiv wert gewesen!

„Kommt, Jungs, ich lade euch auf eine Pizza bei Deans ein. Mal schauen, was er heute für eine Kreation zaubert."

Die Jungs quittierten meinen Vorschlag mit Begeisterungsrufen und ich sonnte mich im Glanz meiner Großzügigkeit. Ich würde mir ganz sicher nicht den Tag von einer verrückt gewordenen Charlotte Dubois verderben lassen!

Kapitel 13

Marissa

Mein erster Observierungstag entpuppte sich als voller Erfolg. Nachdem Jakob doch noch in der Vorlesung aufgetaucht war, musste ich mir den langweiligsten Vortrag der Welt anhören. Betontechnologie, wen interessierte so etwas? Ich schlug drei Kreuze, als die Vorlesung zu Ende war; nie im Leben würde ich so etwas freiwillig studieren!

Als sich Jakob erhob und mit seinem Gefolge den Hörsaal verließ, folgte ich ihm mit gebührendem Abstand. Ich gab mir Mühe, so gut es ging, in der Menge an Studenten auf dem Campus unterzutauchen. Leider war ich nicht unauffällig genug. Immer wieder drehte er sich um und hatte dabei einen so gehetzten Gesichtsausdruck, als würde er tatsächlich erwarten, verfolgt zu werden.

Seine nächste Vorlesung war nicht viel interessanter. Ich setzte mich so weit weg von ihm wie möglich, während ich wie am Fließband gähnte. Doch auch hier schien Jakob meine Anwesenheit irgendwie zu spüren, auch wenn er mich von seinem Platz aus gar nicht sehen konnte. Ein ums andere Mal drehte er sich um und zog so viel Aufmerksamkeit auf sich, dass ihn der Professor hochkant aus der Vorlesung warf. Ich musste mich zusammenreißen, um nicht laut loszuprusten. Das geschah ihm ganz recht! Vielleicht war er in diesem Fall unschuldig, aber Karma vergaß nie. Es gab genug schlimme Dinge, für die Jakob büßen musste, deshalb hielt sich mein Mitleid in Grenzen. Als er den Hörsaal verlassen hatte, nutzte ich die Gelegenheit, um direkt hinter seinen drei Freunden Platz zu nehmen. Sie kannten mich nicht, also ging keine Gefahr von ihnen aus. Vielleicht würde ich etwas aufschnappen, das mir nützlich sein konnte, und tatsächlich, ich hatte Glück! Immer wieder sprachen sie von einer Party, die heute Abend bei einem gewissen Charly stattfinden würde. Als einer der Jungs die Adresse auf seinem Handy recherchierte, beugte ich mich so weit nach vorn wie möglich, um unauffällig einen Blick auf das Display zu erhaschen. Zum Glück waren die Handys heutzutage so riesig. Schnell notierte ich mir die Adresse in meinem Notizbuch und grinste zufrieden. Die Sache fing langsam an, mir Spaß zu machen!

Zur Belohnung wollte ich mir nach der Vorlesung einen Kaffee gönnen. Jakob war mit Sicherheit bereits über alle Berge nach seinem Rauswurf. Ziellos lief ich über den Campus auf der Suche nach einem Kaffeeautomaten, als ich plötzlich auf eine Cafeteria stieß. Der Duft nach Kaffee strömte mir bereits entgegen, als ich die Tür öffnete und einen Juchzer ausstieß. Das war das schönste Café, das ich je gesehen hatte! Die wild zusammengewürfelten Möbel und die schreiend bunten Retroschilder, die an den Wänden klebten, erweckten sofort das Gefühl von Heimat in mir. Annie wäre vermutlich direkt hier eingezogen. Leider war die Schlange vor dem Tresen mörderisch lang. Zwanzig Minuten später trank ich endlich den ersten Schluck Kaffee, aber das Warten hatte sich gelohnt: Er schmeckte einfach himmlisch!

Plötzlich hörte ich von der anderen Ecke des Raumes eine mir allzu bekannte Stimme. Vor Schreck schluckte ich eine viel zu große Menge Kaffee. „Autsch!", rief ich und tauchte die verbrannte Zungenspitze in das

Glas Wasser, das glücklicherweise zusammen mit dem Kaffee serviert worden war.

Hoffentlich hatte Jakob mich nicht gesehen! Doch er schien völlig in die Unterhaltung mit seinen Freunden vertieft zu sein und schob sich zwischendurch immer wieder ein großes Stück Pizza in den Mund. Schnell zahlte ich und schob mich unauffällig in Richtung Tür. In Zukunft musste ich vorsichtiger sein, um ja nicht erkannt zu werden.

Zurück im Hostel erwarteten mich drei erschöpfte Mitbewohnerinnen. Becky, Sue und Ellie hatten den gesamten Tag mit Sightseeing verbracht und waren quer durch London gelaufen. Sue hatte unbedingt das British Museum besichtigen wollen, während Ellie und Becky zu Madame Tussauds wollten. Damit niemand enttäuscht war, hatten sie einfach beides gemacht – mit dem Ergebnis, dass sie jetzt in ihren Betten lagen wie tote Fische. Sollten sie sich ruhig ausruhen, schließlich hatte ich für heute Abend Pläne, bei denen ich ihre Unterstützung brauchte. Davon wussten sie allerdings noch nichts ...

Eine Stunde später beschloss ich, dass sie soweit ausgeruht waren, um ihnen meinen Vorschlag zu unterbreiten. „Habt ihr Lust auf eine Party?", fragte ich harmlos von meinem Bett aus.

Die einzige Antwort war unwilliges Gegrunze. Da musste ich wohl deutlicher werden, um sie wieder munter zu bekommen. „Nur zwei Straßen weiter findet die beste Party des Jahres statt. In einem der Nobelhäuser von Kensington. Die ganze Uni spricht davon und wir können sogar zu Fuß hingehen", lockte ich mit allen Vorzügen, die mir spontan einfielen. Dabei wusste ich selbst kaum mehr als die Adresse und den Namen des Gastgebers: Charly.

„Du hörst dich so an, als würdest du bereits seit Jahren hier studieren, dabei bist du erst gestern in London angekommen", spottete Becky.

Doch ich hatte mein Ziel erreicht: Ihre Neugier war geweckt. Sie setzte sich in ihrem Bett auf, und bei dem ernsten Blick, den sie mir zuwarf, schrak ich zusammen.

„Machen wir einen Deal: Wir begleiten dich zur Party, wenn du uns endlich sagst, warum du wirklich hier in London bist. Komm schon, Marissa, das sieht ja ein Blinder, dass du nicht nur hier bist, um einen ‚alten Bekannten' zu besuchen. Was sollte das Versteckspiel heute Morgen? Du hast dich verkleidet, als ob du jemanden beschatten wolltest, mit der Mütze und allem."

Ohne es zu wissen, hatte sie den Nagel auf den Kopf getroffen. Jetzt gab es wohl kein Zurück mehr, die Katze musste aus dem Sack. Ich atmete tief ein, sie hatte ja recht. Warum sollte ich sie weiter anlügen? Die drei schienen nett und ehrlich zu sein und mir gefiel es gar nicht, ständig alle anzuschwindeln.

„Gut. Ich erzähle euch die Geschichte." Plötzlich hatte ich die ungeteilte Aufmerksamkeit von sechs Augenpaaren; erschreckend, aber irgendwie auch schön.

„Der ‚alte Bekannte' ist ein ehemaliger Mitschüler von mir, und wir haben eine gemeinsame Vergangenheit."

Einmal angefangen, konnte ich nicht mehr aufhören. Die ganze Geschichte brach aus mir heraus, als hätte ich nur darauf gewartet, sie endlich erzählen zu dürfen. Als ich von Jakobs Mobbingattacken berichtete, brach mir die Stimme und ich musste kurz innehalten, um die Tränen wegzublinzeln. Erst als ich meine Geschichte beendet hatte, bemerkte ich, dass mittlerweile alle drei auf meinem Bett saßen. Hoffentlich krachte es nicht unter der Last zusammen. Unter Tränen musste ich bei dem Gedanken lachen und Sue legte mir einen

Arm um die Schultern, während mir Ellie ein Taschentuch reichte.

„Danke, dass du es uns erzählt hast", sagte Becky leise. „Jetzt können wir dich und deine Maskerade viel besser verstehen." Sie zwinkerte mir zu und ich schniefte und lachte gleichzeitig.

„Dieser Jakob ist wirklich ein Schuft", empörte sich Sue. Das Wort „Schuft" klang mit ihrem schottischen Akzent ausgesprochen niedlich.

Beckys Blick war stahlhart, als sie in die Runde blickte. „Mädels, wir haben heute noch eine Mission zu erfüllen. Sue, du bist für die Kleiderwahl zuständig. Ellie für das Make-up und ich für die Haare. Wir gehen heute auf die Party des Jahres und müssen dafür richtig heiß aussehen!"

Natürlich fand sich in meinem kleinen Koffer kein einziges partytaugliches Outfit. Schließlich hatte ich nicht damit gerechnet, mich für mein Stalkerleben auch noch aufbrezeln zu müssen. Die Mädels waren weit besser gerüstet für unser Vorhaben. Als Sue mir ein dunkelgrünes Cocktailkleid mit weit ausgestelltem Rock zuwarf, blinzelte ich ungläubig. „Was soll ich damit?"

„Anziehen natürlich, es wird dir super stehen." Das war keine Bitte, sondern ein Befehl.

„Und was ziehst du an, wenn ich dein Kleid trage?"

„In weiser Voraussicht habe ich gleich zwei Kleider für den Urlaub eingepackt." Sue zwinkerte mir zu und hielt sich ein wunderschönes lilafarbenes Kleid mit Glitzersteinen an den Körper.

Ich schluckte, denn so ein schickes Kleid hatte ich noch nie getragen. „Ich kann es ja zumindest mal anprobieren."

Etwas verschämt, mich vor allen auszuziehen, schlüpfte ich schnell aus Jeans und Pullover und zog mir das Cocktailkleid über den Kopf.

Hinter mir stieß Ellie einen schrillen Pfiff aus. „Wow, du solltest öfters ein Kleid tragen. Es sieht toll aus und passt perfekt zu deinen Haaren!"

„Wirklich?" Unsicher zupfte ich an den Rockfalten herum, doch die Mädchen nickten synchron. Schade, dass es hier im Zimmer keinen Spiegel gab. Ich hätte mich zu gerne von allen Seiten betrachtet.

Als hätte sie meine Gedanken erraten, zog Ellie einen kleinen Handspiegel aus ihrem Koffer und hielt ihn vor mich. „Hier, schau nur, wie schön du aussiehst."

Und das tat ich. Was ich sah, verschlug mir beinahe die Sprache. Das Cocktailkleid schmiegte sich perfekt an alle Rundungen meines Körpers und mein rotes Haar bildete einen feurigen Kontrast zum Grün des Kleides. So schön hatte ich mich noch nie gefühlt, nicht einmal beim Abiball.

„Und jetzt die Haare." Mit einem diabolischen Grinsen zog Becky einen Lockenstab hinter ihrem Rücken hervor, während Sue und Ellie im Bad verschwanden.

„Muss das sein?", stöhnte ich. So langsam fühlte ich mich wie eine überdimensionale Puppe, an der die anderen ihre Kleinmädchenträume ausleben konnten: anziehen, schminken, frisieren.

„O ja, Schätzchen, muss es. Setz dich hin und lass mich nur machen. Ich verspreche dir, dass du anschließend wie eine Göttin aussehen wirst. Diesem Jakob sollen die Augen aus dem Kopf fallen, wenn er dich sieht."

Wenn er mich sieht? Panisch riss ich die Augen auf. Es war keineswegs der Plan, dass Jakob mich je zu Gesicht bekommen würde. Diese ganze Stalkingsache sollte komplett anonym ablaufen. „Das hier ist eine verdeckte Ermittlung", sagte ich so würdevoll wie möglich, während ein hysterisches Lachen aus meiner Kehle aufsteigen wollte. Himmel, ich klang wie die Hauptdarstellerin eines Agentenfilms.

„Okay", willigte Becky ein, obwohl ich spürte, wie sehr es ihr widerstrebte, die Füße stillhalten zu müssen.

„Wir können los", tönte es da aus dem Bad und Sue kam heraus. Sie sah in ihrem lila Kleid wie eine glitzernde Meerjungfrau aus. Becky hatte sich passend zu ihren kurzen dunklen Haaren für ein kleines Schwarzes entschieden, das sie wunderbar weiblich wirken ließ. Als Ellie als Letzte aus dem Bad trat, klappten uns anderen synchron die Kinnladen runter. Ihr himmelblaues Kleid war aus luftigem Stoff und wurde nur über einer Schulter von einem zarten Band gehalten. Mit ihren langen blonden Locken sah sie aus wie Aphrodite höchstpersönlich. Unsere Gruppe würde sämtliche Aufmerksamkeit auf sich ziehen, wurde mir in diesem Moment klar. Was das für meine Mission bedeutete, musste ich mir später überlegen. Denn zunächst einmal brauchten wir genau das: vier hübsche Frauen. Denn schließlich gab es eine Sache, die ich den Mädels bislang verschwiegen hatte: Ich hatte keine Einladung für die Party, auf die wir gleich gehen würden.

Kapitel 14

Jakob

„Nächste Woche trete ich mit Stardust beim Dressurturnier in Manchester an. Er ist ein Vollblut mit rabenschwarzer Mähne und weißen Fesseln. Mit der Traversale hat er noch seine Probleme, aber die Piaffe klappt schon richtig gut. Wir trainieren jeden Tag zwei Stunden und …“

Halb fasziniert, halb angewidert sah ich dabei zu, wie sich die Nase des Mädchens neben mir vor Begeisterung regelrecht aufblähte. Konnte sie endlich aufhören, ständig von diesem blöden Gaul zu sprechen? Ich bekam noch Kopfschmerzen, wenn sie weiterhin mit ihrer Piepsstimme in Rekordgeschwindigkeit auf mich einredete.

Schnell trank ich einen großen Schluck aus meinem Whisky-Glas. Zumindest war der Alkohol auf der Party erste Sahne, was man von den Frauen allerdings nicht behaupten konnte. Zugegeben, die blonde Klette neben mir sah zum Anbeißen aus. Aber sobald sie den Mund aufmachte, war es vorbei. Ich konnte mir das keine Sekunde länger anhören. Ohne mich von ihr zu verabschieden, drehte ich mich einfach um und lief in eine andere Richtung davon. Aus den Augenwinkeln nahm ich noch wahr, wie ihr kleiner Mund vor Verblüffung offen stehenblieb, was mir ein amüsiertes Grinsen entlockte. Dann machte ich mich auf die Suche nach Sam. Dieser würde mich zumindest nicht mit Gesprächen über Pferde quälen.

Ich entdeckte ihn, vertieft in ein Gespräch mit einer dunkelhaarigen Schönheit. Damn, da konnte ich nicht so einfach dazwischengrätschen! Im Gegensatz zu mir legte Sam Wert auf gute Manieren und Anstand, vor allem wenn es um eine Frau ging. Er schenkte ihr seine komplette Aufmerksamkeit, holte ihr etwas zu trinken, sobald sie auch nur ansatzweise durstig aussah, und das natürlich ohne irgendwelche Hintergedanken. Behauptete er zumindest, was ich allerdings bezweifelte. Welcher Kerl dachte bei einer solchen Frau nicht daran, sie so schnell wie möglich ins Bett zu schleifen?

Mit Sam war die nächste Zeit nicht zu rechnen, so viel war sicher. Frustriert steuerte ich zum zigten Mal am heutigen Abend die Bar an, um mir zumindest ein kleines Trostpflaster in Form eines harten Drinks zu gönnen. Manchmal konnte ich es nicht fassen, dass ich auf Partys ging, bei denen es eine richtige Bar gab – inklusive bärtigem Barkeeper, der den Mixbecher gerade schwungvoll durch die Luft wirbelte. Wenn ich daran dachte, in welchen Kreisen ich mittlerweile verkehrte, schwankte ich zwischen Begeisterung und Scham. Butler, Hausmädchen und Poolboys gehörten so selbstverständlich zum Leben meiner Freunde dazu, dass niemand einen Gedanken daran verschwendete – außer mir natürlich. Ganz zu schweigen von den riesigen Villen, in denen sie wohnten. Alles an ihnen schrie nach Geld, Macht und High Society. Wenn ich wie heute derart schonungslos mit dem Reichtum meiner Freunde konfrontiert wurde, war ich heilfroh, dass mich tausende Kilometer und ein großes Meer von meinem Zuhause trennten. Die Jungs durften niemals erfahren, dass ich in einer abgewrackten Bude in einem der übelsten Vororte Stuttgarts aufgewachsen bin. Statt einer Köchin gab es bei uns nur fettige Tiefkühlpizza und den Barkeeper ersetzten die unzähligen Schnapsflaschen auf dem Küchentisch. Nein, daran wollte ich jetzt nicht denken. Nicht hier und nicht heute. Wenn ich mich schon in einen Anzug zwängen musste, dann sollte es sich zumindest lohnen.

Durch die vielen Partys war ich zwar trinkfest, doch mittlerweile spürte auch ich die Wirkung der fünf Gläser Whisky, die ich in Rekordgeschwindigkeit vernichtet hatte. Langsam aber sicher schwankte der Boden unter mir und die Gesichter um mich herum verschwammen zu Fratzen. Sicherheitshalber hielt ich mich am Tresen fest, während ich den nächsten Drink orderte.

„Noch einen!", verlangte ich ruppig und schob demonstrativ mein leeres Glas über den Tresen.

Der Barkeeper zog eine Augenbraue in die Höhe, verkniff sich aber zum Glück jeden Kommentar. Vermutlich war er es gewohnt, dass die feinen Herrschaften gerne einen über den Durst tranken.

Sekunden später hielt ich ein volles Glas mit der rauchig braunen Flüssigkeit in der Hand. Sicherheitshalber blieb ich mit dem Rücken an den Tresen gelehnt stehen, während ich mit großen Schlucken trank.

„Na, wen haben wir denn da?", schnurrte plötzlich eine Stimme an meinem Ohr und eine zarte Hand schmiegte sich um meine Hüfte.

Verdammt, ich hatte ganz vergessen, dass Charlotte auch hier sein würde. Schließlich war sie als Campus-Queen quasi Ehrengast auf jeder Party.

„Was willst du, Charlotte?", knurrte ich unfreundlich. Nicht mal betrunken war ich in der Lage, nett zu ihr zu sein. Außerdem war Sam nicht hier als mein moralischer Aufpasser – ich konnte also so gemein sein, wie ich wollte. Sie kam mir gerade recht, um den Frust über den miesen Abend an ihr auszulassen. Doch mein mürrischer Gesichtsausdruck schien sie keineswegs zu stören. Ganz im Gegenteil: Ich hatte den Eindruck, als würde sie immer hartnäckiger, je schlechter ich sie behandelte.

„Ich wollte dich sehen." Ihr Augenaufschlag war so unschuldig wie der eines Engels. Ob sie das wohl stundenlang vor dem Spiegel übte? Keine Ahnung, und es war mir auch egal. Charlotte Dubois interessierte mich kein bisschen. Obwohl, da war doch etwas heute während der Vorlesung ...

„Sag mal, stalkst du mich?", platzte ich heraus und unterdrückte nur mit Mühe ein Rülpsen, das sich in meiner Kehle anbahnte. Selbst ich hatte ein Mindestmaß an Manieren.

„Stalken?" Sie sah ehrlich verwirrt aus. „Weil ich dich auf einer Party anspreche, fühlst du dich verfolgt?"

„Nein, doch nicht wegen der Party!", herrschte ich sie an. Ich spürte, wie ich langsam die Kontrolle verlor. Über mein Verhalten und über meine Zunge, die lallte. „Es war, als würden mich zwei Augen den ganzen Tag über den Campus verfolgen und ich bin mir sicher, dass DU das warst."

Plötzlich breitete sich ein Lächeln auf ihrem Gesicht aus, das zu einem Strahlen wurde. „Ach, so ist das! Du verhältst dich mir gegenüber immer wie der harte, unnahbare Kerl. Dabei denkst du die ganze Zeit an mich und willst, dass ich dir hinterherlaufe." Ihre Lippen näherten sich meinem Ohr und knabberten sanft daran, was mir einen Ekelschauer über den Rücken laufen ließ. „Das Spiel können wir gerne spielen. Normalerweise laufe ich niemandem hinterher, aber wenn du es so haben willst, kann ich das einrichten." Ihre Hände wanderten meinen Körper entlang nach unten, während sie so dicht vor mir stand, dass kaum ein Blatt Papier mehr zwischen uns passte. Ich zuckte zusammen, als sich ihre manikürten Finger an meiner Hose zu schaffen machten. Mit einem Schlag war ich stocknüchtern. Und stocksauer!

„Verzieh dich endlich!", brüllte ich und stieß sie so heftig von mir, dass sie ein paar Meter zurücktaumelte. „Kapierst du es immer noch nicht? Ich will nichts von dir, du dumme Kuh! Wir hatten eine einzige Nacht zusammen, mehr war da nicht und wird auch nie sein. Ich habe dir aus deinem erbärmlichen Zustand der Jungfräulichkeit geholfen. Gern geschehen, und jetzt verschwinde endlich aus meinem Leben. Du ekelst mich an!"

Während meiner kleinen Rede hatte ich nicht bemerkt, wie still es um uns herum geworden war. Alle Augen waren auf Charlotte und mich gerichtet und selbst der Barkeeper stand mit offenem Mund und einem Cocktailglas da, das er gerade abtrocknen wollte. Die Zeit schien für einige Augenblicke stillzustehen und ich sah nur Charlottes weit aufgerissene blaue Augen vor mir, als ein Schluchzen von ihr den Bann brach. Es drang tief aus ihrer Kehle und klang wie ein verwundetes Reh. Im nächsten Moment geschah alles auf einmal: Ihre Freundinnen stürzten auf sie zu, um sie in den Arm zu nehmen. Charly, unser Gastgeber, drehte die Musik auf volle Lautstärke und brüllte: „Drinks für alle!"

Während die Party langsam wieder an Fahrt aufnahm, blieb ich allein an der Bar zurück. Nach dem Ärger mit Charlotte wollte ich mir noch einen Whisky bestellen, doch der Barkeeper knurrte: „Du hattest genug für heute, Freundchen. Für dich gibt es nur noch Wasser. Mit extra vielen Eiswürfeln zum Abkühlen."

Mist, dass ich Charlotte angeschrien hatte, war ein Fehler gewesen. Es war eine Sache, mit ihr zu schlafen und sie danach still und heimlich in meinem Zimmer abzuservieren. Sie hier vor allen Leuten anzubrüllen, war eine ganz andere Nummer. In der Schule war das kein Problem gewesen, da hatte ich meine Jungs, die immer hinter mir standen. Egal welchen Mist ich auch baute, sie bildeten ein undurchdringliches Bollwerk. Der Rest der Klasse traute sich nicht, auch nur ein Wort gegen mich zu sagen. Niemals, egal was ich auch tat. Sie kannten die Konsequenzen und niemand wollte meinen Zorn auf sich ziehen. Doch hier funktionierte das nicht mehr. In diesem Umfeld gab es ungeschriebene Regeln, die besagten, dass man sich nicht öffentlich im Ton vergriff. Niemals! Dass Charlotte überall als heiliges Unschuldslamm bekannt war, verbesserte meine Lage nicht wirklich. Plötzlich wurde mir klar, dass der heutige Abend meinen sozialen Absturz einläuten konnte.

„Jakob, was war das denn gerade eben?" Unbemerkt war Sam neben mir aufgetaucht. In seinen Augen spiegelte sich Besorgnis und noch etwas anderes, das ich niemals darin lesen wollte: Enttäuschung.

Eines war mir von vornherein klar gewesen, als ich Sam kennenlernte: Er hätte den Jakob aus der Schulzeit nicht gemocht. Vielmehr hätte er ihn verachtet und abgelehnt. Sam war einer von der Sorte, der sich allen Widerständen zum Trotz gegen mich und auf die Seite der Opfer gestellt hätte. Er war ein guter Kerl, trotz seines Reichtums. Vermutlich war genau das der Grund, weshalb mir seine Freundschaft so unglaublich wichtig war. Bereits vom ersten Tag an wollte ich seine Zuneigung und seinen Respekt gewinnen – genau wie heute.

Also sagte ich etwas, worauf ich im Nachhinein nicht stolz war: „Ich habe dir doch in der Vorlesung erzählt, dass mich jemand verfolgt. Charlotte hat gerade zugegeben, dass sie dahinter steckt. Sie stalkt mich wohl schon länger. Als ich sie deshalb zur Rede stellen wollte, griff sie mir einfach in die Hose. Da habe ich sie aus Reflex weggestoßen."

Sams Augen weiteten sich vor Überraschung. „Heilige Scheiße! Verliebt zu sein, ist eine Sache, aber Stalking geht überhaupt nicht. Und dann fasst sie dich auch noch einfach so an, mitten auf einer Party? Das hätte ich niemals von ihr gedacht. Vor allem weil sie sonst immer einen auf keusch und unschuldig macht." Er seufzte. „Da sieht man es mal wieder. Egal wie brav und tugendhaft die Frau aussieht, sie kann es trotzdem faustdick hinter den Ohren haben. Aber das musst du dir wirklich nicht gefallen lassen, alles hat seine Grenzen. Vielleicht ist es gut, dass ihr mal jemand die Meinung sagt."

Zufrieden registrierte ich, dass sich Sams Gesichtsausdruck entspannte. Meine Erklärung hatte ihn wohl überzeugt. Wenn ich mich entscheiden musste, ob ich Sams Freundschaft riskierte oder Charlotte über die Klippe springen ließ, dann war meine Wahl längst getroffen.

Kapitel 15

Marissa

Mein Mund war vor Staunen leicht geöffnet, als ich die Szene beobachtete, die sich gerade vor meinen Augen abspielte. Das hier war besser als jedes Drama im Kino und das Einzige, was mir zu meinem Glück noch fehlte, war eine große Schüssel Popcorn mit Karamellüberzug. Ein sturzbetrunkener Jakob und ein bildhübsches blondes Mädchen hatten einen handgreiflichen Streit auf einer Londoner Upper-Class-Party. Ob das morgen in der Zeitung stehen würde?

So wie es aussah, war sein neues Leben doch nicht so perfekt, wie ich immer dachte. Nachdenklich betrachtete ich Jakob, wie er schief an der Bar lehnte und vor sich hin starrte. Er sah so fertig aus, dass ich beinahe Mitleid mit ihm bekommen hätte. Natürlich nur fast, schließlich sprachen wir hier von Jakob!

„Das ist er also. Ich muss schon sagen, du hast bei deiner Erzählung nicht übertrieben. Der Kerl ist in den letzten fünf Minuten auf Platz eins meiner Hassliste geklettert. Das gelingt nicht jedem, Hut ab." Unbemerkt war Becky neben mich getreten und blickte mit zusammengekniffenen Augen zur Bar.

Mein Herz klopfte immer noch wie wild und ich griff haltsuchend nach der weißen Säule, hinter der ich Schutz gesucht hatte, um nicht entdeckt zu werden.

„O ja, das ist Jakob, wie er leibt und lebt. So wie es aussieht, hat er sich kein bisschen geändert. Er ist immer noch derselbe Widerling wie früher, auch wenn er jetzt in anderen Kreisen verkehrt." Mein Tonfall war so grimmig, dass mich Becky erschrocken musterte. Sie kannte zwar die Kurzfassung der Geschichte mit Jakob, aber sie wusste nicht, welche Gefühle allein seine Anwesenheit im selben Raum in mir auslöste. Mein armes Herz würde morgen einen fürchterlichen Muskelkater haben, so sehr wurde es von dem ganzen Durcheinander an Gefühlen beansprucht. Ich hätte niemals erwartet, dass mich sein Anblick selbst Jahre später noch dermaßen aus der Bahn werfen würde. Das Herz war treu, es vergaß niemals. Nicht die guten Dinge, die ihm widerfuhren, und schon gar nicht die schlechten.

„Wodka?" Ellie gesellte sich zu uns und reichte mir lächelnd ein großes Glas mit einer klaren Flüssigkeit. Dankbar nahm ich es entgegen und leerte es in einem Zug. Puh, das war … nicht übel! Überrascht stellte ich fest, dass ich den Geschmack mochte. Ebenso wie das warme Gefühl, das sich in meinem Bauch ausbreitete. Zum Glück konnten mich Adrian und Annie gerade nicht sehen. Während Adrian komplett schockiert von meinem neuen Leben mit Partys, schicken Kleidern und Alkohol wäre, würde Annie direkt den Exorzisten bestellen. Normalweise wurde ich bereits von einem einzigen Glas Sekt beschwipst und ich war beinahe gespannt zu erfahren, was ein großes Glas Wodka mit mir anstellen würde.

„Was hältst du davon, wenn wir es dem Kerl so richtig heimzahlen? So wie es aussieht, bist du nicht die Einzige, die er mies behandelt."

Überrascht blickte ich zu Becky, auf deren Gesicht sich ein verschlagenes Grinsen ausbreitete. Sie spielte auf das blonde Mädchen an, das mittlerweile von einer ganzen Traube an Freundinnen umringt war, die es trösteten.

„Verdient hätte er es …“, antwortete ich zögernd. „Was hast du vor?“ Eigentlich hatte ich Jakob nur beobachten wollen, doch nun schwante mir Böses.

Mit vielsagendem Blick deutete sie auf Ellie. „Ich setze unsere Geheimwaffe ein: Aphrodite höchstpersönlich.“

Ellie und ich tauschten einen überraschten Blick. „Wie das?“, fragten wir beide wie aus einem Mund und Becky erläuterte uns ihren diabolischen Plan …

„Mir gefällt das ganz und gar nicht“, sagte ich, als Becky fertig war. „Ich wollte, dass sich Jakob bei mir entschuldigt. Dass er seine Fehler einsieht und weiß, was er angerichtet hat. Aber diese Aktion bewirkt nichts von alldem. Was hätten wir davon?“

„Das zutiefst befriedigende Gefühl von Rache.“ In Beckys Augen blitzte es auf und mir rutschte das Herz in die Hose.

„Lassen wir es gut sein, das bringt doch nichts“, versuchte ich es ihr auszureden, doch es war zu spät.

Becky flüsterte Ellie noch etwas ins Ohr und schubste sie dann regelrecht in Richtung Bar. Ellie verdrehte die Augen, fügte sich dann aber widerstrebend. Mit jedem Schritt konnte ich sehen, wie sie sich mehr in ihrer Rolle einfand. Ihr Hüftschwung war so geschmeidig wie der einer Katze, als sie die letzten Meter zur Bar lief und sich wie zufällig neben Jakob an den Tresen lehnte. Mit einem Fingerschnippen orderte sie einen Drink beim Barkeeper und wirkte dabei wie die Upper-Class-Queen höchstpersönlich. Mit ihrem Cocktailglas in der Hand beugte sie sich zu Jakob und sprach ihn an, was ich aus der Entfernung allerdings nicht verstehen konnte. Doch es schien Wirkung zu zeigen. Jakob grinste und Ellie pirschte sich zielsicher näher an ihn heran. Sie hatte nun komplett in den Flirtmodus gewechselt und staunend sah ich zu, wie sie alle Register zog, um ihn einzuwickeln. Gekonnt warf sie die blonden Engelslocken nach hinten über die Schulter, während sie mit den dunklen Wimpern kokett blinzelte. Ihr Auftritt verfehlte seine Wirkung nicht. Vermutlich hätte ihr kein Mann der Welt in diesem Moment widerstehen können – sie war die personifizierte Verführung, und Jakob lief ihr ohne zu zögern in die Falle. Er flüsterte Ellie etwas ins Ohr, was diese mit einem mädchenhaften Kichern quittierte. Das war sein Startsignal und ich schaute ungläubig zu, wie sich seine Hand zielsicher ihren Weg den tiefen Rückenausschnitt ihres Kleides entlang bahnte.

„Er kann es einfach nicht lassen", hauchte ich ungläubig, während mir Sue beruhigend die Hand drückte. Doch es half nichts, ich war bereits auf hundertachzig. Wie konnte man nur dermaßen ignorant und selbstgefällig sein? Frauen waren doch keine Äpfel, die man nach Belieben pflücken und dann wieder wegwerfen konnte, wenn man keine Lust mehr auf sie hatte. Vor ein paar Minuten hatte er noch einem anderen Mädchen den Laufpass gegeben und jetzt baggerte er wie wild an Ellie herum. Jakob kannte wirklich keine Grenzen!

In meinem Bauch rumpelte es gefährlich und ich schmeckte bereits bittere Galle. Das lag nicht nur an Jakob, wurde mir schlagartig klar. Es war das große Glas Wodka, das meinen Magen so in Aufruhr versetzte.

„Tief atmen", befahl ich mir und versuchte, gleichmäßig Luft zu holen, während ich mich wieder auf die Szene vor mir konzentrierte.

Jakob war nun dazu übergegangen, ungeniert Ellies Hinterteil zu begrapschen. Ich sah in ihren Augen, wie unangenehm es ihr war, doch sie hielt tapfer durch. Mein schlechtes Gewissen reagierte, gefolgt von meinem Magen, der immer heftiger rebellierte. Stöhnend lehnte ich mich an die Säule in der Hoffnung, dass es bald aufhörte.

„Was machst du da?", kreischte sie plötzlich so laut
los, dass es jeder hören musste. Sie übertönte sogar die
laute Bassmusik im Saal. „Nimm sofort deine dreckigen
Hände von mir, du widerliches Arschloch. Wie kannst
du es wagen, mir einfach so an den Hintern zu fassen?
Hilfe!", schrie sie immer lauter.

Sämtliche Köpfe im Raum flogen herum, während
sich Ellie immer weiter in ihre Show hineinsteigerte –
es war wirklich oscarverdächtig! Ihre Empörung
wirkte so echt, dass ich es ihr beinahe selbst abgekauft
hätte, auch wenn ich wusste, dass alles nur gespielt
war. Mit zornigen Augen funkelte sie Jakob an, der abwehrend die Hände in die Höhe reckte, als könnte er
damit seine Unschuld beweisen. Doch nach der Szene,
die er sich vorher mit dem anderen Mädchen geliefert
hatte, kaufte ihm das niemand mehr ab.

Aus dem Augenwinkel sah ich, wie sich auf dem Gesicht des blonden Mädchens ein ungläubiges Lächeln
ausbreitete. Dann rief sie plötzlich: „Bei mir hat er das
vorher auch versucht, und dann hat er mich einfach so
weggestoßen. Ich hätte mir beinahe den Arm gebrochen." Anklagend hielt sie den Arm nach oben, der absolut unversehrt aussah.

Fasziniert beobachtete ich die plötzliche Frauensoli-
darität, die nur ein Ziel kannte: Jakob zu vernichten.
Beide Mädchen kannten sich nicht und hätten unter
normalen Umständen wohl niemals miteinander gesprochen. Doch jetzt hatten sie einen gemeinsamen
Feind und diesem dämmerte langsam, dass er keine
Chance gegen sie hatte. Mit offenem Mund blickte er
von einer zur anderen, doch es kam kein Ton heraus.
Er war schachmatt, und er wusste es.

Schnell lief der Gastgeber zum Barkeeper und flüsterte ihm etwas ins Ohr. Dieser krempelte sich mit
grimmiger Miene die Ärmel hoch und trat entschlossen aus seinem Reich hinter der Bar hervor. Wow, erst

jetzt erkannte ich, dass er die Statur eines Holzfällers hatte. Auch Jakob schluckte, als er die Muskeln betrachtete, die sich deutlich unter dem Hemd abzeichneten. Drohend baute sich der Barkeeper vor ihm auf.

„Jetzt reicht es, Freundchen. Wer sich nicht im Griff hat und bereits zum zweiten Mal heute Abend eine Dame belästigt, der hat hier nichts zu suchen. Für dich wird es Zeit zu gehen, die Party ist vorbei." Energisch packte er Jakob am Kragen und schleifte ihn unter den sensationslüsternen Blicken der gesamten Partygesellschaft in Richtung Ausgang. Mein Erzfeind ließ es anstandslos geschehen und unternahm nicht einmal den Versuch, sich zu wehren. Er wusste, dass er verloren hatte, und akzeptierte es klaglos. Oder er war schlicht und ergreifend zu betrunken, um sich zu wehren.

Um einen besseren Blick auf das Geschehen zu haben, wagte ich mich aus meiner Deckung hinter der Säule hervor. Und da passierte es: Vor dem Ausgang drehte sich Jakob noch einmal um, und inmitten der riesigen Partygesellschaft traf sein Blick ausgerechnet auf mich. Seine Augen weiteten sich ungläubig, als ihn die Erkenntnis traf wie ein Blitz.

Doch was danach geschah, wusste ich nicht mehr. Denn in der nächsten Sekunde hing ich bereits mit dem Gesicht nach unten über einem Blumenkübel voller wunderschöner roter Rosen – verflixter Wodka!

Kapitel 16

Jakob

„Fuck!" Stöhnend beugte ich mich über die Kloschüssel, um ihr auch noch den letzten Rest meines Mageninhalts zu opfern – so langsam musste doch der ganze Alk aus meinem Körper raus sein. Die Fische auf dem Meeresmotiv, das den Klodeckel zierte, schienen mir fröhlich zuzuzwinkern, während ich mir die Seele aus dem Leib reierte. Angewidert fuhr ich mir mit dem Ärmel meines Sakkos über den Mund. Verdammter Abend! Verdammte Charlotte! Verdammte unbekannte Schönheit! Und verdammte … Marissa? Plötzlich war ich hellwach. War ich jetzt völlig verrückt geworden oder stand vorher auf der Party tatsächlich Marissa aus der Schule vor mir? Die rothaarige, sommersprossige Pummel-Marissa? Aber warum sollte sie plötzlich in London sein, noch dazu auf Charlys Party? Das ergab alles keinen Sinn. Vermutlich war der Whisky schuld an meinen Halluzinationen, gepaart mit dem Charlotte-Drama. Ich hätte sie Sam gegenüber nicht falsch beschuldigen sollen. Vor allem kam es mir im Nachhinein absurd vor, gerade den personifizierten Unschuldsengel als übergriffige Grapscherin darzustellen. Meine Strafe folgte auf dem Fuß in Form einer blond gelockten Unbekannten, die sich mir quasi an den Hals warf, nur um mich anschließend öffentlich zu demütigen. Ihr Verhalten war mir nach wie vor absolut schleierhaft. Schließlich war die Offensive eindeutig von ihr ausgegangen und sie hatte meine Hand quasi selbst auf ihrem Hintern platziert, nur um danach empört aufzukreischen.

Ich hatte fürs Erste genug von Frauen, beschloss ich in diesem Moment. Das war mir viel zu anstrengend und ich bekam schon Wahnvorstellungen vom Karottenschopf Marissa. In der Halluzination hatte sie zugegebenermaßen gar nicht so übel ausgesehen in diesem grünen Abendkleid. Schmerzerfüllt fasste ich mir an den Kopf, als es hinter meiner Stirn wieder pochte. Ich steckte knöcheltief in der Scheiße, das war mir mittlerweile nur allzu bewusst. Dieser Abend könnte meinen sozialen Ruin bedeuten. Auf Charlys Party war unser gesamtes Semester vertreten gewesen und alle hatten dabei zugesehen, wie mich gleich zwei Frauen als mieses Schwein beschuldigten. Eine zu Recht, eine zu Unrecht. Wer zum Henker war die Blonde nur? Ich zermartere mir das Hirn, aber war mir beinahe sicher, sie noch nie in meinem Leben gesehen zu haben. Allerdings war die Liste meiner Verfehlungen lang und ich hatte bereits seit einiger Zeit den Überblick verloren. Vielleicht hatte sie aus irgendeinem Grund noch eine Rechnung mit mir offen?

So kam ich keinen Schritt weiter. Ich musste den Abend abhaken und weitermachen. Mühsam schleppte ich mich in Richtung Dusche, um den Geruch nach Schweiß und Kotze abzuwaschen. Das Wichtigste war jetzt, einen kühlen Kopf zu bewahren. Vielleicht würde alles nur halb so schlimm werden und der Vorfall wäre morgen längst wieder vergessen.

Leider war genau das Gegenteil der Fall: Die Folgen meines Auftritts waren schlimmer, als ich sie mir je hätte vorstellen können. Am nächsten Morgen im Hörsaal flogen sämtliche Köpfe zu mir herum. Einige Sekunden lang herrschte beinahe atemlose Stille, bis wild getuschelt wurde. Man musste kein Hellseher sein, um zu wissen, über was sie redeten: Mein Auftritt bei Charlys Party würde wohl noch länger das Gesprächsthema Nummer eins sein. Unruhig ließ ich den Blick über die Sitzreihen schweifen auf der Suche nach Sam. Ich fand ihn schließlich in einer der Bankreihen zusammen mit Tommy und Andrew.

Mein Kopf dröhnte von dem miesen Kater, als ich mich auf den Sitz neben Sam fallen ließ und meine Vorlesungsunterlagen auspackte. Die Jungs beobachteten mich stumm und ihr Schweigen irritierte mich mehr als jeder dumme Spruch.

Es war Tommy, der es schließlich nicht mehr aushielt und herausplatzte: „Was war gestern los mit dir? Du hast ja schon einige krasse Partys gefeiert, aber das war selbst für dich ein Highlight. Hast du der Blonden wirklich an den Hintern gefasst, obwohl sie es nicht wollte? Und was sollte das Drama mit Charlotte? Ich dachte, sie geht dir gleich an die Gurgel." Sein Blick war so sensationslüstern, dass ich ihn am liebsten an den Schultern gepackt und einmal an die Wand gedonnert hätte.

Doch ich beherrschte mich, schließlich konnte ich keinen weiteren Ärger gebrauchen. Mein Blick wanderte unruhig zu Sam, der mit verschränkten Armen und ernster Miene auf seinem Stuhl saß und nach vorn starrte.

Ich holte tief Luft und bemühte mich, genau die Erklärung abzuspulen, die ich mir mühsam zurechtgelegt hatte: „Ja, ich habe der Blonden an den Hintern gefasst. Aber nur, weil sie meine Hand quasi selbst dorthin gelegt hat. Ich schwöre es! Ihr kennt mich doch: Ich bin zwar nicht der Beziehungstyp, der Frauen zum Candle-Light-Dinner ausführt, ihnen rote Rosen schenkt und die große Liebe verspricht. Aber ich würde niemals eine Frau gegen ihren Willen anfassen, das ist einfach absurd. Ich habe mit Charlotte geschlafen, weil sie es ebenfalls wollte. Aber ich habe ihr nie Hoffnung auf eine Beziehung gemacht."

Erschöpft beendete ich meine kleine Rede. Alles, was ich sagte, war zumindest im Kern wahr. Ich war definitiv kein netter Kerl und verbog die Wahrheit gerne mal zu meinem Vorteil. Doch auch ich hatte Prinzipien. Die Blonde hatte es darauf angelegt, ganz so als ob sie wollte, dass es einen Skandal gab. Ungläubig schüttelte ich den Kopf. Vielleicht sollte ich mich in den nächsten Wochen besser von Frauen fernhalten. Ich hatte keine Lust auf eine rachsüchtige Meute an verrückten Weibern, die mir das Leben noch schwerer machten, als es ohnehin schon war.

Sam schien zu spüren, dass ich die Wahrheit sagte. Zum ersten Mal an diesem Tag sah er mich an und erleichtert stellte ich fest, dass sich sogar ein leichtes Grinsen auf sein Gesicht stahl. „Junge, Junge, du machst Sachen. Das ist eben der Preis für deine magische Anziehungskraft auf Frauen. Sie laufen dir zwar in Scharen hinterher, aber wenn eine durchdreht, hast du den Schlamassel." Er klopfte mir auf die Schulter und ich sackte beinahe darunter zusammen vor Erleichterung.

Ich war noch einmal mit einem blauen Auge davongekommen. Aber noch so einen Ausrutscher würde man mir nicht abkaufen und das hieß: keine Partys und keine One-Night-Stands, auch wenn es mir schwerfiel. Am besten begab ich mich für ein paar Wochen ins Zölibat und konzentrierte mich ganz auf mein Studium. Es würde nicht lange dauern, bis Gras über die Sache gewachsen war. Schon in ein paar Tagen würde die Party bei Charly Schnee von gestern sein und die Meute etwas anderes finden, auf das sie sich gierig stürzen konnte.

Beruhigt widmete ich meine Aufmerksamkeit ganz der Vorlesung.

Das beständige Gefühl, beobachtet zu werden, ignorierte ich hartnäckig und diesmal mit Erfolg. Charlotte würde es nicht noch einmal gelingen, mich aus der Reserve zu locken.

Kapitel 17

Marissa

„Es funktioniert einfach nicht." Frustriert biss ich so heftig in mein Käse-Avocado-Sandwich, dass am anderen Ende die Mayonnaise herausquoll und auf Ellies schöne Picknickdecke tropfte. „Je öfter ich Jakob sehe, desto mehr muss ich an ihn denken. Ich hab gedacht, dass ich hier endlich mit ihm abschließen könnte, doch genau das Gegenteil ist der Fall." Vergeblich versuchte ich, den Mayo-Fleck von der Decke zu rubbeln, doch vergeblich. Frustriert verschränkte ich die Arme vor meiner Brust und ließ meinen Blick über den Primrose Hill schweifen, auf dem wir uns zum Mittagessen getroffen hatten. Gerade schien einfach alles schiefzugehen!

„Vielleicht brauchst du einfach noch etwas Zeit", warf Sue ein, die neben mir saß. „Du kannst nicht erwarten, dass sich deine Gefühle sofort in Luft auflösen. Je schlimmer der Schmerz, desto hartnäckiger bleibt er. Gerade du müsstest das doch wissen, Frau Angehende-Psychologin."

Ich schnaubte. Sie hatte recht, aber wenn es um Jakob ging, verpuffte mein ganzes Wissen aus dem Studium im Nirgendwo. Gleichzeitig wuchsen die Zweifel an meiner Mission. Was, wenn das alles hier nichts brachte? Oder wenn es nach meiner Rückkehr schlimmer war als zuvor? Langsam aber sicher gingen mir die Ideen aus.

„Was du brauchst, ist ganz einfach Rache. Das gestern auf der Party war nur der Anfang. Du musst das Messer tief und genüsslich in der Wunde drehen und zuschauen, wie er leidet. Das wird dir mit Sicherheit helfen", warf Becky grimmig ein.

Ich betete im Stillen, dass ich niemals auf Beckys Abschussliste geraten würde, denn sie wollte ich auf keinen Fall zum Feind haben! Als Freundin war sie hingegen eine Wucht. Doch ich glaubte nicht, dass Rache der richtige Weg war, um mit Jakob abzuschließen. Denn wenn er das wäre, müsste ich mich bereits besser fühlen, immerhin war sein Abgang auf der Party ziemlich kläglich gewesen. Beckys Aktion hatte einen schalen Nachgeschmack bei mir hinterlassen. Das, was sie getan hatte, war nicht besser gewesen als das Verhalten von Jakob. Beide wollten einem Menschen schaden, wenn auch aus ganz anderen Beweggründen. Falsch blieb es trotzdem und es war kein Weg, den ich gehen wollte. Becky musste das begreifen und ich nahm mir fest vor, sie in Zukunft energischer zurückzuhalten, wenn sie noch einmal auf solch eine Idee kam. Dies hier war mein Problem und ich musste es selbst lösen – auf meine Weise. Dass ich Jakobs Leben dabei ruinierte war keine Option. Wäre Annie gestern hier gewesen, dann hätte sie uns den Hintern versohlt, dachte ich beschämt. Nein, ich musste die Sache mit Jakob auf direkte Weise klären, ohne falsche Spielchen.

Wie wichtig meine Mission war, zeigte mir auch mein Mobbing-Projekt. Als ich gestern nach der Party gewohnheitsmäßig mein Handy checkte, stellte ich überrascht fest, dass ich zahlreiche Antworten auf meine Nachrichten bekommen hatte: „Du machst mir Mut, dass es irgendwann besser wird", las ich. „Danke für deine Offenheit, es tut gut zu wissen, dass man nicht alleine mit seinem Schmerz ist!" Mir wurde ganz warm ums Herz und zum ersten Mal hatte ich das Gefühl, dass dieser ganze Mist, den ich erlebt hatte, zu etwas gut sein konnte. Dass ich nicht nur für mich allein kämpfte, sondern auch für die vielen anderen da draußen, die unter jemandem wie Jakob litten.

Nachdenklich kauten wir alle an unserem Essen, jede in ihre eigenen Gedanken vertieft. Schließlich war es Ellie, die leise das Wort ergriff: „Vielleicht solltest du einfach mit ihm reden. Ich glaube, er ist gar kein so übler Kerl."

Drei Köpfe drehten sich entsetzt zu ihr, während sie uns mit hochrotem Kopf ansah.

„Hat er dir gestern vollends den Verstand vernebelt mit seinem süßen Grinsen?", herrschte Becky sie so energisch an, dass Ellie erschrocken zurückzuckte. „Du weißt, was er Marissa angetan hat. Jahrelang hat er sie schikaniert, ohne sich nur ein bisschen um ihre Gefühle zu scheren. Wie soll er da ein guter Kerl sein?"

Hastig ruderte Ellie zurück. „Du hast recht. Natürlich habe ich nicht vergessen, wie er Marissa behandelt hat. Es war nur … er wirkte ganz nett, als ich mich mit ihm unterhalten habe und Menschen können sich ja auch ändern." Entschuldigend blickte sie mich an, doch ich winkte entschieden ab. Ich kannte Jakobs Charme nur zu gut, dem man sich nur schwer entziehen konnte. Bereits in der Schule flogen alle Mädchen auf ihn. Als würde seine dunkle Seite sie geradezu magisch anziehen, rannten sie ihm hinterher und bettelten um seine Aufmerksamkeit. Auch vor den Jungs machte seine Aura nicht halt und jeder wollte sich in seinem Glanz sonnen. Offenbar hatte bereits eine kurze Unterhaltung ausgereicht, dass auch Ellie ihm mit Haut und Haaren verfallen war.

„Ich finde Ellies Vorschlag gar nicht so falsch", mischte sich nun auch Sue mit ruhiger Stimme ein. „Warum solltest du nicht mit ihm reden? Nutze die Gelegenheit und kläre die Dinge, die zwischen euch passiert sind. Eine bessere Chance bekommst du nicht. Vielleicht bereut er seine Taten inzwischen sogar, wer weiß?"

„Der doch nicht", knurrte Becky. „Eher friert die Hölle zu, als dass sich einer wie der bessert." Sie schien in Jakob ihren persönlichen Erzfeind gefunden zu haben.

Doch der Vorschlag, mit Jakob zu reden, fing an, Wurzeln in meinem Kopf zu schlagen. Um etwas aus der Welt zu schaffen, musste man darüber reden. Man konnte nicht erwarten, dass sich die Dinge einfach in Luft auflösten. Immerhin waren seit der Schulzeit einige Jahre vergangen: Wir waren jetzt zwei erwachsene Menschen und konnten die Sache vernünftig regeln – zumindest theoretisch.

„Ich mache es." Mein Entschluss stand fest, auch wenn mein Herz vor Aufregung wie wild flatterte. Vermutlich brauchte ich nach meinem London-Trip erstmal einen Termin beim Kardiologen. Mein armes Herz wurde hier ziemlich in Mitleidenschaft gezogen.

„Das ist eine gute Entscheidung", stimmte mir Ellie zu, während Sue bekräftigend nickte. Nur Becky saß mit zusammengekniffenen Augen da und sah aus, als würde sie Jakob am liebsten mit bloßen Händen erwürgen. Sie war mit meiner Entscheidung ganz und gar nicht einverstanden.

Nur eine Stunde später setzte ich unseren Plan in die Tat um. Die Mädels verabschiedeten mich mit aufmunternden Worten und als Becky mir die Hand auf die Schulter legte und sagte: „Zeigs dem Kerl und trete ihm ordentlich von mir in die Eier", musste ich schwer schlucken. Worauf hatte ich mich nur eingelassen? Doch jetzt gab es kein Zurück mehr.

Mit schweißnassen Händen machte ich mich auf den Weg zum Wohnheim, in dem Jakob wohnte. Ich hoffte, ihn dort allein anzutreffen, denn auf dem Campus war er quasi dauerhaft von seinem Gefolge umgeben. Die Adresse hatte ich bereits an meinem ersten Tag in London in Erfahrung gebracht. Ein bisschen kriminalistisches Gespür und Entschlossenheit ließen aus jedem Menschen einen Detektiv werden.

Das Wohnheim lag etwas versteckt im hinteren Teil des Campus. Hineinzugelangen stellte sich als kinderleicht heraus. Ich drückte ungefähr zehn der über hundert Klingelknöpfe und ein Summkonzert öffnete mir die Eingangstür. Verrückt, wie viele Menschen einfach die Tür öffneten, ohne zu wissen, wer davor stand. Aber heute war es zu meinem Vorteil. Jetzt musste ich nur noch das richtige Zimmer finden. Als ich einen Jungen erspähte, der gerade über den Gang lief, sprach ich ihn schnell an: „Ich möchte zu Jakob Anderson. Weißt du zufällig, in welchem Zimmer er wohnt?"

Bedauernd schüttelte er den Kopf. „Sorry, ich bin erst vor ein paar Tagen eingezogen und kenne noch kaum jemanden hier." Mit einem schiefen Grinsen lief er davon und ich blieb ratlos stehen. Die Zimmertüren hatten keine Namensschilder und ich konnte schlecht an jede einzelne klopfen, um nach Jakob zu fragen.

Auf gut Glück lief ich weiter den Gang entlang in der Hoffnung, jemanden zu finden, der mir helfen konnte. Als ein dunkelhaariges Mädchen nur mit einem Handtuch bekleidet aus ihrer Zimmertür trat, ergriff ich die Gelegenheit beim Schopf. „Entschuldige, ich suche einen Jakob Anderson, der hier wohnt. Kannst du mir helfen?"

Ihr Blick glitt so abschätzig meinen Körper entlang, dass ich unwillkürlich den Mantel fester um die Schultern zog.

„Bist du seine neuste Eroberung?", fragte sie mich grimmig und ich zuckte zurück angesichts der Feindseligkeit in ihren Augen. Was hatte Jakob ihr angetan, dass sie dermaßen aggressiv auf seinen Namen reagierte?

„Nein", versicherte ich eilig. „Auf gar keinen Fall! Ich würde mich eher von einem Löwen fressen lassen, als etwas mit Jakob anzufangen."

Ein leises Glucksen drang aus ihrer Kehle und erleichtert stellte ich fest, dass sich ihr Gesichtsausdruck entspannte.

„Er wurde mir als Partner in einem Uniprojekt zugeteilt und ich muss wohl oder übel mit ihm zusammenarbeiten. Ich habe schon versucht, zu tauschen, aber der Professor ist da gnadenlos", schwindelte ich gespielt genervt drauflos.

Meine kleine Lüge schien bestens zu funktionieren. Das Mädchen zeigte auf die Treppe, die nach oben führte. „Wenn das so ist, hast du mein volles Mitgefühl. Du findest ihn im vierten Stock, Zimmer 407. Tritt ihm einmal kräftig von mir in den Allerwertesten, mit den besten Grüßen von Gina. Er weiß schon, warum."

Wow, da war aber eine sauer! Jakob zog bereits eine kilometerlange Spur an Feinden hinter sich her. Reife Leistung, mein Lieber. Gegen meinen Willen war ich beinahe beeindruckt von seiner Fähigkeit, sich konsequent daneben zu benehmen.

„Das mache ich. Versprochen!", erklärte ich hastig und wandte mich zum Gehen, bevor sie mir noch anbot, mich zu begleiten, um ihm direkt selbst eine überzubraten. Meine Schritte wurden mit jeder Stufe langsamer und als ich den vierten Stock erreichte, atmete ich schwer.

Jetzt war es also so weit. Als ich vor Zimmer 407 stand, strich ich mir noch einmal die Haare zurecht und klopfte dann entschlossen an die Tür. O nein, ich hatte mir gar nicht überlegt, was ich sagen wollte, doch jetzt war es zu spät. Als ich hörte, wie sich von innen Schritte näherten, brach mir der kalte Schweiß aus.

Sollte ich in letzter Sekunde kneifen und abhauen? Doch der Weg zur Treppe war zu lang, er würde mich auf jeden Fall sehen. Also blieb ich wie paralysiert stehen und fügte mich in das Unvermeidliche. Die Tür öffnete sich und mein Herz setzte für einen Schlag aus, als plötzlich Jakob vor mir stand: Live und in Farbe, ganz ohne Sicherheitsabstand. Auf seinem Gesicht breitete sich ein Ausdruck aus, der mindestens so entsetzt war, wie ich mich fühlte.

„Du?", krächzte er ungläubig. „Fuck! Dann war das auf der Party doch kein Traum ..."

Im nächsten Moment fiel die Tür mit einem lauten Knall ins Schloss. Jakob hatte sie mir tatsächlich vor der Nase zugeschlagen. Das war einfach unglaublich!

Kapitel 18

Jakob

Was zur Hölle machte sie hier? Mein Herz hämmerte wie wild, als ich mich fest von innen an die Türe presste. Marissa war keine Halluzination in meinem Alkoholrausch gewesen, wurde mir schlagartig klar. Sie war leibhaftig hier! In London, im Wohnheim, direkt vor meiner Tür – nur durch ein Stück Holz von mir getrennt. Das ergab doch alles keinen Sinn! Mein Kopf suchte fieberhaft nach einer vernünftigen Erklärung, doch er fand keine. Das Einzige, was ich wusste, war, dass mich sämtliche Frauen verfolgten und ich stets im Mittelpunkt ihres Dramas landete. Ich steckte in meinem ganz persönlichen Albtraum fest und wurde das Gefühl nicht los, dass ich gerade für all meine Schandtaten zur Rechenschaft gezogen wurde.

„Jakob, du kannst mir nicht einfach die Tür vor der Nase zuschlagen, so geht das nicht!" Energisch schallte ihre Stimme durch die Tür und ich betete, dass sie nicht die Wohnheimverwaltung auf den Plan rief.

„Geh einfach weg", beschwor ich sie innerlich, doch natürlich tat sie mir den Gefallen nicht.

Ganz im Gegenteil, das Klopfen wurde immer lauter und Panik machte sich in mir breit. Wenn sie weiter so ein Theater veranstaltete, würde früher oder später der Verwalter erscheinen und der hatte mich eh schon auf dem Radar, weil ich mich an keinen Küchen- oder Putzdienst hielt. Wenn er Marissa vor meiner Tür fand, wäre das ein gefundenes Fressen für ihn.

„Was würde Sam jetzt tun?“, fragte ich mich, um wieder einen kühlen Kopf zu bekommen.

Die Antwort war klar: Er würde die Tür öffnen und Marissa höflich hereinbitten. Aber ich war nicht Sam und legte auch keinen Wert auf gepflegte Umgangsformen. Stattdessen atmete ich einmal tief durch, setzte meinen abweisenden Blick auf, mit dem ich schon zahlreiche Frauen abserviert hatte, und öffnete ruckartig die Tür.

„Was willst du?“, schnauzte ich sie ohne Vorwarnung an. Mit verschränkten Armen lehnte ich mich an den Türrahmen und ließ den Blick einmal abschätzig an ihrem Körper herabgleiten. Zu meiner Überraschung stellte ich fest, dass Pummel-Marissa mittlerweile ganz ansehnlich war. Natürlich spielte sie nicht in derselben Liga wie Charlotte oder Christy, aber die Verbesserung zu früher war unübersehbar.

„Bist du jetzt fertig damit, mich anzustarren?“ Ihre grünen Augen sprühten Funken.

„Du hast meine Frage noch nicht beantwortet“, gab ich lässig zurück, ohne auf ihren Einwand zu reagieren. „Was zum Teufel willst du hier?“

„Ich will mit dir reden.“

„Mit mir reden?“, fragte ich ehrlich verblüfft. „Woher weißt du überhaupt, wo ich wohne? Und was in aller Welt machst du hier in London und auf Charlys Party?“

„Das tut jetzt nichts zur Sache“, versuchte sie abzuwiegeln, doch so leicht wollte ich es ihr nicht machen. Sie hatte zwar den Überraschungseffekt auf ihrer Seite, doch ich befand mich auf vertrautem Terrain und so langsam gewann ich die Oberhand zurück. Das wäre ja noch schöner, wenn ich mich von Pummel-Marissa einschüchtern lassen würde.

„Und ob das etwas zur Sache tut. Jetzt ergibt nämlich alles einen Sinn!“ Die Erkenntnis traf mich wie ein Faustschlag. „Die letzten Tage hatte ich ständig das

Gefühl, dass ich verfolgt werde. In der Vorlesung, auf dem Campus ... Ich dachte schon, ich werde verrückt. Dabei hatte ich die ganze Zeit recht; das warst du! Du bist die irre Stalkerin." Erleichterung durchströmte mich, allerdings nur für eine Sekunde, danach kam die Wut zurück. „Gehörte die Blonde auf Charlys Party etwa zu dir? Die, wegen der ich vor den Augen meiner Freunde rausgeschmissen wurde?", fragte ich gefährlich leise. Ich benötigte meine ganze Selbstbeherrschung, um nicht hier und jetzt komplett auszurasten.

Eine tiefe Röte wanderte von ihrem Hals hinauf bis zu den Haarwurzeln. Das war schon in der Schulzeit so gewesen: Immer, wenn ihr etwas unangenehm war, wurde ihr Gesicht knallrot – wie ihre Haare.

Das war mir Antwort genug. „Wegen euch denkt jetzt mein ganzes Semester, dass ich ein halber Vergewaltiger bin. Tickt ihr noch ganz richtig?", brüllte ich sie an. Plötzlich war es mir völlig egal, dass wir mitten auf dem Flur standen.

„Bei dem blonden Mädchen mit den Locken warst du aber nicht unschuldig. Du hast sie weggestoßen und sie ist weinend zusammengebrochen. So war es doch, oder?" Anstatt klein beizugeben, wurde nun auch Marissa wütend.

Sie spielte auf die Szene mit Charlotte an. „Hast du mich etwa den ganzen Abend beobachtet?" Ich konnte es nicht fassen! Wie verrückt war diese Frau? „Wie bist du überhaupt auf diese Party gekommen? Ich vermute mal, dass du nicht eingeladen warst."

Wer tat so etwas? Mich auf dem Campus und in der Vorlesung zu stalken. Auf eine Party zu gehen, zu der man nicht einmal eingeladen worden war, und jemanden auf mich anzusetzen, um mich vor allen bloßzustellen. War das irgendein perfider Racheplan?

„Warum bist du in London? Sag es mir! Bist du etwa extra wegen mir hierhergeflogen?" Für ein paar Sekunden hielt ich den Atem an, während ich auf ihre Antwort wartete.

„Ja", antwortete sie schlicht.

Das konnte nicht sein. Niemand würde so etwas Verrücktes tun, außer er hatte bereits einen ziemlich großen Dachschaden. Wie es aussah, war genau das bei Marissa der Fall. Sie war eine Psychopathin und mit so einer Irren würde ich mich keine Sekunde länger unterhalten!

Aus Reflex schlug ich die Tür zu und sie fiel krachend ins Schloss. „Verschwinde und wag es ja nicht, hier noch einmal aufzukreuzen!", brüllte ich. Dann ließ ich mich erschöpft auf das Bett fallen. Was zum Henker sollte das Ganze? Marissa flog quer über den Kontinent, nur um mich zu suchen? Ich war während der Schulzeit nicht nett zu ihr gewesen, das wusste ich. Gut, ich war sogar ein gottverdammter Arsch gewesen, das gab ich zu. Aber all das rechtfertigte mit Sicherheit nicht diese verrückte Aktion hier. Seit wann lief das Stalking bereits? Hatte sie es sich etwa in den Kopf gesetzt, mein Leben zu zerstören? Sie war bereits jetzt verdammt nah dran und ich wollte nicht wissen, zu was sie noch fähig war.

Um mich abzulenken, blätterte ich in einer Zeitschrift, doch es half nichts. Ich war viel zu aufgewühlt, um mich zu konzentrieren. Meine Gedanken schweiften immer wieder zu der Szene mit Marissa ab. Nach einer halben Stunde gab ich auf und spähte vorsichtig durch den Türspalt. Erleichtert stellte ich fest, dass der Flur leer war. Gut, sie war weg und hoffentlich kam sie nie wieder!

Der restliche Tag war die Hölle. Ich traute mich kaum aus meinem Zimmer in der Befürchtung, dass Marissa irgendwo lauerte. Oder Charlotte. Oder sonst jemand, von dem ich noch nichts wusste. Ich hatte definitiv ein Problem. War das die gerechte Strafe für mein mieses

Verhalten? Ich hatte das ganze Gerede über Karma immer belächelt, aber vielleicht hatten diese ganzen Spirituellen ja doch recht: Karma vergaß nicht und irgendwann mussten wir alle für unsere Taten büßen. Vielleicht sollte ich das Land verlassen? Ich flüchtete nicht vor der Mafia, sondern vor einer Horde wütender Frauen, die mir auf den Fersen war.

Kapitel 19

Marissa

Wütend stopfte ich ein Kleidungsstück nach dem anderen wahllos in meinen Koffer. Das war ganz und gar nicht so gelaufen, wie ich es geplant hatte. Ich wollte diejenige sein, die Jakob zur Rede stellte. Er sollte mir Antworten liefern für alles, was er mir damals angetan hatte. Stattdessen hatte er mich immer weiter in die Defensive gedrängt und es so hingestellt, als wäre ich verrückt. Zugegeben, von außen betrachtet sah es tatsächlich etwas seltsam aus. Schließlich hatte ich ihn die letzten Tage überallhin verfolgt und sogar Ellie auf ihn angesetzt, um mein Bedürfnis nach Rache zu befriedigen. Das klang wirklich schräg! Wenn ich genauer darüber nachdachte, musste mich Jakob einfach für verrückt halten. Nichts von dem, was ich getan hatte, war noch normal. Deshalb wurde es Zeit für mich, die Zelte in London abzubrechen und nach Hause zu fliegen. Zurück zu Adrian und Annie, in mein ruhiges, beschauliches Leben.

Stöhnend vergrub ich das Gesicht in den Händen, als ich plötzlich Stimmen hörte und sich die Tür des Hostelzimmers langsam öffnete. Ich schaffte es nicht, mich umzudrehen, weil ich genau wusste, was mich erwartete: mitfühlende Blicke und tröstende Worte, die ich keinen Tag länger ertrug. Ich wollte nicht mehr das Opfer sein, das von allen bemitleidet wurde. Meine Hände zitterten und ich kämpfte mit den Tränen, als ich eine Hand auf meiner Schulter spürte. Vorsichtig drehte ich

den Kopf und stellte zu meiner Überraschung fest, dass
Becky hinter mir stand. Ausgerechnet die toughe Becky
kam, um mich zu trösten. In diesem Augenblick verlor
ich den Kampf gegen die Tränen, ich hatte einfach
keine Kraft mehr. Becky schloss mich wortlos in die
Arme und an ihrer Schulter brachen alle Dämme. Ich
weinte alles heraus, was ich die letzten Jahre zurückge-
halten hatte. Sie hielt mich so fest, als wüsste sie genau,
dass ich ansonsten auf der Stelle zusammenbrechen
würde. Hier und jetzt. In einem winzigen Hostelzimmer
in London.

Nach einer gefühlten Ewigkeit gelang es mir, mich
zumindest so weit zu beruhigen, dass ich mich auf eines der Betten setzen und durchatmen konnte. Sue
reichte mir ein Taschentuch und Ellie zog wie durch
Zauberhand einen Schokoriegel aus ihrer Hosentasche.

„Er ist ein bisschen klebrig, vermutlich habe ich ihn
schon ein paar Tage mit mir herumgetragen", entschuldigte sie sich, doch ich winkte ab und vergrub die
Zähne in der tröstenden Mischung aus Schokolade und
Karamell. Dann stellte ich mich dem Unausweichli-
chen: Ich berichtete den anderen von meinem desaströ-
sen Besuch bei Jakob.

„Es war eine Katastrophe", fasste ich die Ereignisse
kurz und schmerzlos zusammen.

„Das dachten wir uns schon", erwiderte Becky in ihrer gewohnt trockenen Art und deutete auf den Berg an
gebrauchten Taschentüchern und Schokoladenpapier,
der sich vor meinen Füßen stapelte.

Wider Willen musste ich lachen und war erstaunt,
dass es tatsächlich noch funktionierte. Selbst in den
dunkelsten Stunden ließ sich noch irgendwo ein Funken Humor finden.

„Er hat mir nicht einmal zugehört. Stattdessen hat er
mich als Verrückte abgestempelt und mir die Tür vor
der Nase zugeschlagen. Dabei ist er derjenige, der sich

rechtfertigen muss für seine Taten, nicht ich! Trotzdem gelingt es ihm mal wieder, sich aus der Affäre zu ziehen. Ich habe genug, ich verschwinde von hier. Das alles bringt doch nichts!" Heftig strömten mir die Worte aus dem Mund, während ich wütend auf einem Schokoriegel kaute. Ich hatte den Überblick verloren, wie viele ich bereits gegessen hatte. Die Mädels hatten ihre ganzen Schokoladenvorräte vor mir ausgebreitet und ich stürzte mich gierig darauf. Wenigstens wurde man von Schokolade nicht betrunken, so wie von Wodka.

„Du solltest nichts überstürzen. Rede noch einmal mit ihm."

Erstaunt riss ich die Augen auf und blickte Becky an. „Das kommt ausgerechnet von dir? Du warst doch dagegen, dass ich mit ihm rede, und wolltest stattdessen einen großen Racheplan. Die Geschichte mit Ellie weiß er übrigens auch, wir sind aufgeflogen!"

Doch Becky ließ sich nicht beirren. „Ich bin trotzdem dafür, dass du noch einmal mit ihm sprichst. Diesmal ganz in Ruhe. Du bist zu weit gekommen, um an diesem Punkt aufzugeben. Beantworte mir eine Frage: Nach alldem, was in den letzten Tagen passiert ist, kannst du da einfach in dein altes Leben zurückkehren? Oder wirst du beim Gedanken an Jakob immer das Bild vor Augen haben, wie eure letzte Begegnung ablief? Dass er mal wieder als Sieger hervorgegangen ist und sich nicht für seine Schandtaten verantworten muss? Dann hat er ein für alle Mal gewonnen. Du hast jetzt noch die Chance, das Blatt zwischen euch zu wenden. Vergeude sie nicht. Lass ihn nicht so einfach davonkommen!"

Becky hatte recht! Wenn ich jetzt ging, hatte Jakob gesiegt und diesmal wäre es für immer. Noch einen Versuch würde ich nicht wagen, das wusste ich. London war meine letzte Chance, die Dinge zwischen uns ein für alle Mal zu klären.

Kapitel 20

Jakob

Marissas Auftritt hatte mich vollkommen aus der Spur gebracht. Wohin ich auch ging, verfolgte mich ihr Karottenschopf in meinen Gedanken, und ich musste mich ständig vergewissern, dass sie nicht irgendwo auf der Lauer lag: Im Hörsaal, auf dem Campus, selbst als ich duschte, schloss ich zur Sicherheit das Bad doppelt ab. Was zur Hölle war nur aus mir geworden?

Selbst den Jungs fiel auf, dass ich nicht derselbe war wie sonst. Kein Interesse an Partys oder Frauen – nicht einmal meine sonstigen blöden Sprüche kamen mir über die Lippen.

„Was ist los mit dir? Immer noch schlechte Laune wegen Charlotte?", fragte mich Sam, als wir in der Vorlesung nebeneinander saßen.

Doch ich brummte nur unwillig und schwieg. Wie sollte ich ihm auch die Katastrophe erklären, zu der mein Leben in den letzten Tagen mutiert war? Er würde mich für den letzten Vollidiot halten, und das zu Recht.

Als auch Tommy und Andrew anfingen, mich wegen meines Verhaltens zu nerven, erfand ich irgendeine dumme Magengeschichte und schwänzte die letzte Vorlesung. Die Welt konnte mich heute mal kreuzweise, und ich wollte mich nur in meinem Zimmer verkriechen. Hier war ich sicher. Zumindest betete ich, dass Marissa mir nicht plötzlich aus dem Wandschrank entgegensprang und „Buh" rief. Doch nichts geschah und am Abend glaubte ich bereits, dass sich das Problem von selbst erledigt hatte. Schließlich konnte Marissa ja nicht ewig in London bleiben. Oder doch? Verdammt, ich machte mir definitiv zu viele Gedanken um diese Frau. Ich wollte endlich mein Leben zurück und würde es mir hier und heute zurückholen. Entschlossen ballte ich die Hände zu Fäusten. Stieg heute Abend nicht eine Party in Andrews WG? Ich hatte mich wegen meiner imaginären Magenprobleme entschuldigt, aber ich könnte ja eine Blitzheilung hinlegen. Wie elektrisiert sprang ich auf. Eine Party wäre jetzt genau das Richtige! Spaß mit den Jungs, der ein oder andere Drink und vielleicht fand ich irgendwo ein hübsches, naives Ding, das sich von mir abschleppen ließ. O ja, das war meine Vorstellung eines perfekten Abends!

Im Schrank fand ich ein letztes sauberes Hemd und zog auch noch eine Stoffhose heraus. Die Waschmaschine rief bereits seit Tagen nach mir – was ich bislang konsequent ignoriert hatte. Für heute reichte es zum Glück noch. Nur mit einem Handtuch bekleidet sprintete ich über den Flur ins Badezimmer. Einmal den Entschluss gefasst, konnte ich es kaum erwarten, zur Party zu kommen. Ich würde es dermaßen krachen lassen, dass Marissa am Ende des Abends nicht einmal mehr in meinen Gedanken existierte. Goodbye forever!

Doch als ich zurück kam, wurde mein Blick sofort von einem schlichten weißen Zettel auf dem Fußboden angezogen. Vermutlich hatte ihn jemand unter der Tür durchgeschoben, während ich geduscht hatte. Mir brach der kalte Schweiß aus, als ich ihn aufhob und las: „Jakob. Ich werde nicht wieder abreisen, bevor wir uns nicht ausgesprochen haben. Treffpunkt morgen um neun Uhr am Teich in den Kensington Gardens. Marissa."

Verdammt! Was zum Teufel wollte sie denn mit mir besprechen? Von meiner Seite aus gab es nichts zu reden. Wir hatten uns zuletzt in der Schule gesehen, vor zig Jahren. Das war doch schon längst verjährt – warum konnte sie es nicht einfach gut sein lassen? Fassungslos drehte ich das Papier zwischen den Händen und stürzte dann zur Tür. Doch der Flur war leer, vermutlich war sie schon längst über alle Berge.

Meine Optionen waren begrenzt, das war mir klar. Sie würde erst aus meinem Leben verschwinden, wenn ich mit ihr gesprochen hatte. Dem entschlossenen Gesichtsausdruck nach zu urteilen, den sie gestern hatte, glaubte ich ihr das aufs Wort. Ich hatte keine andere Wahl, als auf ihre Forderung einzugehen. Wer wusste, zu was sie sonst noch fähig war? Ein diskretes Treffen war immer noch besser, als wenn sie weiterhin auf dem Campus herumschlich und alle anderen auf den Plan rief. Wir hatten bereits viel zu viele Zuschauer auf Charlys Partys gehabt, das durfte sich nicht wiederholen. Sonst wäre mein Ruf bald komplett im Eimer.

„Ein kurzes Gespräch in den Kensington Gardens, und das war es dann", redete ich mir die Sache schön. Anschließend würde sie wieder in den Flieger steigen, das Land verlassen und mein Leben ebenfalls. Ansonsten würde ich sie höchstpersönlich nach Hause befördern, schwor ich mir grimmig.

Meine Entscheidung war gefallen. Wohl oder übel musste ich mich in das Unvermeidliche fügen. Doch die Party in Andrews WG musste ausfallen. Die vorgetäuschten Magenschmerzen hatten sich mittlerweile in echte Übelkeit verwandelt, und ich wollte mich nur noch hinlegen und sterben.

„Komme nicht zur Party und morgen auch nicht in die Uni, mein Magen randaliert immer noch", tippte ich schnell eine Nachricht an Sam.

„Schade. Hätte gerne heute mit dir gefeiert. Beim nächsten Mal wieder", leuchtete prompt seine Antwort auf dem Display auf.

Heiße Wut stieg in mir auf. Hoffentlich lieferte Marissa mir morgen eine überzeugende Erklärung für ihr Verhalten, ansonsten würde sie mich so richtig kennenlernen!

Als ich am nächsten Morgen aufwachte, fühlte ich mich kein bisschen besser. Meine Zunge war pelzig und ich hatte einen üblen Geschmack im Mund. Kein Wunder, denn ich hatte seit gestern Morgen nichts mehr gegessen und kaum etwas getrunken. Ich würde zuerst das Treffen mit Marissa hinter mich bringen und mir anschließend Deans Spezialsandwich genehmigen. Das klang nach einem fairen Deal!

Müde schleppte ich mich zur Bahn und nahm die Linie in Richtung Queensway. Von dort aus konnte ich zu Fuß zum Round Pound laufen, dem Teich im Herzen der Kensington Gardens. Je weiter ich mich ihm näherte, umso unruhiger wurde ich. Ich wollte es mir bisher nicht eingestehen, doch der Auftritt von Marissa hatte mich aus der Fassung gebracht. Ich war es gewohnt, dass ich die Kontrolle behielt, und zwar immer. In der Schule hatte sich niemand getraut, sich mir in den Weg zu stellen, und auch an der Uni war ich einer der ungekrönten Anführer. Alle hatten meine Rolle stillschweigend akzeptiert, solange ich mich zumindest halbwegs an die Spielregeln hielt. Deshalb achtete ich immer darauf, es nicht zu weit zu treiben. Oder zumindest darauf, dass niemand es erfuhr, wenn ich die Grenzen überschritt. Erst in letzter Zeit hatten sich Fehler eingeschlichen, die mir jetzt auf die Füße fielen. Einer nach dem anderen, zuerst mit Charlotte, dann mit Marissa.

„Das muss aufhören", beschwor ich mich eindringlich. Energisch straffte ich die Schultern, als der Teich vor mir auftauchte. Meine Augen scannten einmal die Umgebung ab, doch ich konnte Marissa nirgendwo entdecken. Hatte sie mich etwa versetzt? Das wäre zu schön, um wahr zu sein. Doch da erspähte ich auf einer Parkbank am anderen Ende des Teichs einen leuchtend roten Haarschopf. Jetzt gab es kein Zurück mehr. Ich würde diese Hexe endgültig aus der Stadt jagen.

Kapitel 21

Marissa

Der Zettel mit der Nachricht für Jakob war Beckys Idee gewesen und zunächst protestierte ich heftig dagegen. Letztendlich stimmte ich nur deshalb zu, weil sich Sue bereiterklärte, ihn ins Wohnheim zu bringen und unter Jakobs Tür durchzuschieben. Mich hätten keine zehn Pferde mehr dorthin gebracht!

In der folgenden Nacht wälzte ich mich unruhig hin und her, bis ich in den frühen Morgenstunden endlich in einen kurzen Schlaf fiel, der mir keinerlei Erholung schenkte. Es wurde Zeit, dass die Sache ein Ende fand, und so schleppte ich mich bereits weit vor der verabredeten Zeit zum Treffpunkt am Teich. Dieser lag direkt neben dem weitläufigen Gelände des Kensington Palace. Normalerweise wäre ich Feuer und Flamme gewesen für die Gebäude der britischen Königsfamilie und ihre historische Geschichte. Doch heute warf ich nur einen kurzen Blick darauf, bevor ich mich erschöpft auf eine Parkbank fallen ließ. Zum Glück hatte ich ein Buch mitgebracht, um meine angespannten Nerven zu beruhigen. Die Buchstaben tanzten wild vor meinen Augen und es gelang mir nicht, mich zu konzentrieren. Unruhig ließ ich den Blick über das Parkgelände schweifen – ob Jakob tatsächlich kommen würde?

Je länger ich dort saß, umso mehr Zweifel stiegen in mir auf und irgendwann war ich mir sicher, dass er nicht kommen würde. Die zugeschlagene Tür vor meiner Nase war Antwort genug gewesen. Ich war bereits kurz davor aufzustehen und zu gehen, als ich in der Ferne einen grauen Kapuzenpulli erspähte, der zielsicher auf mich zusteuerte. Panik ergriff mich und alles in mir schrie nach Flucht. Doch jetzt war es zu spät, ich musste mich ihm stellen.

Jakob ließ sich alle Zeit der Welt, als er langsam auf mich zusteuerte. Wie ein Raubtier, das sich seiner Beute so sicher sein konnte, dass keinerlei Eile nötig war. Ich würde nicht weglaufen, das wusste er. Alles an ihm strahlte dieselbe arrogante Selbstsicherheit aus, die er bereits in der Schule an den Tag gelegt hatte. Als er vor der Bank stehenblieb und mich von oben herab musterte, verschlug es mir die Sprache. Mit einem Schlag waren alle Gefühle zurück, die ich je in seiner Gegenwart empfunden hatte. Sämtliche Ängste, die ich seinetwegen durchlitten hatte, strömten durch meinen Körper und machten mich bewegungsunfähig. Wie paralysiert starrte ich in seine eisblauen Augen, die mich kühl musterten.

„Du wolltest mit mir reden. Also, hier bin ich. Was gibt es so Wichtiges, das dieses Drama hier rechtfertigt?" Die Hände lässig in den Jeans vergraben, machte er keine Anstalten, sich zu setzen. Stattdessen starrte er mich nur unfreundlich an.

„Ja", krächzte ich, unfähig, einen Satz von mir zu geben.

Ungeduldig wippte er mit seinem Fuß. „Dann schieß los, ich habe schließlich nicht den ganzen Tag Zeit. Was zum Henker willst du von mir, Marissa?"

Stumm deutete ich auf den freien Platz neben mir. Ich konnte nicht mit ihm reden, wenn er stand.

Jakob seufzte, setzte sich dann aber tatsächlich neben mich.

„Also ...", begann ich, doch er ließ mich gar nicht zu Wort kommen.

„Was, also?", drängte er, und ich spürte, wie Wut in
mir hochstieg. Eine kleine Flamme, die mein Innerstes
befeuerte. Wut war gut, sie ließ mich stärker werden,
und ich konnte gerade sämtliche Kraft gebrauchen. Ich
setzte mich kerzengerade hin, strich mir eine Haarsträhne aus der Stirn und wandte mich entschlossen
Jakob zu. „Erstens: Ich bin nicht verrückt, auch wenn
es vielleicht so aussehen mag. Zweitens: Ich wollte mit
dir über früher reden. Über dein Verhalten mir gegenüber in der Schule." Diesmal stockte ich kein bisschen,
sondern trug mein Anliegen souverän vor. Innerlich
klopfte ich mir selbst auf die Schulter.

Jakobs Augenbrauen schossen in die Höhe bei meinen Worten. „Du willst mit mir über mein Verhalten reden? Bist du mein verdammter Therapeut oder was?"
Mit verschränkten Armen lehnte er sich nach hinten
und blickte in die Ferne. „Was habe ich deiner Meinung
nach Furchtbares getan, dass du so eine Show abziehen
musst? Wir sind in eine Klasse gegangen, ich habe dich
ein bisschen gehänselt, und das war es. Na und? Das ist
ganz normal in dem Alter, keine große Sache. Das Tee-
nagerleben ist eben kein Zuckerschlecken, da müssen
wir alle durch." Er zuckte mit den Schultern.

Mir blieb der Mund offen stehen und ich blickte ihn
ungläubig an. „Was du getan hast? Das fragst du mich
ernsthaft?" Tief in mir regte sich ein dunkles Monster,
das viel zu lange unter der Oberfläche begraben war.
Mit einem zornigen Brüllen befreite es sich nun von
seinen Fesseln. „Du hast mein Leben zerstört!", schrie
ich. Es war mir egal, ob mich jemand hörte. Es war mir
auch egal, dass sich die ersten neugierigen Köpfe nach
uns umdrehten. Das Einzige, was zählte, war Jakob, der
die Frechheit besaß, mich zu fragen, was er denn überhaupt getan hatte. „Du hast mich verletzt und gedemütigt. An jedem einzelnen Tag in der Schule. Du hast mir
das Leben zur Hölle gemacht. Wenn ich du wäre, würde

ich mich umbringen. Erinnerst du dich an diese Worte? Nein? Aber ich! Sie sitzen wie festgetackert in meinem Kopf. Was hättest du gemacht, wenn ich es tatsächlich getan hätte? Wenn ich mich tatsächlich umgebracht hätte? Hast du auch nur einen winzigen Moment über die Konsequenzen nachgedacht?"

In diesem Moment zerbrach etwas in mir. Das war die Frage, die ich mich bislang nicht getraut hatte, zu stellen. Weder mir, noch jemand anderem. Denn dann hätte ich mich damit auseinandersetzen müssen, wie nah ich damals daran gewesen war, es tatsächlich zu tun. Wie dicht ich an diesem schwarzen Abgrund gestanden hatte und kurz davor war, den nächsten, meinen letzten Schritt im Leben zu gehen.

„Könntest du damit leben, wenn ich es getan hätte?", flüsterte ich kaum hörbar. „So wie ich jeden Tag mit den grausamen Erinnerungen leben muss? So wie ich mit den Albträumen klarkommen muss, die mich jede Nacht verfolgen? Könntest du noch in den Spiegel schauen, wenn ein anderer Mensch wegen dir sein Leben verloren hätte?" Eine Träne rann meine Wange hinunter, doch es kümmerte mich nicht. Das war die Frage aller Fragen, die mich seit Jahren beschäftigte und die ich nie zu Ende zu denken gewagt hatte. Worte waren so leicht gesagt! Aber wer kümmerte sich um den Schaden, den sie anrichteten? Wer übernahm die Verantwortung und trug die Konsequenzen für ihre Folgen?

Minutenlang saßen wir nebeneinander, während keiner von uns ein Wort sagte. Ich fühlte mich komplett ausgebrannt und leer. Von meiner Seite aus war alles gesagt, jetzt war Jakob am Zug.

Doch dieser schwieg und starrte ins Leere, während seine Kiefer mahlten. Nach einer gefühlten Ewigkeit sprach er endlich. Langsam und zögerlich, als müsste er jedes Wort genau abwägen. „Ich wusste nicht, dass es so schlimm für dich war."

Am liebsten wäre ich aufgesprungen und hätte auf den Boden gestampft, so frustriert war ich angesichts seiner Ignoranz. „Du wusstest es nicht? Hast du nicht einmal darüber nachgedacht, was deine Taten bei einem Menschen auslösen können? Was es mit einem macht, wenn man im Sportunterricht ständig geschubst und getreten wird? Wenn in der Klasse keiner mehr mit dir redet, aber alle anfangen zu tuscheln, sobald man den Raum betritt? Wenn sich deine beste Freundin von dir abwendet, weil sie Angst hat, selbst zum Opfer zu werden? Hast du keine einzige deiner wenigen Gehirnzellen an diesen Gedanken verschwendet?"

In seinen Augen flackerte es und ich betete, dass er mir zumindest eine halbwegs zufriedenstellende Antwort liefern konnte. Doch das konnte er nicht. Natürlich nicht.

„Nein. Für mich war es einfach ein Spaß. Ein Zeitvertreib während der langweiligen Schulstunden. Nicht mehr und nicht weniger. Sorry, aber das ist die Wahrheit." Er zuckte mit den Schultern und bittere Galle stieg in mir hoch.

„Du quälst Menschen zum Spaß? Aus Zeitvertreib? Ich bin hierhergekommen, um mit dir zu reden, weil ich Antworten auf meine Fragen haben wollte. Ich dachte, du hättest vielleicht eine halbwegs plausible Erklärung, warum du so gehandelt hast. Aber das hier ist schlimmer, als ich es jemals für möglich gehalten habe. Es macht keinen Sinn, weiter mit dir zu reden, ich gehe." Ruckartig stand ich von der Bank auf und beugte mich so weit zu Jakob hinunter, dass ich seinen Minzkaugummi riechen konnte, dem er noch immer treu geblieben war. Ich dachte an die zahlreichen anderen Menschen da draußen, die noch nicht die Kraft gefunden hatten, sich zu wehren. Auch wenn ich zitterte und weinte, spürte ich eine innere Stärke in mir, die von Tag zu Tag wuchs und die niemals wieder vor Jakob klein beigeben würde. Es war kein Funken Angst in mir, als ich ihm die Worte ins Ohr flüsterte, die ich ihm schon seit einer Ewigkeit sagen wollte: „Du bist ein Monster, Jakob Anderson. Fahr doch zur Hölle. Ich bin ein für alle Mal fertig mit dir."

Und das war ich. Ich spürte mit unumstößlicher Gewissheit, dass die Besessenheit von Jakob vorbei war. Jahrelang hatte ich mich mit der Frage nach dem *Warum* gequält und die Antwort war schlimmer, als ich es je für möglich gehalten hatte. Es gab nämlich keine Antwort. Keine vernünftige Erklärung für seine Taten und das Leid, das mir und seinen anderen Opfern widerfahren war. Außer, dass wir ein Mittel zum Zweck waren, um die langweiligen Schulstunden etwas spannender zu gestalten. Hier gab es für mich nichts mehr zu bereden, nichts mehr zu klären. Er war es schlichtweg nicht wert, dass ich mich mit ihm beschäftigte. Ohne ihn noch einmal eines Blickes zu würdigen, drehte ich mich um und lief davon.

Kapitel 22

Jakob

Shit – das lief anders als geplant! Wie vom Donner gerührt blieb ich auf der Parkbank sitzen, als Marissa davonstürmte, als wäre der leibhaftige Teufel hinter ihr her. Eine Gruppe Enten schnatterte ärgerlich, als sie mitten durch sie hindurch rannte. Ich wusste, dass ich genau in diesem Moment etwas tun sollte, irgendetwas, doch ich war wie schockgefroren. Das Einzige, was ich spürte, war der eindringliche Nachhall ihrer Stimme, als sie sagte: „Könntest du noch in den Spiegel schauen, wenn ich es tatsächlich getan hätte?"

Es war dieser eine Satz, der sich in meinem Kopf festgetackert hatte. Mir war nicht bewusst, wie schlimm es damals in der Schule für sie gewesen war. Ich hatte nicht gelogen: Marissa zu quälen war ein Zeitvertreib gewesen. Was ich ihr allerdings nicht gesagt hatte, war, dass das Ganze auch ein Ventil war, um all den Zorn und Frust abzulassen, die sich Tag für Tag in mir aufgestaut hatten. Es hatte Spaß gemacht, was allerdings immer nur kurz anhielt. Ich brauchte mehr – und wurde immer gemeiner und erfindungsreicher. Marissa war lediglich der Boxsack, auf den ich immer wieder einschlug, wenn ich die Hölle, die sich mein Zuhause nannte, nicht mehr ertragen konnte. Ich wollte, dass jemand anders auch nur den Bruchteil der Qual fühlte, die ich erlebte, sobald ich die Haustür aufschloss.

Bilder von früher strömten auf mich ein, sodass ich überfordert die Augen schließen musste. Der beißende Gestank nach Schnaps vermischt mit Kotze, der auch in der Waschmaschine niemals ganz verschwand. Die Schläge auf den Hinterkopf, von denen mir schwindelig wurde und die mir noch Tage später die Ohren klingeln ließen. Und diese Angst. Immer wieder diese lähmende Angst, die mir bis in jede Pore gekrochen war und mich bewegungsunfähig machte, sodass es mir nicht gelang, mich gegen IHN zu wehren. Ich konnte meine Mutter nicht beschützen und fühlte mich wie ein verdammter Versager dabei.

„Du bist ein Monster, Jakob Anderson. Fahr doch zur Hölle, ich bin ein für alle Mal fertig mit dir!“

Marissas Stimme hallte in meinem Kopf wider und beendete den Flashback. Ich war zurück, in London, in Sicherheit. Ruckartig öffnete ich die Augen und sprang von der Parkbank auf. Die Enten stoben aufgeregt auseinander, so viel Trubel am frühen Vormittag waren sie nicht gewohnt. Normalerweise ging es um diese Zeit ruhig und beschaulich in den Kensington Gardens zu.

Angestrengt suchte ich die Umgebung nach Marissa ab, doch ich konnte sie nirgends entdecken. Bestimmt war sie bereits über alle Berge. In mir drängte alles danach, noch einmal mit ihr zu reden. Zwar wusste ich nicht genau, was ich ihr sagen sollte, doch eines wusste ich: Dieser Blick, mit dem sie mich angesehen hatte, als wäre ich ein gewissenloses Scheusal, hatte mir mehr zugesetzt, als ich dachte. Denn obwohl ich beständig mein Image als Bad Boy pflegte, gab es auch für mich Grenzen. Das Leben eines anderen Menschen zu zerstören, gehörte dazu. Vielleicht hatte ich schon einige Male heftig an dieser Linie gekratzt, doch mir war niemals bewusst gewesen, dass ich sie bereits längst überschritten hatte.

Ziellos wanderte ich umher in der Hoffnung, sie zu finden, doch die Kensington Gardens waren einfach zu groß. Es war, als wollte man die berühmte Nadel im Heuhaufen finden. Ich suchte sogar noch den angrenzenden Hyde Park ab, doch irgendwann musste ich einsehen, dass es keinen Sinn hatte. Frustriert gab ich auf, als sich eine höhnische Stimme in meinem Kopf regte und mich auslachte. Denn noch als ich aufgestanden war, bestand mein einziges Ziel darin, dass Marissa aus meinem Leben verschwand. Nur ein paar Stunden später setzte ich alles daran, sie wiederzufinden. Was für eine dämliche Ironie des Schicksals.

Da ich nicht wusste, wo ich sonst hingehen sollte, nahm ich die Tube zurück zum Campus. Ins Wohnheim wollte ich jetzt nicht, allein in meinem kleinen Zimmer würde ich vermutlich die Wände hochgehen. Auch in die Vorlesung konnte ich nicht, schließlich hatte ich erst gestern allen lautstark von meiner schweren Magenverstimmung erzählt. Es gab nur einen Ort, an dem ich jetzt sein wollte, und meine Beine fanden beinahe von selbst den Weg zu Deans Café.

Der vertraute Geruch nach Kaffee und Schokolade schlug mir entgegen, als ich die Tür öffnete und eintrat. „Einen Mocca Latte, bitte", brummte ich mürrisch über den Tresen. Dean musterte mich stirnrunzelnd und legte wortlos noch einen großen Chocolate Chip Cookie dazu.

„Danke", fügte ich mit einem schiefen Grinsen hinzu, das kaum die Mundwinkel erreichte.

Als ich mich umdrehte, um mir einen freien Platz zu suchen, stockte mir beinahe der Atem. Das konnte jetzt nicht wahr sein! An einem kleinen Tisch in einer versteckten Nische erspähte ich einen roten Haarschopf. So ein markantes Rot gab es in ganz London bestimmt nur einmal. Ich suchte die verdammten Kensington Gardens nach diesem Mädchen ab und hier saß sie, einfach so. Es war, als wollte mir das Leben eine zweite Chance gewähren, obwohl es keinen Grund gab, warum ich sie verdient haben sollte.

Ich hatte keine Ahnung, was ich ihr gleich sagen würde. Doch ich spürte, dass es die letzte Gelegenheit war, etwas geradezubiegen, das ich unglaublich verbockt hatte. Also atmete ich tief durch, schloss die Hände fester um die Kaffeetasse und trat an ihren Tisch.

„Darf ich mich zu dir setzen?" Meine Stimme klang rau und ich strich mir durch die Haare, weil ich nicht wusste, was ich sonst tun sollte.

Marissas Augen weiteten sich vor Erstaunen, als sie aufblickte und mich vor sich stehen sah. Für einen Moment war ich mir sicher, dass sie „Nein" sagen würde, doch sie seufzte nur leise und deutete widerwillig auf den Stuhl neben sich. „Von mir aus."

Ihre grünen Augen ruhten kühl aber mit einem Funken Neugier auf mir, während ich fieberhaft überlegte, womit ich anfangen sollte.

„Es tut mir leid. Irgendwie", begann ich schließlich zögernd mit dem Naheliegendsten.

Sofort schoss ihre rechte Augenbraue in die Höhe. „Was genau tut dir irgendwie leid?"

Ich war normalerweise nicht der Typ, der sich für irgendetwas entschuldigte. Stattdessen versuchte ich, alles so hinzubiegen, wie es für mich am besten passte. Doch das war hier nicht möglich, und die Situation ließ mich seltsam nervös werden. Über Gefühle zu sprechen, war normalerweise nicht mein Ding. Entsprechend holprig klang meine Stimme. „Alles. Was ich dir in der Schule angetan habe. Dass es dir wegen mir so schlecht ging." Leise fügte ich hinzu: „Und immer noch geht."

Ein Anflug von Schmerz zuckte über ihr Gesicht, doch sie hatte sich schnell wieder im Griff. „Das ist alles? Es tut dir leid? Denkst du wirklich, dass es mit einer lahmen Entschuldigung getan ist? Ich bin deinetwegen jahrelang durch die Hölle gegangen, und manchmal habe ich das Gefühl, immer noch dort zu sein."

Sie hatte recht. Nichts, was ich sagen oder tun könnte, würde die Vergangenheit geradebiegen oder ihren Schmerz lindern. Für einen winzigen verrückten Moment hatte ich das Bedürfnis, ihre Hand zu nehmen. Ihr zu zeigen, dass ich sie verstehen konnte, irgendwie. Natürlich nicht das, was sie erlebt hatte. Das wäre verrückt, denn schließlich war ich für all das verantwortlich gewesen. Ohne mich gäbe es keinen Schmerz für sie. Ich war die Ursache, das Problem. Nein, ich war sogar viel mehr: ihr schlimmster Albtraum. Aber ich konnte nachvollziehen, wie es war, jeden Tag Angst vor seinem Peiniger zu haben und sich immer zu fragen, ob man ihm irgendwann entkommen konnte.

„Wie schlimm war es damals für dich?", fragte ich und mein Mund war so trocken dabei, dass ich einen großen Schluck Kaffee trinken musste. „Raus mit der Sprache, ich will es verdammt nochmal wissen!", sagte ich heftiger, als ich es eigentlich wollte.

Doch Marissa nippte nur bedächtig an ihrem Tee, während sie für ein paar Minuten einfach still dasaß und nachdachte. Dann wandte sie sich mit einem Ruck wieder mir zu. „Du willst wissen, wie schlimm es war? Gut, hier hast du es: Ich habe jeden Tag Albträume von dir. Selbst Jahre später verfolgst du mich bis in den Schlaf. Ich träume von allem, was damals passiert ist, und du spielst die Hauptrolle." In ihrem Lachen lag keinerlei Freude. Alles, was ich hörte, war Bitterkeit. „Während der Schulzeit bestand mein einziges Ziel darin, zu überleben. Jedes Mal, wenn ich ins Bett ging, war ich glücklich darüber, einen weiteren Tag überstanden zu haben. Bis ich am nächsten Morgen wieder zitterte, sobald ich nur die Augen aufschlug. Bereits im Schulbus war mir speiübel beim Gedanken daran, dich gleich im Klassenzimmer zu sehen. Nicht zu wissen, was du dir jetzt wieder hast einfallen lassen. Ob du es bei Worten belassen würdest oder ob mich deine Helfer im Sportunterricht halb krankenhausreif schlagen würden."

Sie holte tief Luft und die Mocca Latte rebellierte verdächtig laut in meinem Magen. Hatte ich wirklich all diese Dinge getan? Vermutlich, denn ihre Erzählung klang ganz nach dem Jakob von früher. Unterbewusst wusste ich bereits damals, dass es falsch war, was ich tat. Doch damals zählte nur der rasende Schmerz in meiner Brust und ich verschloss die Augen vor den Konsequenzen meiner Taten – bis heute.

„Der Schulabschluss war der schönste Tag meines Lebens. Ich hatte überlebt. Ich hatte DICH überlebt." In ihrem Blick lag so viel Verachtung, dass ich am liebsten weggerannt wäre. Doch ich zwang mich, ihr weiter in die Augen zu sehen.

„Nach der Schule begann ich mit dem Studium. Ich fand Freunde und sogar einen Freund." Die Andeutung eines Lächelns huschte über ihr Gesicht. „Endlich hatte ich wieder ein Leben, zumindest dachte ich das. Doch auch wenn ich dich nicht mehr jeden Tag sah, bin ich dich niemals losgeworden. Egal wo ich hinging, du warst schon da. Zunächst hast du dich in meine Träume geschlichen und dich dann Schritt für Schritt zurück in mein Leben gedrängt. Bis ich irgendwann nur einen einzigen Ausweg sah: mich dir zu stellen. Ich war so verzweifelt, dass ich tatsächlich in ein anderes Land geflogen bin, nur um endlich mit dir abschließen zu können. Voilà, hier bin ich!"

Eine Gänsehaut überzog meinen gesamten Körper. Ich war nicht der Typ, der leicht Mitleid mit einem anderen Menschen verspürte. Vielmehr nahm ich mir von anderen stets das, was ich brauchte. Ich dachte, dass das Leben mir etwas schuldete, als Ausgleich für all den Mist, den ich zuhause ertragen musste. Für all den Schmerz und die Hilflosigkeit. Also suchte ich mir Opfer, quälte sie, um mich besser zu fühlen. Zumindest für kurze Zeit, denn es half niemals lange über das Leid in mir hinweg. Zuerst waren es meine Mitschüler, die ich quälte. Später waren es Frauen, die ich benutzte, um etwas Spaß zu haben. Die größte Freude empfand ich allerdings, wenn ich sie danach von mir wegstoßen konnte. Der Schmerz in ihren Augen war mein Lohn. Kein einziges Mal hatte ich mich gefragt, wie es ihnen damit ging. Es war mir schlichtweg egal. Das Einzige, was mir wichtig erschien, war diese klaffende Wunde in meinem Herzen, die so sehr brannte, dass nichts dagegen zu helfen schien. Ich wollte anderen weh tun, so wie mir bereits mein ganzes Leben lang weh getan wurde. Wenn ich jemanden weinen sah, verspürte ich eine innere Befriedigung: Endlich war ich nicht mehr der Einzige, der jeden Tag litt, und jede Träne spornte mich an, weiter zu machen. Auf der Suche nach der Erlösung, die ich niemals fand. Am Ende des Tages waren sie alle namenlose Opfer mit einem einzigen Zweck: mich vergessen zu lassen. Was allerdings niemals gelang.

Und so saß ich hier und blickte auf dieses Mädchen mit den karottenroten Haaren und mehr Sommersprossen im Gesicht, als ich jemals zählen könnte. Zum allerersten Mal in meinem Leben spürte ich ein Gefühl, das ich bislang nicht gekannt hatte: Scham. Für all das, was ich ihr angetan hatte. Sie musste leiden, damit ich meinen eigenen Schmerz nicht mehr fühlen musste.

„Ich bin kein Stück besser als ER", schoss es mir plötzlich durch den Kopf und ich zuckte bei dem Gedanken zusammen, als hätte man mich geschlagen. Es stimmte. Letztendlich war es doch dasselbe: Er hatte mich und meine Mutter gequält. Ich hatte weitergemacht und Marissa sowie unzählige weitere Opfer benutzt. Eine Kette an Grausamkeiten, die niemals enden würde.

Doch dann fiel mein Blick auf ihr schmales Kinn, das sie mir trotzig entgegenreckte. Ich blicke in ihre Augen, die keineswegs gebrochen wirkten, sondern mich voller Wut anfunkelten.

„Vielleicht konnte es hier enden", dachte ich. „Vielleicht würde die Kette hier in Deans Café enden, mit Marissa und mir." Zum ersten Mal seit Ewigkeiten spürte ich einen winzigen Funken Hoffnung in mir, und ohne noch einmal darüber nachzudenken, griff ich nach ihrer Hand.

Kapitel 23

Marissa

„Könnt ihr euch vorstellen, wie verrückt das Ganze war? Jakob Anderson nimmt meine Hand, einfach so. Als wären wir beste Freunde oder etwas ähnlich Verrücktes." Immer noch fassungslos biss ich beherzt in meine Pizza Hawaii und kaute wild darauf herum, ohne den Geschmack wirklich wahrzunehmen. Die Ereignisse des Tages wirkten noch immer nach. Selbst jetzt, als ich mit Ellie, Sue und Becky in einer kleinen Pizzeria am Piccadilly Circus saß, konnte ich an nichts anderes denken. Selbst den riesigen bunten Reklametafeln vor dem Fenster gelang es nicht, mich abzulenken. Meine Gedanken glitten immer wieder zurück zu dem Moment, als Jakob wie aus dem Nichts in dem kleinen Café vor mir gestanden hatte – ich hätte mich beinahe an meinem Käsekuchen verschluckt, so überrascht war ich. Vor allem, als er mich dann auch noch um ein Gespräch bat. Alles in mir sträubte sich dagegen, noch einmal mit ihm zu reden. Ich war fertig mit ihm und wollte mich endlich auf mein eigenes Leben konzentrieren. Was mich schließlich doch noch umstimmte, war schlicht und ergreifend meine Neugier. Ich wurde nicht enttäuscht, denn wenn ich eines niemals erwartet hätte, dann war es eine Entschuldigung. Seither hatte ich mich bestimmt tausendmal gefragt, warum plötzlich diese andere Version von Jakob vor mir saß. War es mir tatsächlich gelungen, ihn aus der Reserve zu locken? Vielleicht hatte ich mit meinen Vorwürfen tiefer an seiner spiegelglatten Oberfläche gekratzt, als uns beiden zunächst klar war. Es kam mir vor, als hätten sich unsere Rollen auf einmal ins Gegenteil verkehrt. Auf einmal war ich die Starke und Jakob derjenige, der mich um Verzeihung bat.

„Er hat es bestimmt gebraucht, dass du ihm mal ordentlich Dampf gemacht und ihn durch die Mangel gedreht hast. Meiner Meinung nach warst du viel zu nett zu ihm. Ich hätte ihm nicht einmal erlaubt, sich mir zu nähern nach der ganzen Aktion." Becky war noch immer auf hundertachtzig, seit ich in Tränen aufgelöst ins Hostelzimmer gestürmt war. Dabei war ich schlichtweg überfordert gewesen von den vielen Emotionen an diesem Tag – meinen und Jakobs. Ausnahmsweise traf ihn keine Schuld daran, dass ich weinte, doch aus Beckys Sicht war er natürlich trotzdem verantwortlich.

Sue zog skeptisch die Augenbrauen in die Höhe. „Ich sage euch, das war wieder einer seiner Schachzüge. Die Entschuldigung war bestimmt nicht ernst gemeint. So einer wie der entschuldigt sich nicht. So wie er das Mädchen auf der Party behandelt hat, halte ich das für unmöglich."

Ob Sue recht hatte? War es tatsächlich wieder eines seiner Spielchen? Mich in Sicherheit wiegen, um mich danach endgültig über die Klippe zu stoßen? Alles, was ich in der Cafeteria gespürt hatte, waren Ehrlichkeit und der aufrichtige Wunsch, mich zu verstehen. Allerdings traute ich meinen Gefühlen keinen Millimeter weit, wenn es um Jakob ging.

Mein verwirrter Blick musste Bände sprechen, denn Ellie mischte sich energisch ein: „Leute, hört doch mal auf mit euren ganzen Spekulationen. Ihr macht Marissa noch ganz verrückt, und das ist das Letzte, was sie jetzt gebrauchen kann! Sie braucht unsere Unterstützung und nicht, dass wir sie zusätzlich verunsichern."

Dankbar blickte ich Ellie an, die mir eine Hand auf die Schulter legte. „Sag mir nur eines: Fühlst du dich nach dem Gespräch mit ihm besser oder schlechter?"

„Besser", antwortete ich wie aus der Pistole geschossen. „Ich fühle zum ersten Mal ... eine Art Frieden. Als ob ich endlich zur Ruhe kommen könnte. Außerdem habe ich keine Angst mehr vor ihm."

Zufrieden biss Ellie von ihrem Pizzabrot ab und deutete mit der Gabel nacheinander auf Becky und Sue. „Da habt ihr die Antwort auf eure Fragen, denn genau darum geht es doch. Das einzige Ziel der Aktion war, dass Marissa endlich wieder nach vorne blicken kann. Wir werden diesen Typen sowieso niemals verstehen. Warum also Zeit damit vergeuden, sich zu fragen, was in seinem verrückten Kopf vor sich geht?"

Stille senkte sich über unsere kleine Gruppe. Alle aßen schweigend und hingen ihren Gedanken nach, bis Ellie mich schließlich fragte: „Wie geht es jetzt bei dir weiter? Bleibst du noch in London oder reist du wieder ab? Schließlich ist deine Mission hier erfüllt."

Nachdenklich blickte ich aus dem Fenster auf das Londoner Nachtleben, das am Piccadilly Circus besonders laut und quirlig war. „Ich habe alles erreicht, weshalb ich hergekommen bin. Für mich wird es Zeit, wieder zurückzukehren in mein altes Leben."

Überrascht stellte ich fest, dass sich eine Spur Wehmut in meine Gedanken mischte. Meine überstürzte Reise nach London war längst so viel mehr als die reine Suche nach Jakob geworden. Zum ersten Mal hatte ich die sicheren Bahnen verlassen, auf denen ich mich aus lauter Furcht die letzten Jahre lang bewegt hatte. Früher wäre es undenkbar für mich gewesen, etwas so Verrücktes wie diese Reise zu tun, und es gefiel mir; mehr als ich zugeben wollte. Und nicht nur das: Hier war ich für mich selbst eingestanden, hatte für meine Ziele gekämpft und mich Jakob gegenüber behauptet. Ich fühlte mich nicht mehr wie die kleine Marissa, die in ständiger Angst lebte, von anderen Menschen verletzt zu werden. Ich musste mich nicht mehr hinter Annie und Adrian verstecken. Selbst in den wenigen Tagen, in denen ich hier war, hatte London mich selbstbewusster und stärker werden lassen. Beim Gedanken daran, das alles wieder aufzugeben und zurück nach Tübingen zu gehen, fühlte ich mich seltsam leer. Vielleicht weil ich zum ersten Mal den Geschmack von wirklicher innerer Freiheit gekostet hatte und einfach nicht genug davon bekommen konnte. Ich wollte meine neu gewonnene Stärke dazu nutzen, anderen zu helfen. Jedes Mal, wenn mich auf Instagram eine Nachricht erreichte, sah ich mein Ziel klarer vor Augen und meine unliebsame Strafaufgabe wurde immer mehr zu einer Mission, für die ich regelrecht brannte. Allein dafür hatte sich mein London-Trip schon mehr als gelohnt.

Als ich am nächsten Morgen in meinem Hostelbett aufwachte und die Sonne durch unser kleines Fenster schien, fühlte ich mich so ausgeruht, wie schon lange nicht mehr. Mein ganzer Körper befand sich im Zustand träger Glückseligkeit und ich brummte wohlig vor mich hin, als ich langsam jedes einzelne Körperteil streckte, um wach zu werden.

„Guten Morgen, Schlafmütze", tönte es fröhlich von unten.

Verschlafen reckte ich den Kopf über die Kante des Stockbettes und blinzelte verdutzt, als ich Betty, Sue und Ellie nebeneinander auf dem Fußboden sitzen sah. Vor ihnen standen vier Coffee-to-go-Becher und der himmlische Geruch nach Kaffee bahnte sich den Weg nach oben bis in meine Nase.

„Ich dachte, ihr wärt längst unterwegs zum nächsten Sightseeing-Trip. Wolltet ihr heute nicht nach Brighton an die Promenade fahren?“

„Wir lassen dich doch nicht einfach abhauen, ohne uns gebührend von dir zu verabschieden.“ Sue streckte mir einen Becher Kaffee hin und ich krabbelte langsam die Leiter hinunter, um ihn entgegenzunehmen. Dass die drei extra einen kostbaren Vormittag ihres Urlaubs opferten, um mich zu verabschieden, war wirklich rührend!

Schnell schlüpfte ich in meine Jeans und zog mir ein halbwegs sauberes Sweatshirt über den Kopf. Ich hatte kaum noch frische Kleidung und musste zuhause dringend waschen.

„Warum ziehst du dich an? Du willst doch nicht etwa abhauen, ohne mit uns zu frühstücken?“, empörte sich Becky auf ihre typische Art, doch ich schüttelte lachend den Kopf.

„Natürlich nicht, Dummerchen. Allerdings dürfen bei unserem letzten Londoner Frühstück die perfekten Scones vom Bäcker nebenan nicht fehlen.“

„Das ist natürlich ein Argument.“ Becky schmunzelte. „Du darfst gehen.“

Unsere Lieblingsbäckerei lag nur zwei Querstraßen weiter und ich summte, als ich fröhlich durch die Straßen Kensingtons lief. „Das werde ich vermissen“, schoss es mir plötzlich durch den Kopf. Ich hatte eine wirklich tolle und aufregende Zeit hier verbracht. Am liebsten würde ich noch eine Woche Urlaub mit den Mädchen dranhängen. Aber das ging nicht, schließlich musste ich zurück nach Tübingen. Zum ersten Mal seit einer Ewigkeit schoss mir Adrian durch den Kopf und beim Gedanken an ihn bekam ich sofort ein schlechtes Gewissen. Während ich Annie per SMS immer über den neuesten Stand der „Aktion Jakob“ auf dem

Laufenden gehalten hatte, bekam Adrian nur eine Handvoll nichtssagende Nachrichten von mir. Was hätte ich ihm auch schreiben sollen? Schließlich hatte er nicht den blassesten Schimmer, dass ich in London war. Er wähnte mich in meinem gemütlichen WG-Zimmer in Tübingen und würde vermutlich vor Schreck umfallen, wenn er mich gerade sehen könnte. Immerhin war mein kleines Abenteuer jetzt vorbei und sobald er aus Griechenland zurück war, konnten wir dort weitermachen, wo wir aufgehört hatten. Mit dem kleinen, aber wichtigen Unterschied, dass ich mich nun wieder voll auf ihn und unsere Beziehung konzentrieren konnte, denn Jakob war endlich Geschichte.

Mit einem zufriedenen Lächeln bestellte ich eine Runde Scones, nahm die Tüte entgegen und verließ beschwingt die Bäckerei, um mich auf den Rückweg zu machen. Doch als ich am Hostel angekommen war und gerade die Tür öffnen wollte, spürte ich eine Berührung an der Schulter. Vor Schreck ließ ich beinahe die Tüte mit den Scones fallen, als ich herumfuhr und sah, wer da vor mir stand.

Kapitel 24

Jakob

Als ich nach dem Gespräch mit Marissa in Deans Café zurück ins Wohnheim kam, lehnte bereits Christy am Türrahmen vor meinem Zimmer. Sie sah wahnsinnig heiß aus in ihren Jeansshorts und mit den langen dunklen Haaren, die ihr bis weit über den Rücken fielen.

Kurz nach meiner Ankunft in London hatten wir ein Abkommen miteinander getroffen: Sex ohne jegliche Erwartungen oder Verpflichtungen, wann immer wir Lust darauf hatten – und das war oft der Fall. Christy war die Erste und Einzige, mit der so ein Arrangement funktionierte. Sie legte keinen Wert auf „Kuscheln danach" und war ein gern gesehener Gast in meinem Bett. Doch nicht heute. Nach dem Gespräch mit Marissa fühlte ich mich so müde, dass ich mich nur noch aufs Ohr hauen wollte. Also drängelte ich mich einfach an Christy vorbei, ohne sie weiter zu beachten. Im Vorbeigehen knurrte ich ein unfreundliches „Nicht heute", bevor ich ihr die Tür vor der Nase zuschlug und wartete, dass sie endlich verschwand. Doch verdammt, Christy war hartnäckig und dachte nicht daran, die Biege zu machen.

„Komm schon, Jakob. Mach endlich auf und lass mich rein. Was spricht gegen ein bisschen Spaß, um sich vom Lernstress abzulenken?"

Ihr Tonfall veränderte sich von drängend zu lockend und ich hätte mir am liebsten Watte in die Ohren gestopft, um sie nicht länger zu hören.

„Hau ab!", brüllte ich stattdessen so laut ich konnte. Anscheinend hatte ich Erfolg, denn plötzlich herrschte Stille auf dem Flur. War sie fort? Das wäre beinahe zu schön, um wahr zu sein. Auf Zehenspitzen schlich ich zur Tür, öffnete sie ein paar Millimeter und spähte vorsichtig durch den Spalt. Niemand war zu sehen. Sie hatte wohl endlich begriffen, dass heute ein verdammt schlechter Tag war, um sich auf unsere Sex-Abmachung zu berufen.

Rücklings ließ ich mich auf mein Bett fallen und starrte an die weiße Decke. Eine Fliege umkreiste surrend die Lampe und ich beobachtete fasziniert, wie sie immer wieder dagegenstieß, so als könnte sie sich der magischen Anziehungskraft der Lichtquelle nicht entziehen. Ohne dass ich etwas dagegen tun konnte, schweiften meine Gedanken immer wieder ab zu Marissa. Wenn auch widerwillig, empfand ich dennoch Bewunderung für ihren Mut, einfach so hierherzukommen. Nach England, nach London, zu mir. Sie hatte es durchgezogen, getrieben von einem einzigen Ziel: mich zu vergessen. Normalerweise standen die Frauen Schlange, um Teil meines Lebens zu werden. Doch bei ihr war es genau andersherum. Noch immer sah ich das Leuchten in ihren Augen vor mir, als sie ihren Freund und ihr Leben in Tübingen erwähnte. Was hatte ich hingegen erreicht? Dass mich die Hälfte aller Frauen in London hasste? Die lockere Freundschaft mit Sam und den Jungs? Ich dachte immer, dass es mir gefiel, die ganze Welt auf Abstand zu halten. Dass ich es genoss, gefürchtet zu werden. Indem ich niemanden an mich heranließ, minimierte ich das Risiko, selbst verletzt zu werden.

Warum zum Teufel machte ich mir überhaupt so viele Gedanken? Das passte überhaupt nicht zu mir! Normalerweise hätte ich keine Sekunde gezögert, Christy ausgezogen und wäre mit ihr durch die Laken geturnt. Stattdessen lag ich allein auf meinem Bett, komplett angezogen, und grübelte vor mich hin. Ich musste dringend aus diesem Zimmer heraus, um auf andere Gedanken zu kommen. Auf irgendeine verrückte Weise hatte sich Marissa in meinem Kopf eingenistet und ich musste einen Weg finden, sie so schnell wie möglich wieder loszuwerden.

„Christy", schoss mir die naheliegendste Idee durch den Kopf. Spaß und Ablenkung wären jetzt genau das Richtige. Mal schauen, ob ich sie von dieser Idee überzeugen konnte, nachdem ich sie gerade so rüde abgekanzelt hatte. Der Vorteil an Christy war jedoch, dass sie überhaupt nicht nachtragend war. Das war vermutlich auch der Grund, warum sie mich und meine Launen überhaupt aushielt.

Prüfend schnupperte ich an meiner Kleidung. Vor meinem Besuch bei Christy sollte ich dringend duschen. Der Tag heute hatte sich angefühlt, als wäre ich einen Marathon gelaufen. Zudem verspürte ich das Bedürfnis, das ganze Durcheinander mit Marissa von mir abzuwaschen.

In Windeseile duschte ich, warf mich in eine frische Jeans und zog mir ein Polohemd über den Kopf. Zumindest gut aussehen sollte ich, wenn ich vor Christys Tür aufkreuzte, das war ich ihr nach meiner Abfuhr schuldig.

Dass wir im selben Wohnheim wohnten, machte unser kleines Arrangement deutlich einfacher. Minuten später klopfte ich an ihre Zimmertür. Als Christy öffnete und mich vor sich stehen sah, zog sie nur wortlos eine Augenbraue hoch und trat dann zur Seite, um mich in ihr Zimmer zu lassen. Zum Glück war sie keines dieser zartbesaiteten Mädchen, das stundenlang über ihre Gefühle und diesen ganzen Quatsch reden musste. Stattdessen verschwendete sie keine Zeit und

biss mehr oder weniger sanft direkt in meine Unter-
lippe.

„Mh, das ist wirklich eine wunderbare Ablenkung",
dachte ich und gratulierte mir selbst zu der Idee, bei
Christy vorbeizuschauen. Meine Hände glitten ihren
schlanken Körper entlang und verweilten auf ihrem
perfekten Hintern. Doch Christy wurde ungeduldig.

„Kein Vorspiel heute, komm direkt zur Sache", forderte sie mich in ihrer direkten Art auf. Ein Wunsch,
den ich ihr nur zu gerne erfüllte. Mit einem gekonnten
Griff öffnete ich den Verschluss ihres BHs, während sie
bereits aus ihren Shorts schlüpfte. Schnell zog auch ich
mir das Polohemd über den Kopf und streifte hastig
meine Jeans ab. Dann drängte ich Christy rückwärts
aufs Bett und legte mich direkt auf sie. Ich saugte an
ihren Nippeln und verdammt, als sie aufstöhnte, gab es
vermutlich auf der ganzen Welt nichts Heißeres, als
dieses nackte, willige Mädchen unter mir. Das dachte
ich zumindest …

„Ähm, Jakob", tönte es so zaghaft unter mir hervor,
wie ich es von der toughen Christy überhaupt nicht
kannte.

Fuck, fuck, fuck! Ohne es laut auszusprechen, wussten wir beide sofort, was sie meinte. Schnell rollte ich
mich von ihr herunter, unfähig auch nur ein Wort darüber zu verlieren, was hier gerade passiert war – oder
eben nicht passiert war. War ich in den letzten Tagen
zum größten Versager der Welt mutiert? Zumindest
fühlte ich mich so, als ich stumm neben ihr lag und an
die weiße Decke starrte. Bereits zum zweiten Mal an
diesem Tag, nur in einem anderen Zimmer. Irgendetwas lief gerade verdammt falsch in meinem Leben.

„Ich sage es niemandem, versprochen." Christys
Stimme war sanft, als sie mir langsam den nackten
Arm streichelte, so als wollte sie mich beruhigen. „Das
passiert selbst den Besten ab und zu."

„Mir aber nicht!", antwortete ich so heftig, dass sie zurückzuckte. So etwas gab es doch nur im Film. Wenn der Hauptdarsteller einer Komödie keinen hochkriegte. Aber doch nicht im realen Leben und schon gar nicht mir!

„Meine Lippen sind versiegelt. Du kannst dich auf mich verlassen."

„Danke", murmelte ich und war noch nicht in der Lage, ihr wieder in die Augen zu blicken.

„Was ist los mit dir, Jakob? Du bist bereits den ganzen Tag so seltsam drauf. Zuerst lässt du mich vor deiner Zimmertür abblitzen und Minuten später überlegst du es dir anders. Das passt alles so gar nicht zu dir. Mir kannst du es sagen, ich bin keine der Tratschtanten von der Uni."

Das stimmte. Christy war tatsächlich anders. Ich würde sie sogar beinahe als Freundin bezeichnen, wenn es diesen Begriff in meiner Welt gäbe. Mit gewissen Vorzügen natürlich, anders würde diese Freundschaftssache mit mir auch nicht laufen.

Die Situation war so absurd, dass ich beinahe grinsen musste. Zwei nackte Menschen bei der Therapiestunde. Allerdings war mir momentan nicht nach Lachen zumute. „Kannst du schweigen?", fragte ich stattdessen und sah sie dabei so drohend an, dass jeder außer Christy aus dem Zimmer gerannt wäre.

Doch diese ließ sich kein bisschen einschüchtern und legte demonstrativ zwei Finger auf die Lippen. „Wie ein Grab, ich schwöre."

Und ich glaubte ihr. Im nächsten Moment brach die gesamte Geschichte aus mir heraus, als hätte ich nur darauf gewartet. Ich erzählte ihr von der katastrophalen Party bei Charly, die damit endete, dass ich vor den Augen meines ganzen Semesters rausgeworfen wurde. Wie Marissa am nächsten Tag aus heiterem Himmel vor meiner Zimmertür stand und nicht mehr verschwinden wollte. Von dem aufwühlenden Gespräch in den Kensington Gardens und dem unverhofften Wiedersehen bei Deans. Und als Letztes erzählte ich ihr von unserer unrühmlichen Vergangenheit – und was für ein absolutes Arschloch ich gewesen war.

Schuldbewusst sah ich, wie ihr Gesichtsausdruck bei meiner Erzählung immer entsetzter wurde.

„Heilige Scheiße, Jakob, das ist wirklich heftig! Kein Wunder, dass du so durch den Wind bist."

„Findest du?" Erleichterung durchstömte mich. Wenn Christy das genauso sah, war ich vielleicht doch nicht komplett verrückt.

„Auf jeden Fall. Du weißt, ich mag dich. Deshalb gebe ich dir einen Rat: Marissa ist hierhergekommen, um die Sache mit dir zu klären. Aber hattest du überhaupt die Gelegenheit, ihr deine Sicht der Dinge zu erzählen? Für sie ist die Sache jetzt vorbei, aber wie sieht es bei dir aus?"

Damn, sie hatte recht! Das war der Grund, warum ich so durcheinander war. Marissa hatte einfach ihren ganzen Frust bei mir abgeladen, aber mir keine Gelegenheit gelassen, meine Sichtweise zu schildern.

„Danke", murmelte ich und gab Christy einen schnellen Kuss auf die Wange, bevor ich wieder in meine Kleider schlüpfte. „Du bist die Beste, weißt du das eigentlich?"

Ich wusste, dass sie schweigen würde. Auf Christy konnte ich mich immer verlassen.

Jetzt war mir endlich klar, was ich zu tun hatte. Zurück in meinem Zimmer fuhr ich schnell den Laptop hoch. Marissa hatte beiläufig erwähnt, dass sie in einem Hostel in der Bayswater Road wohnte. Das würde doch nicht so schwer zu finden sein! Meine Finger flogen über die Tasten und kurze Zeit später hatte ich es. In diesem noblen Stadtteil reihte sich nur ein einziges abgewracktes Hostel an eine ganze Reihe von Luxus-

hotels – das musste es einfach sein! Doch jetzt war es
bereits zu spät, um dort noch aufzukreuzen, vermutlich schlief sie schon. Aber gleich morgen früh würde
ich dort hingehen, um reinen Tisch zu machen. Ich betete, dass das Schicksal nur einmal auf meiner Seite
wäre und sie bis dahin noch nicht abgereist war.

Kapitel 25

Marissa

„Was machst du denn hier?", platzte es so entsetzt aus mir heraus, dass Jakob einen Schritt zurücktrat und beschwichtigend die Hände hob. Er versuchte sich an einem freundlichen Gesichtsausdruck, der allerdings komplett misslang. An Jakob war einfach nichts sanft, vielmehr erinnerte er mich immer an ein Raubtier bereit zum Sprung.

„Ich will nur mit dir reden."

Fassungslos starrte ich ihn an, wie er mit zerzausten Haaren vor mir stand und nach Luft rang.

„Bist du etwa gerannt?", fragte ich ungläubig.

„Ich hatte Angst, dass du schon abgereist bist, deshalb habe ich mich so beeilt." Keuchend stützte er sich mit beiden Händen auf seinen Oberschenkeln ab.

„Ich verstehe ...", antwortete ich gedehnt. Was nicht stimmte, denn in Wahrheit verstand ich kein Wort. „Was willst du von mir?"

„Mit dir reden, das sagte ich doch schon", brummte er ungeduldig.

Ich seufzte genervt auf. Musste man ihm wirklich alles aus der Nase ziehen? „Dann schieß mal los."

„Doch nicht hier." Verstohlen sah er sich um, so als würde gleich eine Horde Paparazzi aus dem Gebüsch springen und „Erwischt!" kreischen. „Wollen wir in eine Bar gehen?"

Meine Augenbrauen überschlugen sich beinahe, so schnell zog ich sie nach oben. „In eine Bar? Es ist erst

Vormittag und ich habe noch nicht einmal gefrühstückt!“ Zum Beweis schwenkte ich die Tüte mit den Scones vor seiner Nase hin und her. „Oben im Hostelzimmer warten meine Freundinnen auf mich und ihr Frühstück. Jetzt ist ein denkbar schlechter Zeitpunkt, um sich in einer Bar vollaufen zu lassen. Aber ich kann mir vorstellen, dass es für dich vollkommen normal ist.“

„Bitte. Es ist wirklich wichtig.“ Jakobs Blick bohrte sich so intensiv in meinen, dass mir kurz die Luft wegblieb. Wollte er mich auf den Arm nehmen? Nein, er wollte wirklich mit mir reden, wurde mir schlagartig klar. Worüber auch immer, denn von meiner Seite aus war alles geklärt.

„Na gut“, stimmte ich seufzend zu. „Eine Stunde, in einem Café meiner Wahl. Du zahlst!“ Ab sofort galten meine Spielregeln und wenn er mit mir reden wollte, hatte er sie zu akzeptieren. „Ich muss zuerst noch meinen Freundinnen Bescheid geben, damit sie sich keine Sorgen machen.“ Schnell tippte ich eine Nachricht an Becky und nur Sekunden später tauchten drei Köpfe im Fenster unseres Hostelzimmers auf.

„Wenn sie in einer Stunde nicht zurück ist, rufe ich die Polizei. Das ist keine leere Drohung!“, brüllte Becky nach unten und ich zweifelte keine Sekunde daran, dass sie sie wahrmachen würde.

„Also, was gibt es so Wichtiges, dass ich wegen dir auf die besten Scones von ganz London verzichte?“, fragte ich kühl, als wir in einem Café am Earls Court Platz genommen hatten und sich meine Finger endlich um eine Tasse mit dampfendem Kaffee schlossen. Vor dem ersten Schluck am Morgen war ich einfach für nichts zu gebrauchen. Vor mir auf dem Teller lag ein winziges Croissant und ich dachte noch einmal wehmütig an die

Tüte Scones, die ich an der Hosteltür für die Mädchen zurückgelassen hatte.

Jakob nestelte unruhig an seiner Serviette und ich ermunterte ihn mit einem Nicken, endlich anzufangen. Schließlich hatte ich nicht den ganzen Tag Zeit. „In einer Stunde wird ein SEK das Café hier stürmen und dich gewaltsam von mir wegreißen. Du solltest dich also besser beeilen", erinnerte ich ihn halb im Spaß, halb im Ernst an Beckys Worte.

„Ich musste immer wieder an das denken, was du zu mir gesagt hast", begann er zögernd und ich hielt erstaunt mit Kauen inne. Wer hätte das gedacht? Ich war mir sicher gewesen, dass er zehn Kreuze schlug, als er mich endlich los geworden war. Anscheinend hatten meine Worte mehr bei ihm bewirkt, als ich dachte. Jetzt hatte er meine volle Aufmerksamkeit.

„Ich weiß, dass du mich für ein gefühlloses Monster hältst und ich kann nicht bestreiten, dass ich mich dir gegenüber wie ein Mistkerl verhalten habe. Allerdings gibt es etwas, das du nicht von mir weißt. Was niemand weiß. Aus irgendeinem verrückten Grund, den ich selbst nicht verstehe, will ich aber, dass du ihn kennst."

Jakob wusste, wie man Spannung aufbaute, das musste man ihm lassen. Innerlich wappnete ich mich gegen das, was gleich kommen würde und beugte mich etwas näher zu ihm herüber. Immer wieder fuhr er sich durch die Haare und hätte ich es nicht besser gewusst, hätte ich gedacht, dass er nervös war. „Meine Kindheit war nicht ganz einfach." Bitter lachte er auf. „Nein, das ist die Untertreibung des Jahres. Sagen wir vielmehr, sie war die reine Hölle. Ich bin in einer winzigen Bruchbude im Hallschlag aufgewachsen. Mein Vater trinkt, seitdem ich denken kann. Die Handvoll alter Babyfotos, die es von mir gibt, zeigen, wie ich in einer Wippe liege und sich um mich herum die Schnapsflaschen stapeln. Jede Nacht schleppte sich mein Erzeuger mit letzter Kraft nach Hause und fiel in sein Bett, um seinen Rausch auszuschlafen. Die ersten Jahre meines Lebens sah ich ihn kaum. Es war normal für mich, ohne Vater aufzuwachsen, ich kannte es nicht anders. So sah für mich eben eine normale Kindheit aus. Erst als ich größer wurde und Freunde hatte, begriff ich, dass es eben nicht ‚normal' war, was ich erlebte. Je älter ich wurde, desto mehr begehrte ich gegen ihn auf. Das war der Zeitpunkt, als die Probleme richtig anfingen. Je mehr ich mich wehrte, umso mehr Prügel kassierte ich. Bis er irgendwann körperlich keine Chance mehr gegen mich hatte. Ab diesem Moment wandte er sich meiner Mutter zu, um sich an ihr abzureagieren und mich damit zu kontrollieren. Er wusste genau, dass sie meine Schwachstelle war, und nutzte sie gnadenlos aus, um mich in Schach zu halten."

Mir wurde erst jetzt bewusst, dass ich die ganze Zeit den Atem angehalten hatte. Zischend stieß ich ihn aus und wollte etwas sagen, doch Jakob stoppte mich mit einer schnellen Geste.

„Nein. Ich habe damit angefangen und muss es ein für alle Mal loswerden", sagte er rau und ich schloss schnell wieder den Mund. Gedankenverloren spielte er mit dem Zuckersteuer auf dem Tisch, während er fortfuhr: „Wenn ich an meine Kindheit zurückdenke, sind die einzigen Gefühle, an die ich mich erinnere, Hilflosigkeit und Angst. Jeden Tag, wenn ich den Schlüssel ins Schloss steckte, drehte sich mir der Magen um, weil ich keine Ahnung hatte, was mich heute erwarten würde. Hatte meine Mutter mal wieder ein blaues Auge? Hatte er in seiner Wut ein Fenster kaputt geschlagen oder lag er zur Abwechslung halb bewusstlos in der Badewanne?"

Wütend ballte er die Hände zu Fäusten und ich spürte, wie die Tränen gefährlich gegen meine Augenlider drückten. Wenn ich daran dachte, was dieser kleine

Junge damals durchgemacht haben musste, wurde mir ganz schlecht. Wie viel musste er ausgehalten haben, ganz allein mit sich und seiner Angst? Wie gut war es mir stattdessen ergangen mit meinen Eltern und Leo, auf die ich mich immer verlassen konnte.

Jakob musste mir meine Gefühlsregung angesehen haben, denn seine Miene wurde hart und abweisend. „Spar dir dein Mitleid. Was ich dir hier erzähle, soll keine Rechtfertigung für meine Taten sein. Ich weiß, dass ich Mist gebaut habe. Bei dir und bei unzähligen anderen. Doch ich wollte einfach, dass du es weißt. Damit du mich vielleicht nicht mehr für eine seelenlose Kreatur hältst, sondern erfährst, wie solche Monster erschaffen werden." Bei dem letzten Satz sah er plötzlich so verletzlich aus, dass es komplett um mich geschehen war. Ich schniefte laut auf und griff nach seiner Hand, ohne auch nur eine Sekunde darüber nachzudenken. Minutenlang saßen wir still da und ich spürte, wie seine Hand ganz leicht in meiner zitterte.

Nach einer gefühlten Ewigkeit räusperte ich mich, um den Kloß in meinem Hals loszuwerden. „Danke, dass du mir das erzählt hast. Du hast recht, es ist keine Entschuldigung, aber es hilft mir, dich zumindest besser zu verstehen."

Er lächelte mich schief an und wie aus dem Nichts brach ein glucksendes Lachen aus mir heraus. „Wir sollten ein Foto von uns machen. Dass wir hier zusammen sitzen und lachen, glaubt uns niemand, der uns kennt."

Jakob stimmte in mein Lachen ein und ich stellte überrascht fest, dass es tief und melodisch klang. Ich hatte ihn noch niemals aus vollem Herzen lachen gehört, wurde mir plötzlich bewusst. Jetzt wusste ich auch, warum.

Schneller als mir lieb war, wurde er wieder ernst und beugte sich über den Tisch nach vorn. Sein Gesicht war so nahe an meinem, dass ich sein Rasierwasser riechen konnte. „Ich muss dich um etwas bitten, Marissa."

Stirnrunzelnd blickte ich ihn an. Was kam jetzt?

„Gib mir einen Tag in London mit dir um zu beweisen, dass ich nicht der gottverdammte Arsch bin, für den du mich hältst."

Ich brauchte ein paar Sekunden, um über seinen Vorschlag nachzudenken. Prüfend ließ ich den Blick über sein Gesicht gleiten, doch es lag nichts Falsches oder Hinterhältiges darin. Dann gab ich mir einen Ruck und nickte. Bislang war meine Heimreise noch nicht gebucht, ich hatte auf einen Last-Minute-Flug gehofft, den ich spontan nehmen konnte. „Einverstanden. Aber zuerst müssen wir aus diesem Café raus und zum Hostel zurück." Ein Anflug von Panik ergriff mich, als ich einen Blick auf meine Uhr warf. „Denn in genau sieben Minuten und achtundfünfzig Sekunden wird Becky ein Sondereinsatzkommando schicken, das uns zum Hostel zurückschleifen wird. Und glaube mir, das will niemand erleben!"

Kapitel 26

Jakob

Nachdem Marissa telefonisch das SEK, alias ihre verrückte Mitbewohnerin, abbestellt hatte, liefen wir zusammen zur nächsten Underground-Station. Immer wieder fing ich einen skeptischen Seitenblick von ihr auf, während ich die Hände in den Jackentaschen vergrub und stur geradeaus blickte. Zum ersten Mal gingen wir nicht wie Hund und Katze aufeinander los und keiner von uns wusste, wie lange dieser brüchige Frieden halte würde.

„Weißt du überhaupt noch, wo wir sind? Ich habe bereits vor einer Ewigkeit die Orientierung verloren", durchbrach Marissa die Stille, als wir zum dritten Mal die Linie wechselten.

„Abwarten", brummte ich. „Du wirst begeistert sein, vertraue mir." Sie wusste schließlich nicht, dass ich den Londoner U-Bahn-Dschungel liebte und jede einzelne Verbindung auswendig kannte.

Dass es mit ihrem Vertrauen in mich nicht weit her war, sah ich an ihrem Blick, der von Minute zu Minute panischer wurde. Als ich verkündete, dass wir endlich am Ziel angekommen waren, stieß sie einen Seufzer der Erleichterung aus.

„Endlich. Ich dachte schon, ich wäre in den Fängen eines irren Killers gelandet, der mich außer Landes schleppen will."

Ein Grinsen schlich sich auf mein Gesicht, als ich beschloss, sie etwas aufzuziehen. „Keine Sorge, das letzte

Opfer habe ich im Inland umgebracht und in der Themse versenkt. Sie außer Landes zu bringen, wäre viel zu anstrengend gewesen."

Marissa stutzte kurz, dann lachte sie schallend los. Anscheinend war uns beiden nicht bewusst gewesen, dass ich witzig sein konnte.

Als wir die Bahnstation verließen und ins Freie traten, stieß sie einen langgezogenen Pfiff aus. Leise schmunzelte ich in mich hinein, denn mit dieser Reaktion hatte ich gerechnet. Niemanden ließ es kalt, wenn er zum ersten Mal nach Camden Town kam. Es war mein Lieblingsviertel in London – alles hier verströmte den Geruch nach Punk und Rock. Den Londoner Einheitsbrei, den ich so sehr hasste, suchte man hier vergebens. Jedes Haus war quasi ein Kunstwerk und ich konnte mich nicht daran sattsehen.

„Schau dir das an!", rief Marissa in diesem Moment aus und zeigte begeistert nach oben. „Da hängt ein riesiger Schuh an der Hauswand! Und was soll das daneben sein? Ein Drache?"

Meine Hände in den Taschen vergraben, sah ich ihr stumm zu, wie sie sich mehrmals um die eigene Achse drehte und alles bestaunte. Ich genoss das Gefühl, mit meiner Idee ins Schwarze getroffen zu haben.

Schließlich räusperte ich mich. „Das ist nicht das, was ich dir zeigen wollte."

„Nicht? Diese Straße war schon die gesamte Fahrt wert. Was wolltest du mir dann zeigen?", fragte sie neugierig.

„Ich habe deinen enttäuschten Gesichtsausdruck gesehen, als du im Café diesen Witz von Croissant angeschaut hast. Deshalb habe ich beschlossen, dass wir etwas Richtiges essen müssen – und dafür gibt es keinen besseren Ort als den weltberühmten Camden Market."

Wie zur Bestätigung stieß ihr Magen in diesem Moment ein tiefes Knurren aus. Da hatte ich wohl ins Schwarze getroffen.

Es roch nach gebratenem Steak und Pommes, als wir uns dem Camden Market näherten. Auf dem Gelände war wie immer der Teufel los und die Touristen schlemmten sich durch die Stände mit Essen aus aller Welt. Marissas Augen wurden tellergroß vor Begeisterung, als sie sich umsah. „Smokey Pulled Pork, Tortillas, Dutch Pancakes, Chili Shack ...", zählte sie nacheinander auf, als wir an den Ständen vorbeiliefen. „Wie soll ich mich da bloß entscheiden?", fragte sie und die Verzweiflung war echt.

„Wir probieren einfach von allem etwas", schlug ich pragmatisch vor. Um die Stände herum war das Gedränge besonders groß. Als Marissa von einem Kerl mit Lederjacke angerempelt wurde und kurz strauchelte, griff ich spontan nach ihrer Hand. Erstaunt, aber nicht wütend blickte sie mich an.

„Damit du in dem ganzen Trubel nicht verloren gehst", erklärte ich mit einem schiefen Grinsen und ließ ihre Hand schnell wieder los. Dann wandte ich mich dem Typen in Lederjacke zu: „Pass gefälligst besser auf, wo du hinläufst!", blaffte ich und baute mich drohend vor ihm auf.

„Mach mal halblang, Kumpel, war keine Absicht", wiegelte dieser ab und zog eilig Leine.

„Womit wollen wir anfangen? Auf was hast du zuerst Lust?", fragte Marissa schnell, vermutlich um mich zu beschwichtigen.

„Das mexikanische Essen ist der Wahnsinn, lass uns damit anfangen. Als Zwischengang ein paar vegetarische Frühlingsrollen und zum Schluss die Dutch Pancakes, die sind einfach ein Muss."

„Klingt gut“, stimmte sie all meinen Vorschlägen zu und leckte sich die Lippen.

„Warte hier, ich besorge uns alles.“ Ich reihte mich in eine der Schlangen ein, während sich Marissa im Schatten einer Buche auf dem Boden niederließ. Der Sommer gab heute noch einmal alles und ließ uns so kräftig schwitzen, dass ich bald meine Jacke auszog. Ganze zehn Minuten musste ich anstehen, bis ich endlich zwei saftige Burritos und vier Frühlingsrollen vor Marissa ablegte. „Hier, iss, solange sie noch warm sind.“

Das ließ sie sich nicht zweimal sagen. Sie biss ein großes Stück von ihrem Burrito ab und verzog verzückt den Mund. „Die sind ja fantastisch!“ Beherzt aß sie weiter und ich stellte erstaunt fest, dass ich noch niemals mit einem Mädchen unterwegs gewesen war, das mit so viel Begeisterung gegessen hatte. Entweder stocherten sie in ihren winzigen Portionen herum oder bestellten sich direkt einen faden Salat, auf dem sie den ganzen Abend lustlos herumkauten. Marissa hingegen ließ es sich schmecken und so langte auch ich kräftig zu.

„Also, was hast du bereits von London gesehen?“, fragte ich sie, als wir schließlich satt und zufrieden die leeren Krümel von unseren Papptellern leckten.

„Bislang nicht viel. Ich war beschäftigt“, gestand sie mit einem verlegenen Lächeln.

Ich grinste und wollte sie etwas ärgern. Ein bisschen Spaß musste sein. „Womit denn?“, fragte ich und sah sie so unschuldig an, dass sie laut auflachte. In der nächsten Sekunde landete ein spitzer Ellenbogen in meiner Seite und ich keuchte vor Schreck und Schmerz auf. Zimperlich war sie wirklich nicht!

„Das weißt du doch. Mit dir und so ... Damit, dich zu finden und zu überzeugen, endlich mit mir zu reden.“

Schlagartig wurde ich ernst. „Hat es dir geholfen? Also, dass wir über den ganzen Mist geredet haben?“

Ihr Blick war so überrascht, als hätte ich sie gerade nach der Farbe ihres Höschens gefragt. Offenbar hatte sie nicht erwartet, dass es mich interessieren würde, wie es ihr ging. Doch zu meinem eigenen Erstaunen tat es das tatsächlich. Normalerweise redete ich nicht über diesen Gefühlskram, schon gar nicht mit Frauen. Aber Marissa hatte mich damit vom ersten Augenblick an ins kalte Wasser geworfen. Seit dem Moment, als sie vor meiner Tür stand, war es ausschließlich um Gefühle gegangen: ihre, meine, unsere.

Nachdenklich stützte sie das Kinn in die Handfläche und ließ den Blick für ein paar Momente in die Ferne schweifen, bevor sie mir antwortete: „Ich fühle mich irgendwie gelöster. Frei. Ja, das ist das richtige Wort. Es fühlt sich an, als hätte ich eine Tonne Ballast abgeworfen."

Ein scharfer Stich fuhr mir ins Herz. Sie redete von mir und wer war schon gerne der Ballast, den man loswerden wollte? Schnell sprang ich auf. „Ich brauche eine Portion Zucker. Was ist mit dir?"

„Für Zucker bin ich immer bereit", stieß sie so voller Inbrunst aus, dass ein Lachen tief aus meinem Bauch heraus rollte. Es war ungewohnt, und überrascht stellte ich fest, dass ich bereits seit einer Ewigkeit nicht mehr richtig gelacht hatte – tatsächlich konnte ich mich nicht mehr an das letzte Mal erinnern.

Kopfschüttelnd bahnte ich mir einen Weg durch die Menge, um eine Runde Dutch Pancakes für uns zu besorgen.

Wir verbrachten den gesamten Nachmittag in Camden Town, stöberten in den kleinen Läden und Kleiderständern, die überall am Straßenrand aufgebaut waren. Dass ich ausgerechnet mit Marissa Spaß haben konnte, verwirrte mich immer mehr. Doch genau so war es. Sie besaß das Talent, aus dem hintersten Winkel eines abgewrackten Trödelladens die unglaublichsten Dinge ans Tageslicht zu befördern, die sie mir mit stolzem Gesichtsausdruck präsentierte.

„Das kommt von den vielen Flohmarktbesuchen – jahrelanges Training", klärte sie mich mit einem Augenzwinkern auf.

Ich warf einen Blick auf ihre riesige Tasche, die sich immer weiter mit eroberten Schätzen füllte und die beinahe überzuquellen drohte. Das war noch so etwas, was Marissa von den anderen Mädchen unterschied, die ich kannte. Jede von ihnen ging grundsätzlich nur mit einer winzigen Handtasche irgendeiner Luxusmarke aus dem Haus. Ich hatte mich schon immer gefragt, was zur Hölle sie darin herumtrugen? Eine Briefmarke? Oder einen Stift? Die abgewetzte, große Ledertasche, die Marissa trug, würden sie vermutlich nicht einmal mit der Kneifzange anfassen. Aber mir gefiel sie irgendwie, sie hatte einen ganz speziellen Charme.

Als sich die Sonne langsam verabschiedete, war es Zeit, unseren gemeinsamen Ausflug zu beenden. Wir machten uns zurück auf den Weg zur nächsten Underground-Station und plötzlich drückte Marissa sanft meinen Arm. „Danke für den schönen Tag, Jakob. Ich meine es ernst. Ich hätte niemals gedacht, dass wir beide so viel Spaß miteinander haben können, wenn wir uns einmal nicht gegenseitig die Köpfe einschlagen."

Verdammt, ja, das hatte ich auch nicht für möglich gehalten. Deshalb wollte ich auch nicht, dass der Tag hier und jetzt zu Ende ging, wurde mir schlagartig klar. Ich setzte eine geheimnisvolle Miene auf und sagte: „Das war noch nicht alles."

Doch Marissa schüttelte den Kopf. „Es ist schon spät und ich sollte langsam nach Hause. Die Mädels machen sich bestimmt schon Sorgen, dass ich vom großen bösen Wolf gefressen wurde."

In diesem Moment verstand ich nicht einmal selbst, warum ich es nicht einfach gut sein lassen konnte. „Du kannst jetzt aber noch nicht nach Hause", strömten die Worte aus meinem Mund, bevor ich genauer darüber nachdenken konnte.

Marissa hob die Augenbraue angesichts meines Befehltons.

„Man kann nicht in London gewesen sein, ohne diese eine Sache gemacht zu haben. Ich wäre ein schlechter Reiseführer, wenn ich das zulassen würde", schob ich deshalb schnell hinterher.

„Was denn für eine Sache?" Neugier blitzte in ihren Augen auf und ich sah meine Chance gekommen, sie zum Bleiben zu überreden.

„Um das zu erfahren, musst du mir vertrauen und mit mir mitkommen."

Die Zweifel auf ihrem Gesicht waren so grell wie Leuchtreklame; mir zu vertrauen hatte sich in der Vergangenheit nicht besonders bewährt, warum sollte sie es jetzt tun? Doch letztendlich siegte die Neugier und zufrieden sah ich zu, wie sie sich einen Ruck gab und nickte. „Gut, ich komme mit. Aber ich warne dich, Jakob, keine Spielchen!"

„Das würde ich niemals tun." Ich legte mir eine Hand auf die Brust und sah sie treuherzig an, doch Marissa verdrehte nur genervt die Augen.

„Komm endlich", forderte sie mich auf und stieg in die nächste Tube ein.

Kapitel 27

Marissa

Tiefe Dunkelheit hatte sich bereits über die Stadt gesenkt, als wir aus der Underground-Station ins Freie traten.

„Waterloo Station?“, fragte ich ratlos, da ich keine Ahnung hatte, was wir hier wollten. Doch Jakob zuckte nur mit den Schultern und lief voraus. Fröstelnd zog ich meine Jacke enger um die Schultern, denn von der warmen Mittagssonne war nichts mehr zu spüren. Dann folgte ich ihm.

„Wir sind gleich da, keine Sorge.“ Jakob schien meine Ungeduld zu spüren.

War das denn ein Wunder? In Camden Town hatte die Sonne geschienen und wir waren von zahlreichen Menschen umgeben. Doch jetzt im Dunkeln allein mit ihm unterwegs zu sein, war noch einmal eine ganz andere Sache. Hier wirkten seine starken Arme und der muskulöse Körper plötzlich bedrohlich. Wenn er wollte, hätte er leichtes Spiel mit mir gehabt, keine Frage.

„Entspann dich, ich bin kein Serienkiller“, scherzte er.

Das war einfacher gesagt als getan, vor allem wenn ich nicht einmal wusste, wohin wir gingen. Kurz flammte die vertraute Panik in mir auf, doch auf einmal breitete sich das Ufer der Themse vor uns aus und meine herumwirbelnden Gedanken legten eine Vollbremsung hin. Staunend trat ich dicht an die Brüstung heran, die das Ufer umgab und ließ meinen Blick über den Fluss schweifen, der in der Dunkelheit so friedlich wirkte. Keine Schiffe waren zu sehen und das Wasser plätscherte in sanften Wellen an das Ufer.

Unbemerkt war Jakob neben mich an die Brüstung getreten. Er stand so dicht bei mir, dass ich seinen Arm durch die Jacke fühlen konnte.

„Wunderschön, oder?", fragte er und seine Stimme klang so rau, dass ich ihn überrascht anblickte. Es wirkte beinahe so, als würde ihm dieser Ort etwas bedeuten.

„Ich bin gerne abends hier. Es hört sich seltsam an, aber diese Stadt gibt mir ein Gefühl von Geborgenheit, das ich zuhause nie hatte."

Jakob hielt den Blick fest auf die andere Seite des Ufers geheftet, während er redete. Es brachte mich immer noch aus der Fassung, wenn plötzlich dieser „andere" Jakob auftauchte. Dieser hatte Gefühle und Gedanken, die tiefer gingen, als ich es je für möglich gehalten hatte. Es war, als würde er es beinahe genießen, sie mit mir zu teilen. Als gäbe es sonst niemanden auf der Welt, den es interessierte, was er sagte oder dachte. Kein Wunder bei der schlimmen Geschichte mit seinem Vater. Nachdem er sie mir erzählt hatte, war etwas passiert, mit dem ich niemals gerechnet hatte: Ich konnte diesen verletzlichen kleinen Jungen von damals spüren. Meine Wut auf ihn hatte seitdem spürbar abgenommen und etwas Neuem, Unerwartetem Platz gemacht: Mitgefühl.

„Wir müssen uns beeilen, bevor es schließt", riss er mich aus meinen Gedanken.

„Bis was schließt?", fragte ich verwirrt.

„Na, das Riesenrad." Jakob zeigte grinsend nach links und erst da nahm ich das monströse Rad wahr, das träge seine Kreise am Londoner Abendhimmel zog. Ich war so gebannt von allem gewesen, dass ich es nicht einmal bemerkt hatte – dabei leuchtete es wie eine Million Glühwürmchen in der Nacht.

Jakob zupfte mich ungeduldig am Ärmel. „Komm schon, wir müssen die letzte Runde erwischen."

Fassungslos starrte ich zuerst das Riesenrad an, dann Jakob. „Du bist doch verrückt." Ich lachte.

Wie auf ein geheimes Zeichen rannten wir beide los und erreichten keuchend den Ticketschalter.

„Erste", rief ich und beugte mich bereits über den Tresen, als Jakob ebenfalls eintraf.

Der Mann an der Kasse blickte uns belustigt an und schob dann zwei Karten über den Schalter. „Glück gehabt, letzte Runde für heute", brummte er gutmütig und zwinkerte mir zu. „Treibt es nicht zu doll da oben. Ich könnte euch Geschichten erzählen ..."

Abwehrend hob ich die Hände. „Wir sind kein Paar! Deshalb wird da oben auch nichts passieren, Sie können ganz unbesorgt sein", versicherte ich schnell.

Als ich Jakob sein Ticket geben wollte, sah ich, dass er sich nur mühsam ein Lachen verkniff. Ich boxte ihn fest in die Seite. „Hör sofort auf, so dämlich zu grinsen!"

„Aua", rief er extra laut und rieb sich die Seite, während sein Lächeln immer breiter wurde.

Ich verdrehte die Augen und reihte mich in die Warteschlange ein, die zum Glück überschaubar war. Als eine der verglasten Gondeln bereit zum Einstieg war, reichte mir Jakob die Hand, um mir hinein zu helfen.

Außer uns stieg nur noch ein weiteres Pärchen zu und begann, wie wild zu knutschen. Hilfe, das hatte der Kassierer also gemeint! Peinlich berührt trat ich näher an die Glasscheibe heran, doch durch die ungewohnte Bewegung der Gondel wurde mir kurz schwindelig. Ich sah mich bereits auf dem Boden liegen, als sich ein Arm fest um meine Hüfte legte und mich somit vor dem drohenden Fall rettete.

„Gut festhalten", knurrte Jakob so dicht neben mir, dass ich sein Aftershave riechen konnte.

Schnell wandte ich mich wieder der Aussicht zu, bevor er sah, dass ich unter seiner Berührung rot geworden war. Die Gondel gewann immer mehr an Höhe und ließ die Stadt wie ein Miniaturbild unter uns wirken. Die Lichter der Häuser und Straßenlaternen funkelten wie kleine Sterne.

Jakobs Mund befand sich plötzlich ganz nah an meinem Ohr, als er auf einen Punkt in der Ferne deutete. „Dort hinten siehst du den Trafalgar Square. Und hier den Buckingham Palace. Kannst du es erkennen?"

„Da ist der Tower!", schrie ich vor Begeisterung so laut auf, dass Jakob zurückzuckte und sich die Hand auf sein Ohr presste. „Du sollst mich nicht umbringen!"

Ups! Selbst das Paar hinter uns hielt für einen Moment erschrocken in seiner Knutscherei inne, um mich wütend anzublicken.

Jakob entpuppte sich als fantastischer Reiseführer, der mir nicht nur die Namen der ganzen Sehenswürdigkeiten nannte, sondern zu jeder auch eine kleine Geschichte aus dem Ärmel schüttelte. Von mir aus hätte die Fahrt noch ewig dauern können, viel zu schnell war sie zu Ende. Beinahe enttäuscht stieg ich aus der Gondel, als wir wieder unten ankamen.

„Das war jetzt wirklich der letzte Programmpunkt für heute. Komm, ich bringe dich schnell zur U-Bahn." Jakob setzte sich bereits in Bewegung, als ich ihn am Ärmel festhielt, um ihn zurückzuhalten.

„Können wir noch kurz zum Big Ben laufen?", bat ich ihn. „Den wollte ich schon immer mal sehen und er ist hier ganz in der Nähe." Mir war bewusst, dass ich mich wie eine verrückte Touristin benahm, doch Jakob schien es nicht zu stören. Ohne zu zögern, stimmte er zu und gemeinsam liefen wir an der Themse entlang, bis wir die Westminster Bridge erreichten. Im Hintergrund ragte bereits der Big Ben auf, dessen Beleuchtung in der Dunkelheit funkelte. Live und in Farbe sah er noch viel eindrucksvoller aus als auf der Postkarte, die zuhause am Kühlschrank der WG klebte.

„Danke", entfuhr es mir spontan. Ich fühlte mich so überwältigt von diesem Tag und den ganzen Erlebnissen, dass ich Jakob in einer spontanen Aktion einfach um den Hals fiel. Einen Tag wie heute hatte ich schon lange nicht mehr erlebt. Bislang hatten meine starren Strukturen im Unialltag mich so sehr beansprucht, dass kaum Zeit blieb, sich einfach nur treiben zu lassen. Das Leben zu genießen und es mit allen Sinnen zu spüren. Nachdem ich einmal den Schritt gewagt und meine Komfortzone verlassen hatte, war ich beinahe süchtig nach dem Neuen und Aufregenden geworden. Je mehr ich vom Leben kostete, umso mehr sehnte ich mich danach, meine selbst gesteckten Grenzen zu vergrößern. Ohne mir etwas dabei zu denken, drückte ich Jakob in einem Impuls fest an mich. Doch als ich spürte, wie er sich in meinen Armen versteifte, ließ ich ihn schnell los. Um den Sicherheitsabstand wiederherzustellen, trat ich einen Schritt zurück und schaute ihn unsicher an. Hoffentlich hielt er mich nicht wieder für eine verrückte Irre.

Doch mit einem einzigen Schritt war er wieder bei mir. Er krallte die Hände in meine Jacke und zog mich mit einer ruckartigen Bewegung so dicht an sich heran, dass ich seinen warmen Atem auf meiner kalten Haut spüren konnte. Seine eisblauen Augen waren ganz nah und bevor ich überhaupt wusste, was hier gerade geschah, pressten sich seine Lippen fest auf meine. Vor Überraschung keuchte ich erschrocken auf, denn das war das Letzte, womit ich gerechnet hatte! Der Geruch nach Minze vernebelte mir die Sinne und ich erwiderte seinen Kuss beinahe fieberhaft. Mit den Händen zerzauste ich seine Haare, während er mich immer noch festhielt, als wollte er mich um keinen Preis der Welt wieder loslassen.

„Adrian", schoss es mir plötzlich durch den Kopf und ich erschrak so sehr, dass ich Jakob heftig zurückstieß und ihn panisch anblickte.

„Es tut mir leid", keuchte dieser atemlos.

Das Chaos in mir entwickelte sich zu einem Sturm und plötzlich schossen mir Tränen in die Augen. „War das von Anfang an geplant?", rief ich verzweifelt, während ich mich haltsuchend an das Geländer der Westminster Bridge klammerte. „War das wieder einer deiner hinterhältigen Pläne, Jakob? Du verbringst einen schönen Tag mit mir und gibst dich als netter Kerl aus. Und gerade in dem Moment, wenn ich glaube, dass du dich tatsächlich geändert hast, küsst du mich. Wolltest du danach bei deinen Freunden damit angeben, dass du die Rothaarige aus der Schule rumgekriegt hast? War das dein Plan?"

Verwirrung zeichnete sich auf seinem Gesicht ab, doch ich wusste nicht, ob sie echt war oder nur gespielt. Momentan war ich mir bei gar nichts mehr sicher, und ich traute weder ihm noch mir selbst über den Weg.

„Nein, Marissa, ich schwöre! Ich hatte überhaupt keinen Plan für heute und schon gar nicht, dich zu küssen. Es ist einfach so passiert, ich weiß nicht einmal, warum ich das gerade getan habe." Immer wieder fuhr er sich durch die ohnehin schon verstrubbelten Haare und für einen Moment lang war ich versucht, ihm tatsächlich zu glauben.

Doch dann waren wie auf Knopfdruck alle schlimmen Erinnerungen zurück, die mit Jakob verbunden waren. Was er mir angetan hatte und wie er es genossen hatte, mir weh zu tun. Schlagartig wurde mir klar, dass es keinen einzigen Grund gab, warum ich ihm glauben sollte. Alles, was er mir bislang zugefügt hatte, war Schmerz. Warum sollte es gerade jetzt anders sein?

„Fahr doch zur Hölle, Jakob, du hast dich kein bisschen geändert. Du kannst dich überhaupt nicht ändern, auch wenn ich es noch so sehr glauben wollte."
Ein verzweifelter Schluchzer drang mir aus der Kehle
und ich schlug mir schnell die Hand vor den Mund. Die
ersten Passanten wurden bereits auf unser kleines
Drama aufmerksam, doch es war mir egal. Genauso wie
mir Jakob egal war. Mein Herz hatte so sehr glauben
wollen, dass er ein anderer Mensch geworden war.
Aber niemand konnte in so kurzer Zeit eine solche
Kehrtwende hinlegen. Ich hätte bereits stutzig werden
müssen, als er den gemeinsamen Tag vorgeschlagen
hatte.

„Das kommt davon, wenn man sich zu nah an den Abgrund wagt", dachte ich bitter. „Ein kleiner Stoß genügt
und du bist rettungslos verloren." Jetzt war es an der
Zeit, mich selbst zu schützen. „Ich finde selbst nach
Hause", sagte ich kalt. Bevor er mich aufhalten konnte,
rannte ich bereits davon. Hinein in die Dunkelheit, hinein in die Nacht, wo er mich niemals wiederfinden
würde.

Kapitel 28

Jakob

„Du musst mich reinlassen, Marissa!" Energisch hämmerte ich gegen die Zimmertür im Hostel. „Bitte", fügte ich leiser hinzu.

„Ich muss überhaupt nichts!", schrie es von innen und sie hatte leider recht.

Was zum Teufel hatte ich mir nur dabei gedacht, sie zu küssen? Nach ihrer Umarmung mitten auf der Westminster Bridge hatte mein Verstand einfach ausgesetzt. Normalerweise küsste ich Frauen wie Charlotte oder Christy, aber doch nicht Marissa! Seit wann stand ich denn auf rothaarige, sommersprossige Pummelchen? Okay, aus dem Pummelchen von früher waren mittlerweile sehr ansehnliche Kurven geworden. Trotzdem erklärte all das nicht den Zustand geistiger Verwirrung, in dem ich mich befand, seit Marissa in London aufgetaucht war. Auch wenn sich alles in mir dagegen sträubte, es zuzugeben: Der Kuss war grandios gewesen. Und Marissa stocksauer ...

Ich hatte ihr extra eine Nacht Zeit gegeben, um sich zu beruhigen, bevor ich bereits im Morgengrauen zu ihrem Hostel gestiefelt war. Die Frau an der Rezeption hatte mich mit scharfem Blick gemustert, als ich in meinem labbrigen Sweater und vom Schlaf zerstrubbelten Haaren vor ihrem Tresen aufgetaucht war. Doch wenn ich wollte, konnte ich unglaublich charmant sein! Nur fünf Minuten später hatte ich Marissas Zimmernummer in der Tasche und einen Fan mehr.

„Ich werde nicht weggehen, bevor du mit mir redest“, drohte ich ihr mit denselben Worten, die sie vor kurzem noch zu mir gesagt hatte. Was für eine Ironie! Schon setzte ich erneut die Faust an, um zu klopfen, als sich die Tür ruckartig öffnete.

„Bist du der Türsteher oder was?“, blaffte ich das Mädchen mit den kurzen schwarzen Haaren an, das sich drohend im Türrahmen aufbaute. „Ich will nicht zu dir, sondern zu Marissa und jetzt geh mir aus dem Weg!“

Doch das Mädchen dachte gar nicht daran, sich von mir einschüchtern zu lassen. Energisch tippte sie mit dem Zeigefinger auf meine Brust und ich wich unwillkürlich einen Schritt zurück. Ihre Augen funkelten gefährlich, als sie mich voller Wut anblitzten. „Du hast hier erstmal gar nichts zu wollen, mein Lieber. Wir kennen alle deine Schandtaten und lassen nicht zu, dass du Marissa noch einmal verletzt. Also halte gefälligst den Ball flach oder besser noch: Zieh Leine!“

Ich setzte gerade zu einer Erwiderung an, als Marissa neben ihr im Türrahmen erschien. Sie sah furchtbar aus, mit verknoteten Haaren und vom Weinen verquollenen Augen. „Lass es gut sein, Becky“, sagte sie müde. „Diesen Kerl wird man so leicht nicht los, ich spreche aus Erfahrung.“ Dann wandte sie sich mir zu und ich zuckte regelrecht zusammen unter dem eiskalten Blick, den sie mir zuwarf. „Also, hier bin ich. Du kannst aufhören, das komplette Hostel zusammenzuschreien. Was willst du?“

„Mit dir reden, alleine“, flehte ich. „Das war alles ein großes Missverständnis und ich will es dir erklären.“

Das andere Mädchen, Becky, stieß ein empörtes Schnauben aus, doch hielt zum Glück den Mund. Ich stellte mich bereits auf Widerstand ein, doch zu meiner Überraschung nickte Marissa.

„Von mir aus. Ich bin zu müde zum Streiten. Heute Nacht habe ich kaum geschlafen und in fünf Stunden geht mein Flieger nach Hause. Sag mir, was du zu sagen hast, und danach verschwindest du ein für alle Mal aus meinem Leben. Deal?"

In fünf Stunden würde sie London verlassen? Ich spürte ein Gefühl in meiner Brust aufsteigen, das verdammt nah an Panik grenzte. Doch warum kratzte es mich überhaupt, dass sie wieder wegging? Ich wollte sie niemals hierhaben und nun bekam ich das große Flattern beim Gedanken daran, sie nie mehr wiederzusehen? Mittlerweile verstand ich mich selbst nicht mehr. Das Einzige, was ich wusste, war, dass ich die Sache mit dem Kuss klarstellen musste, und zwar sofort. „Kommst du bitte mit nach draußen? Ich möchte keine Zuhörer", bat ich sie deshalb und bemühte mich um einen halbwegs freundlichen Gesichtsausdruck in Richtung Becky. Deren grimmige Miene erweichte sich allerdings um keinen Millimeter.

Marissa seufzte resigniert. Doch dann trat sie einen Schritt ins Freie und schloss die Tür hinter sich, bevor sie sich mit dem Rücken an die Wand des Hotelflurs lehnte. Ich hatte mit Wut gerechnet, doch ich fand lediglich eine tiefe Erschöpfung in ihren Gesichtszügen. „Ich bin müde, Jakob. Kannst du mir endlich sagen, was du sagen willst, und dann wieder verschwinden? Ich muss noch meine Sachen packen und schlafe beinahe im Stehen ein. In ein paar Stunden bist du mich für immer los, das wolltest du doch."

„Ich will nicht, dass du gehst", platzte ich heraus. In dem Moment, als ich die Worte laut aussprach, wusste ich, dass sie wahr waren. Ich hatte mich noch nie so glücklich und zufrieden gefühlt wie gestern und der Kuss war lediglich die notwendige Konsequenz gewesen. Es war weder ein Unfall noch Manipulation. Marissa hatte etwas in mir verändert und ich wäre ein Narr, wenn ich nicht zumindest versuchen würde, herauszufinden, was das war.

Ihre rechte Augenbraue schoss innerhalb einer Millisekunde in die Höhe, von Müdigkeit keine Spur mehr. Langsam näherte sie sich mir und ich trat unwillkürlich einen Schritt zurück. Der plötzliche Zorn in ihren Augen erschreckte mich. „Du willst nicht, dass ich gehe? Sag mal, tickst du nicht mehr ganz richtig, Jakob Anderson? Hast du etwa Angst, dein Spielzeug zu verlieren? Fürchtest du, dass dir langweilig wird ohne mich? Da kann ich dich beruhigen, hier gibt es bestimmt noch Dutzend andere Frauen, die denselben Fehler begehen wie ich und sich mit dir einlassen." Sie drängte mich immer weiter in die Defensive und ich konnte spüren, dass sie kurz davor war, die Beherrschung zu verlieren.

„So ist es nicht." Ich versuchte, nach ihrer Hand zu greifen, doch sie schlug sie einfach weg. „Andere Frauen interessieren mich nicht. Nicht mehr. Und du bist kein Spielzeug für mich, das musst du mir einfach glauben."

Sie schnaubte ungläubig. „Und was war mit dem Kuss gestern? War das echt oder nur gespielt?" Auf einmal klang sie so verletzlich, dass mein ganzer Körper danach schrie, sie in den Arm zu nehmen. Doch ich beherrschte mich. Hier war Vorsicht gefragt, wie bei einem verängstigten Tier.

„Ich weiß nicht, warum ich dich geküsst habe", gestand ich ehrlich. „Aber ich weiß, dass das Ganze kein Spiel für mich ist. Gestern war einer der schönsten Tage in meinem Leben. Mit dir habe ich mich zum ersten Mal seit langem wieder glücklich gefühlt. Als du mich dann umarmt hast, da hat irgendwie mein Verstand ausgesetzt." Der Knackpunkt war: Ich wusste selbst noch nicht einmal, was da gerade zwischen uns passierte. Ich wusste nur, dass sie jetzt nicht abreisen durfte.

Ich sah die Zweifel in ihren Augen bei meinen Worten. „Warum sollte ich dir das glauben? Nenn mir nur einen einzigen Grund und ich bleibe."

Ich schwieg, denn tatsächlich gab es kein Argument, das ich zu meinen Gunsten anführen konnte.

„Da siehst du es", sagte sie triumphierend. „Weil es keinen Grund gibt. Du hast mich immer nur belogen und benutzt, Jakob. Warum sollte es jetzt anders sein?"

„Weil es so ist", rief ich verzweifelt. Wie sollte man jemanden überzeugen, der bereits felsenfest von meiner Schuld überzeugt war? Es gab nur eine einzige Möglichkeit, das wurde mir jetzt klar. Langsam und bedächtig trat ich näher an sie heran. Ich roch ihr Lavendelshampoo und sah jede noch so kleine Sommersprosse, die auf ihrer Nase tanzte. Je näher ich kam, umso mehr Unsicherheit leuchtete in Marissas Augen auf. Gut so! Langsam aber sicher gewann ich die Kontrolle über die Situation zurück. Mutig geworden hob ich ihr Kinn sanft mit einem Finger an und zwang sie, mir direkt in die Augen zu sehen. „Wir wissen beide, dass du mir nicht glauben willst." Marissa schluckte trocken. „Wir beide wissen aber auch, dass mehr zwischen uns ist, als du dir eingestehen willst. Du hast den Tag gestern mit mir genossen, gib es zu: Camden Market, London Eye und vor allem den Kuss."

Energisch schüttelte sie den Kopf.

„Sturkopf!", fuhr ich sie beinahe zärtlich an. Doch sie dachte gar nicht daran, nachzugeben. Also musste ich zum letzten Mittel greifen, das mir noch blieb. Bevor sie etwas dagegen unternehmen konnte, versiegelte ich ihre warmen, weichen Lippen mit meinen. Während unser Kuss gestern überrascht und beinahe hektisch gewesen war, legte ich nun alles, was ich ihr sagen wollte, aber nicht konnte, in diesen einen Kuss. Sanft knabberte ich an ihrer Oberlippe, bevor meine Zunge ihren Mund eroberte. Immer weiter drückte ich sie mit meinem Körper an die Wand und vergrub die Finger in ihren feuerroten Haaren. Marissa gab einen kleinen Seufzer von sich und er klang wie das Schönste, was ich jemals gehört hatte. Mit Worten konnte ich sie nicht überzeugen, das war mir nun klar geworden. Zu oft schon hatte sie sich Lügen und Gemeinheiten aus meinem Mund anhören müssen. Kein Wunder, dass sie mir kein Wort mehr glaubte. Meine einzige Möglichkeit bestand darin, sie mit diesem einen Kuss zu überzeugen. Deshalb küsste ich sie, bis mir beinahe schwindelig wurde – und bis Marissa mir eine schallende Ohrfeige verpasste. Sie stieß mich so heftig von sich, dass ich ein paar Schritte zurücktaumelte.

„Das war es wert", brummte ich und hielt mir die schmerzende Wange. Dann wartete ich. Auf Schreie, Vorwürfe, Wut. Doch nichts davon kam. Stattdessen stand Marissa stumm da, die Augen weit aufgerissen.

„Glaubst du mir jetzt?", fragte ich heiser.

„Was ist das zwischen uns?" Ihre Stimme war lediglich ein Flüstern, als sie hinzufügte. „Was wäre, wenn ich bleibe? Wie würde das funktionieren?"

Das war eine gute Frage, über die ich mir noch keine Gedanken gemacht hatte. Überfordert fuhr ich mir durch die Haare. „Ich weiß es nicht", gab ich ehrlich zu. „Aber ich weiß, dass etwas zwischen uns ist. Wir können das nicht einfach ignorieren und zur Tagesordnung übergehen, so als wären die letzten Tage niemals passiert. Sag mir eines: Könntest du heute zurückfliegen und einfach so mit deinem alten Leben weitermachen? Zu deinem Freund ins Bett kriechen und dabei nicht an mich denken? Oder würden dich die Gedanken an mich überallhin verfolgen, bis sie schließlich deine Beziehung und irgendwann auch dich selbst zerstören würden?"

Als ich ihren Freund erwähnte, zuckte sie zusammen und ich spürte, dass ich einen Nerv getroffen hatte.

Schnell sprach ich weiter: „Alles, was ich will, ist eine Chance. Wir wissen nicht, wohin das mit uns führen wird. Wir wissen noch nicht einmal genau, was das zwischen uns ist. Aber wir können es nicht einfach ignorieren."

„Du hast recht", flüsterte sie nach einer gefühlten Ewigkeit, in der ich unbewusst den Atem angehalten hatte. „Irgendetwas ist da."

Hoffnung durchströmte mich, doch in ihren Augen lagen noch immer so viele Zweifel.

„Ich weiß nicht, ob ich dir jemals vertrauen kann. Es ist zu viel passiert zwischen uns."

Ich griff nach ihren Händen. „Gib mir eine Woche. Wenn du danach sagst, dass es nicht funktioniert, dann lasse ich dich gehen. Ich verspreche es. Aber du musst uns eine Chance geben." Eindringlich blickte ich ihr in die Augen.

Sie zögerte eine Sekunde und als sie schließlich nickte, stieß ich einen kleinen Seufzer der Erleichterung aus.

„Gut. Ich gebe uns eine Woche. Wenn ich auch nur den kleinsten Grund zu der Annahme habe, dass du mein Vertrauen missbrauchst, bin ich weg und du siehst mich nie wieder."

Es war ihr bitterer Ernst, das spürte ich. Das hier war meine letzte Chance und wenn ich sie verspielte, hatte ich Marissa für immer verloren. Eine zweite Chance würde es nicht geben. Ich holte tief Luft. „Das ist alles, was ich will."

„Vermassele es nicht, Jakob, bitte", flüsterte sie leise und und ich betete zu Gott, dass ich nur einmal in meinem Leben etwas richtig machen würde.

Kapitel 29

Marissa

Nachdem ich zugestimmt hatte, Jakob noch eine Chance zu geben, schmiss ich ihn erstmal hochkant aus dem Hostel raus. Ich brauchte dringend Ruhe, um mir über alles klar zu werden, und dafür war Abstand nötig. Sobald ich in seiner Nähe war, schienen meine Hormone verrückt zu spielen und der Kuss hatte nicht gerade zu ihrer Beruhigung beigetragen. Nein, ich durfte jetzt nicht an diesen fantastischen Kuss denken, bei dem sich alles in mir zusammenzog und ich kurz davor war zu hyperventilieren. Es war wichtig, dass ich einen kühlen Kopf behielt, und deshalb musste Jakob erst einmal aus meinem Sichtfeld verschwinden. Auch die Mädels waren in der Zwischenzeit zu einem Sightseeing-Trip aufgebrochen, wofür ich gerade sehr dankbar war. Ich konnte nicht denken, wenn mich drei Augenpaare dabei beobachteten.

„Adrian", war alles, an was ich denken konnte. Ich sah seinen braunen Wuschelkopf vor mir und wie er mich liebevoll anblickte. Das hatte er nicht verdient, nicht nachdem er mir immer so ein guter Freund gewesen war.

Jakob hatte recht. Etwas hatte sich in mir verändert und ich konnte es nicht länger leugnen. Nicht mir gegenüber und auch nicht vor Adrian. Zweimal hatte mich Jakob geküsst und zweimal hatte ich ihn weggestoßen. Früher hatte ich immer genau gewusst, was richtig und was falsch war. Fremdzuküssen war Betrug, aber was war, wenn man geküsst wurde? Und machte es einen Unterschied, wenn einem dabei das Herz explodierte? Letztendlich musste jeder selbst entscheiden, wann er seine Grenzen überschritt, und ich spürte, dass ich gerade gefährlich nah am Abgrund balancierte. Noch ein falscher Schritt und ich würde endgültig fallen und so weit wollte ich es nicht kommen lassen. Das war ich sowohl mir als auch Adrian schuldig. Jetzt war meine letzte Gelegenheit, die Dinge mit ihm fair zu regeln. Denn das musste ich. Auch in diesem Punkt hatte Jakob recht. Ich konnte nicht so einfach zurück zu Adrian fliegen und Jakob vergessen – auch wenn ich es mir noch so sehr wünschte. Mir brach das Herz beim Gedanken daran, Adrian weh zu tun. Während unserer Beziehung hatte es kaum ein böses Wort zwischen uns gegeben und wenn ich an ihn dachte, fühlte ich noch immer dieselbe Liebe wie bisher. Nichts daran hatte sich geändert. Das Einzige, was sich verändert hatte, war Jakob. Er hatte sich in mein Herz geschlichen und meine Gefühlswelt völlig durcheinandergebracht. Wenn ich an Adrian dachte, fühlte ich Ruhe und Sicherheit, während mein Herz beim Gedanken an Jakob komplett aus dem Takt geriet. Unter diesen Umständen konnte ich die Beziehung mit Adrian nicht einfach weiterführen, als wäre nichts passiert. Er hatte jemanden verdient, für den er der Einzige war. Ich hingegen hatte momentan nur ein großes Chaos zu bieten. Deshalb blieb mir nur eine einzige Möglichkeit ...

Adrian nahm nach dem dritten Klingeln ab. „Marissa, Schatz, schön, dass du anrufst. Wie geht es dir?" Seine Stimme klang so vertraut und fröhlich, dass sich alles in mir zusammenzog.
„Wie läuft es in Griechenland?", fragte ich leise.

„Super! Das Team ist toll und die Ausgrabungen sind spannend. Aber ich vermisse dich und kann es kaum erwarten, dich bald wieder in die Arme zu schließen."

Eine Träne rann mir die Wange hinab und ich strich sie beinahe zornig mit dem Finger weg. Ich wollte nicht weinen, schließlich war ich es, die Adrian gleich verletzen würde. Er war derjenige, der getröstet werden musste, nicht ich. Ich räusperte mich, um den Kloß im Hals loszuwerden. „Adrian, ich muss dir etwas sagen."

„Na klar, schieß los. Was gibt es?"

Stille. Nach einer gefühlten Ewigkeit gelang es mir endlich, die Worte herauszupressen, die ich niemals hatte sagen wollen. „Ich glaube, ich muss Schluss machen", krächzte ich.

In diesem Moment wollte ich nichts lieber, als mich in seine vertrauten Arme zu werfen, ihn zu küssen und ihm zu sagen, dass alles gut werden würde. Doch das würde es nicht – nie mehr.

„Was ist los, Marissa? Liegt es daran, dass ich nach Griechenland gegangen bin? Fühlst du dich einsam? Wenn es das ist, dann komme ich früher nach Hause."

Gequält schloss ich die Augen. Das war typisch Adrian, dass er die Schuld zuerst bei sich suchte. „Daran liegt es nicht. Du hast alles richtig gemacht, wirklich. Es liegt an mir."

„Gibt es einen anderen?", fragte er zögernd.

Ich wusste, dass ich ihm gleich das Herz herausreißen würde, aber es musste sein. Adrian hatte es verdient, dass ich ehrlich zu ihm war. Die Sache mit Jakob war nicht geplant und bislang war jeder Kuss von ihm ausgegangen. Dennoch wandelte ich haarscharf an meiner moralischen Grenze. Ich stand an einer Kreuzung und musste mir überlegen, welche Marissa ich sein wollte. Und die Marissa, die ich gewählt hatte, musste jetzt tapfer und vor allem ehrlich sein. „Die Wahrheit ist, dass ich nicht weiß, ob es einen anderen gibt. Ich hatte diese

Träume – von früher, von der Schule. Es ging um meinen Mitschüler Jakob, der mich ganz furchtbar behandelt hat. Plötzlich habe ich jede Nacht von ihm geträumt und irgendwann habe ich mich auf die Suche nach ihm gemacht. Als ich herausgefunden habe, dass er jetzt in London lebt, wusste ich mir nicht anders zu helfen, als hinzufliegen und mit ihm zu reden."

„Du bist in London?", tönte es entsetzt aus dem Handy.

„Ja", gestand ich. „Zunächst wollte ich mich nur mit Jakob aussprechen. Doch dann sind die Dinge außer Kontrolle geraten. Er hat mich geküsst, zwei Mal und ich habe es nicht verhindert." Wenn ich ehrlich sein wollte, dann auch richtig. „Er hat mich gefragt, ob ich etwas für ihn empfinde, und ich konnte nicht nein sagen. Weil ich es nicht weiß. Und ich kann jetzt nicht zurück nach Tübingen kommen, ohne eine Antwort auf diese Frage zu finden. Das bin ich uns allen schuldig, verstehst du das?", fragte ich verzweifelt.

Am anderen Ende der Leitung herrschte Stille. Kein Wunder bei alldem, was Adrian gerade verdauen musste.

„Gibt es noch einen Weg zurück?", fragte er leise.

„Ich weiß es nicht. Aber ich fürchte nicht. Selbst wenn sich herausstellt, dass ich nichts für Jakob empfinde, können wir beide nicht an derselben Stelle weitermachen wie bisher. Es ist zu viel passiert. Bitte warte nicht auf mich, Adrian. Ich will, dass du glücklich wirst. Du bedeutest mir so viel, das musst du mir glauben!" Die letzten Worte brachte ich nur unter Schluchzen hervor. Adrian war mir so wichtig, dass ich ihn nicht anlügen wollte. Ehrlich zu sein brach mir aber das Herz und es fühlte sich an, als hätte ich in jedem Fall verloren.

„Ich verstehe. Dann wünsche ich dir alles Gute, Marissa." Adrians Stimme klang eiskalt und ohne einen

Abschiedsgruß legte er einfach auf. Ich konnte es ihm nicht verübeln.

Meine mühsam aufrechterhaltene Beherrschung brach nun vollends zusammen. Ich legte mich aufs Bett und weinte. Niemals hatte ich gewollt, dass so etwas passierte. Ich wollte nichts lieber, als mir Jakob aus dem Herz und dem Kopf zu reißen, doch es ging einfach nicht. Man konnte seine Gefühle nur bis zu einem gewissen Grad kontrollieren, dem Rest stand man hilflos gegenüber. Wenigstens war mein Gewissen rein, auch wenn ich gerade den wichtigsten Menschen in meinem Leben verloren hatte, dachte ich bitter.

Glücklicherweise öffnete sich im selben Moment die Tür und die Mädchen kamen von ihrem Sightseeing-Trip zurück. Sofort eilten sie zu mir, als sie mein vom Weinen verquollenes Gesicht bemerkten. Also erzählte ich alles, was in den letzten Stunden passiert war: Von dem Gespräch mit Jakob, als er mich bat zu bleiben, seinem Kuss und meiner Trennung von Adrian.

Beckys Miene verfinsterte sich mit jedem Wort und sie knirschte bereits mit den Zähnen vor unterdrückter Wut.

„Was denkt dieser Typ nur, wer er ist?“, platzte es schließlich aus ihr heraus, als sie sich nicht länger zurückhalten konnte. „Dass er einfach so hier auftauchen und dich mit einem einzigen jämmerlichen Kuss zum Bleiben überreden kann? Denkt er, dass er mit einem Fingerschnippen alles bekommt, was er will? Ein einziges Mal läuft ihm eine Frau nicht hinterher und schon ist sein Jagdinstinkt geweckt? Typen wie den habe ich wirklich gefressen!“

„Vielleicht hat er sich tatsächlich geändert. Man sollte jedem Menschen eine zweite Chance geben“, warf Sue, die gute Seele, ein.

Doch Becky verschränkte nur abwehrend die Arme vor der Brust. Für sie gab es keinen Zweifel daran, dass sich jemand wie Jakob niemals ändern würde. Egal was er sagen oder tun würde, ihre Meinung stand fest.

„Das bringt doch alles nichts", schaltete sich nun auch Ellie in die Diskussion ein. „Marissa hat ihm eine Chance gegeben, sich zu beweisen, und wir sollten ihre Entscheidung akzeptieren. Wenn er es vergeigt, können wir ihn immer noch zum Teufel jagen. Du darfst dann höchstpersönlich den Feldzug gegen ihn anführen, Becky."

In Beckys Augen blitzte es auf. Bestimmt malte sie sich in diesem Moment die wildesten Mordphantasien aus, denn um ihren Mund lag die Spur eines Lächelns. „Gut, ihr habt recht. Er hat eine Woche Zeit. Wenn er sich bis dahin auch nur das Geringste zuschulden kommen lässt, dann murkse ich ihn eigenhändig ab."

Ich hatte keinen Zweifel daran, dass sie es bitterernst meinte. Nachdem alles geklärt war, fielen mir die Augen zu und ich ließ es willenlos geschehen. Als ich aufwachte, war das Zimmer leer. Im ersten Moment war ich erleichtert, allein zu sein. Keiner, der etwas von mir wollte. Niemand, der mich bedrängte. Doch mit der Stille kamen auch die Gedanken an das Chaos in meinem Leben zurück. Jakob und ich? Nüchtern betrachtet war das alles zu verrückt, um wahr zu sein.

Kapitel 30

Jakob

Mein ganzer Körper kribbelte vor unterdrückter Nervosität, als wir das kleine italienische Restaurant in Soho betraten. Ich liebte dieses Viertel heiß und innig, weil es der komplette Gegensatz zu den steifen Aristokratenvierteln war, in dem meine Freunde lebten. Alles hier war bunt, schillernd und authentisch – und einer der wenigen Orte im noblen London, zu dem ich mich komplett zugehörig fühlte.

Verdammt, das war mein erstes richtiges Date, wurde mir in diesem Moment schlagartig klar. Das hier war etwas komplett anderes als meine sonstigen Bettgeschichten, was den Druck nicht gerade reduzierte. Schließlich wollte ich beweisen, dass ich nicht der miese Kerl war, für den mich die ganze Welt hielt. Schweigend setzte ich mich auf meinen Stuhl und öffnete den Mund nur einmal kurz, um eine Calzone zu bestellen. Danach hypnotisierte ich das Zitronenbäumchen in einer Zimmerecke, weil ich nicht wusste, was ich sonst tun sollte. Ich konnte förmlich spüren, wie sich Marissa innerlich verkrampfte, weil ich nichts sagte. Stumm saßen wir uns gegenüber, sie spielte mit dem Salzstreuer, ich mit einer edlen Stoffserviette. Als das Essen endlich gebracht wurde, fühlte sich die Calzone wie Pappe in meinem Mund an – kein Wunder, wenn ich auf jedem Stück ungefähr hundertmal herumkaute. Verstohlen wagte ich einen Blick zu Marissa, die scheinbar vertieft die Lasagne auf ihrem Teller hin-

und herschob. Wenn der Abend nicht in einem völligen Desaster enden sollte, musste ich jetzt etwas tun. Irgendetwas, sonst war das Date gelaufen, bevor es auch nur angefangen hatte.

Ich räusperte mich. „Dein Pullover gefällt mir", begann ich zögernd. Gott, erbärmlicher ging es wirklich nicht mehr. Was war bloß aus mir geworden? Normalerweise wickelte ich jede Frau in Rekordgeschwindigkeit um den kleinen Finger. Na ja, ansonsten befanden sie sich auch nackt in meinem Bett und dort musste man definitiv weniger reden als im Restaurant.

Marissa blickte von ihrem Teller auf, erleichtert, dass ich das Wort ergriffen hatte. „Danke, ich mag ihn auch gerne, er hat so ein schönes Gelb."

„Darin siehst du aus wie Pumuckl. Der mit den feuerroten Haaren aus der Kindersendung, du weißt schon", rutschte es mir unbedacht heraus, bevor ich auch nur eine Sekunde darüber nachgedacht hatte.

Shit! Ich hatte noch nicht einmal den Mund geschlossen, da sah ich an ihrem fassungslosen Gesichtsausdruck, was ich da gerade gesagt hatte. Doch wieder einmal überraschte mich Marissa. Anstatt mir den schweren Pfefferstreuer an den Kopf zu knallen, brach sie in schallendes Gelächter aus. Sie lachte so laut, dass sich das halbe Restaurant neugierig nach uns umdrehte, während ihr die Tränen über die Wangen liefen.

„Es war nicht so gemeint", beteuerte ich schnell. „Der gelbe Pulli und deine roten Haare, da habe ich einfach das Erste gesagt, was mir in den Sinn gekommen ist. Sorry!"

„Schon gut." Lachend wischte sie sich eine Träne aus dem Augenwinkel. „Ich mag deine Ehrlichkeit, und du hast ja recht, die Ähnlichkeit ist unbestreitbar."

Sie legte die Hand auf meine und die Berührung brach den Bann, unter dem ich mich befand, seit wir das Restaurant betreten hatten. Erst jetzt spürte ich, unter welchem Druck ich gestanden hatte. Endlich schaffte ich es, den Mund aufzukriegen, um ein Gespräch zu beginnen. Marissa machte es mir zum Glück leicht. Immer wieder wanderte mein Blick ungläubig zu der rothaarigen Frau mit dem Gesicht voller Sommersprossen, die mir gegenüber saß. Ich war es nicht gewohnt, dass sich jemand aufrichtig und ernsthaft für mich und mein Leben interessierte. Doch sie gab mir das Gefühl, dass ich ihr wichtig war, und es fühlte sich ungewohnt, aber gut an. Nach und nach lockerte sich meine Zunge und ich erzählte ihr von meiner Leidenschaft für mein Studium, der Freundschaft mit Sam und dem Leben, das ich in London führte. Die zahlreichen One-Night-Stands sparte ich dabei großzügig aus, schließlich musste sie nicht jedes Detail kennen. Das Bild, das sie von mir hatte, war bereits schlecht genug. Sie hingegen erzählte mir, dass sie gerade an einem Projekt gegen Mobbing arbeitete. Staunend lauschte ich ihren Erzählungen und mir wurde immer bewusster, in welch starke Frau sich Marissa verwandelt hatte.

Dunkelheit hatte sich über die Straßen Sohos gesenkt, als wir satt und zufrieden das Restaurant verließen. Stumm liefen wir nebeneinander her, als ich plötzlich Marissas Hand in meiner spürte. Bevor ich wusste, was geschah, hatte sie mich bereits in eine kleine dunkle Seitengasse gezogen. Überrascht blickte ich sie an – was zum Teufel hatte sie vor? Doch ehe ich etwas sagen konnte, hatte sie bereits die Hände in meinen Jackenkragen gekrallt und meinen Kopf zu sich heruntergezogen. Mein Verstand meldete sich ab, als sie mich heftig küsste. All meine Sorgen und Zweifel waren plötzlich ausgelöscht und ich konzentrierte mich ganz auf diesen Kuss, der so wunderbar schmeckte. Ich drängte mich näher an sie heran und presste sie stürmisch gegen eine Hauswand. Wir waren vermutlich im

Hinterhof eines alten Pubs gelandet, denn von innen drang Gelächter nach draußen und der Geruch nach Bier und Cider lag in der Luft. Doch es war mir egal, im Schutz der Dunkelheit konnte uns niemand sehen. Meine Hände gingen auf Wanderschaft und erkundeten die nackte Haut unter ihrem Pullover, was sie mit einem zufriedenen Seufzen quittierte. Himmel, wer hätte gedacht, dass Marissa so leidenschaftlich sein konnte! Plötzlich spürte ich, wie sich ihre Hand an meinem Gürtel zu schaffen machte. Fuck!

„Das wollte ich tun, seit du mich im Hostelflur geküsst hast", murmelte sie zwischen zwei Küssen. Immer weiter tastete sie sich vor und für einen kurzen Moment geriet ich in Versuchung, sie einfach weitermachen zu lassen. Es wäre so leicht gewesen, doch schließlich siegte die Vernunft über den Instinkt. Ich musste meine gesamte Willenskraft aufbringen, um ihre Hände von meiner Hose zu lösen.

„Lieber nicht", murmelte ich, während ich versuchte, wieder halbwegs zu Verstand zu kommen. Obwohl es rings um uns herum dunkel war, registrierte ich den verletzten Blick in ihren Augen. Schnell wandte sie sich von mir ab, doch sie konnte die Tränen nicht verbergen, die in ihren Augen glitzerten. Beinahe panisch machte sie auf dem Absatz kehrt und lief zurück in Richtung Hauptstraße. Mist! Einige Augenblicke lang stand ich wie ein Volltrottel in der Gasse herum, bis ich schließlich wieder zu mir kam und ihr hinterherrannte.

„Marissa, warte!", rief ich. „Bleib stehen!" Ich war beinahe auf ihrer Höhe angelangt, doch sie lief einfach weiter, stur geradeaus blickend. Mit einer schnellen Bewegung griff ich nach ihrem Arm, drehte sie zu mir herum und zwang sie dadurch, mir endlich in die Augen zu sehen.

„Was ist los?", fragte ich eindringlich.

Ihre Blicke huschten verlegen auf dem Boden herum und sie konnte mich kaum ansehen: „Ich weiß auch nicht, was da gerade in mich gefahren ist, so bin ich normalerweise gar nicht."

Haltsuchend umschlang sie mit den Armen ihren Körper.

„Du hast nichts falsch gemacht", beteuerte ich.

„Warum hast du dann Stopp gesagt, als ich ..." Ihre Wangen brannten vor Scham und ich schmiegte die Hände an ihr Gesicht, um es zu kühlen.

„Weil ich keine schnelle Nummer in irgendeiner dreckigen Seitengasse wollte. Es wäre so einfach gewesen, ja zu sagen, doch ich wollte einmal in meinem Leben etwas richtig machen. Das zwischen uns ist mir zu wichtig, um es für etwas Spaß aufs Spiel zu setzen."

Sie rang mit sich, also tat ich das Einzige, was diese Situation noch retten konnte. Ich küsste sie. So intensiv und leidenschaftlich, wie ich nur konnte. Damit sie nie wieder auf den verrückten Gedanken kam, dass ich sie nicht wollte. Küssen war die einzige Sprache, die wir beide verstanden. In dieser gab es keine Missverständnisse und keine Verletzungen. Nur unsere Körper, die nicht lügen konnten. Wir vergaßen alles um uns herum: Dass wir mitten auf einer belebten Straße in Soho standen und dass ich eigentlich ein verdammter Arsch war, der sich zum ersten Mal aufrichtig bemühte, keiner mehr zu sein.

Nach einer gefühlten Ewigkeit lösten wir uns voneinander und blickten uns betreten an. Sanft hob ich ihr Kinn mit dem Zeigefinger an und sah ihr tief in die Augen. Ich wollte, dass sie ein für alle Mal begriff, wie ernst es mir war.

„Es reicht mir vollkommen, mit dir zusammen zu sein, zu reden und dich zu küssen. Für alles andere bleibt noch genug Zeit. Ist das in Ordnung für dich?"

„Mehr als in Ordnung", flüsterte sie und schmiegte sich an mich, während wir langsam weiterliefen.

An diesem Abend kannten wir weder Plan noch Ziel, sondern liefen stundenlang zusammen durch die Nacht. Die Dämonen unserer Vergangenheit verfolgten uns hartnäckig. Sie klammerten sich an uns und gaben alles, um uns davon zu überzeugen, dass wir noch immer Marissa und Jakob aus der Schule waren. Dass wir uns kein bisschen verändert hatten. Sie warteten auf die kleinste Gelegenheit, Zweifel in unsere Herzen zu säen und uns glauben zu lassen, dass alles zwischen uns falsch war. Doch gleichzeitig gab es diese leise Stimme in meinem Herzen, die mir zuflüsterte, dass ich mich zum ersten Mal in meinem Leben auf dem richtigen Weg befand. Dass ich den Jakob hinter mir lassen konnte, der ich einmal war. Das Einzige, was ich brauchte, war eine Chance.

Kapitel 31

Marissa

Sechs Tage waren seit meinem Entschluss vergangen, erst einmal in London zu bleiben. Sechs Tage, in denen ich zwischen Trauer um Adrian, Misstrauen gegenüber Jakob und einem winzigen Funken Hoffnung schwebte, dass alles irgendwie gut werden würde. Eine Woche wollte ich Jakob geben, um mir zu beweisen, dass er sich tatsächlich geändert hatte. Ich ertappte mich dabei, wie ich regelrecht darauf wartete, dass er einen Fehler machte. Doch zu meiner Überraschung tat er das nicht. Ganz im Gegenteil: Er verhielt sich wie ein perfekter Gentleman! Jeden Morgen stand er mit einer Tüte Brötchen und fünf Bechern Kaffee vor unserem Hostelzimmer. Geschickt war er, das musste man ihm lassen. Er wusste, dass er nicht nur mich, sondern auch meine drei Bodyguards überzeugen musste, und tatsächlich hatte er irgendwann Erfolg damit. Nach ein paar Tagen veränderte sich sogar Beckys Blick von mordlüstern zu grimmig, was ich als großen Fortschritt wertete.

Nach dem Frühstück zogen wir zwei jeden Tag gemeinsam los. Jakob hatte es sich zum Ziel gesetzt, mir jeden Flecken von London zu zeigen, und meine Füße waren übersät mit Pflastern aufgrund der Blasen, die ich mir gelaufen hatte. Wenn er zur Vorlesung musste, wartete ich mit einem Cappuccino und einem Stück Kuchen in Deans Café auf ihn. Oder ich gönnte mir ein Nickerchen im Hostel, um anschließend fit zu sein für unsere nächste Sightseeing-Tour. Die kleine Bank in den Kensington Gardens, auf der unser erstes Treffen stattgefunden hatte, wurde zu unserem Lieblingsplatz. Stundenlang saßen wir dort, beobachteten die Enten und redeten. Je mehr Zeit ich mit Jakob verbrachte, desto stärker rückten meine Zweifel in den Hintergrund und ich fasste einen Entschluss ...

„Den hier oder doch lieber den anderen?" Bei jedem BH, den ich hochhielt, erntete ich verneinendes Stöhnen.

„Du meinst Pest oder Cholera?"

Ich warf mein Kopfkissen nach Becky, das sie lachend auffing und zurückschleuderte.

„So schlimm?", fragte ich betreten in die Runde.

„Ganz ehrlich, ja", stimmte auch Ellie gnadenlos zu und ich betrachtete stirnrunzelnd die zwei Exemplare, die ich von zuhause mitgebracht hatte. Einer beige und einer weiß, beide herrlich bequem aber vermutlich tatsächlich nicht das Richtige für mein Vorhaben.

Sue hob bereits abwehrend die Hände. „Sorry, Liebes, aber bei Unterwäsche hört meine Großzügigkeit auf. Du kannst dir alles von mir leihen, aber das nicht."

„Das wollte ich auch gar nicht, keine Sorge. Aber in den Teilen kann ich Jakob doch nicht gegenübertreten. Die Frauen, mit denen er sonst zusammen ist, tragen bestimmt Strapse aus Spitze oder so etwas. Da kann ich nicht mithalten." Kläglich ließ ich den weißen BH am Finger baumeln und die Mädels brachen in Gelächter aus.

Plötzlich sprang Becky vom Bett auf, ein Funkeln in den Augen. „Ich weiß, was wir machen! Wir haben mittlerweile fast alle Sehenswürdigkeiten in London gesehen, doch eine Sache haben wir noch nicht gemacht: shoppen! Lasst uns für Marissa Dessous kaufen gehen."

Wie elektrisiert sprangen alle auf, begeistert von ihrer Idee. Nur ich blieb stocksteif stehen, immer noch den BH in der Hand. Aus Beckys Mund klang „Dessous shoppen" irgendwie gefährlich. Doch die anderen waren bereits Feuer und Flamme für den Plan und so ergab ich mich seufzend in mein Schicksal.

Eine Stunde später fand ich mich in einer winzigen Boutique im Nobelviertel Belgravia wieder. Die ganze Ausstattung war in Rosa und Cremeweiß gehalten, was so gar nicht meinem Geschmack entsprach. Ich wollte bereits auf dem Absatz kehrtmachen, als die Verkäuferin sich mit schnellen Schritten näherte. Der Blick der älteren Dame war skeptisch, vermutlich passten wir nicht in das Schema ihrer sonstigen Kundschaft. Alles an ihr erinnerte mich an eine strenge Ballettlehrerin und ich hatte sofort das Bedürfnis, mich gerade hinzustellen und die Fersen in die richtige Position zu bringen.

„Sie wünschen?", fragte sie mit tiefer Stimme und ich konnte förmlich spüren, wie sie die Nase rümpfte, obwohl ihr Gesicht keinerlei Regung zeigte.

Doch im Gegensatz zu mir kannte Becky keinerlei Scheu und übernahm sofort die Führung. Energisch schob sie mich nach vorn, der Verkäuferin quasi direkt in die Arme.

„Wir suchen Dessous für unsere Freundin hier."

Der Blick der Verkäuferin glitt einmal von oben nach unten an meinem Körper herab, und dieses Mal war das Naserümpfen nicht zu übersehen. „Viel haben wir nicht vorrätig in den Übergrößen, aber ich schaue, was ich finden kann." Sie drippelte eiligen Schrittes davon und ich blieb wie vom Donner gerührt zurück.

„Übergrößen?" Ich schnappte nach Luft. „Die hat sie doch nicht mehr alle! Ich bin zwar kein Magermodel, aber von Übergrößen bin ich noch weit entfernt. Lasst uns gehen, sofort." Ich wollte bereits zur Tür hinaus fliehen, als die Verkäuferin voll bepackt zurückkam. Verdammt, ich hatte meine Chance verpasst. Grummelig betrachtete ich die Dessous, die sie vor mir auf einem Tisch ausbreitete. Geschmackvoll waren sie, das musste ich zugeben. Becky deutete sofort auf ein rotes Set mit hauchzarter Spitze, doch ich schüttelte entschieden den Kopf. Der rothaarige Kobold klang mir noch immer in den Ohren. Stattdessen griff ich nach einem schwarzen Set, das elegant wirkte, ohne zu sehr „Nimm mich" zu schreien. „Ich möchte das hier anprobieren."

„Eine gute Wahl", stimmte mir die Verkäuferin zu und ihr Blick wurde etwas freundlicher.

Mit klopfendem Herzen begab ich mich in die Umkleidekabine und schlüpfte in die Unterwäsche, während die anderen warteten. Ich war so selten mit Freundinnen shoppen, dass es sich ungewohnt anfühlte, im Zentrum der Aufmerksamkeit zu stehen. Zu meinem Glück schmiegten sich die Dessous an meinen Körper wie eine zweite Haut und ich starrte ungläubig in den Spiegel. Fantastisch, was so ein bisschen Stoff alles bewirken konnte!

„Wie sieht es aus?", rief Ellie.

„Komm endlich raus, wir wollen dich sehen", verlangte Becky.

Vorsichtig streckte ich den Kopf aus der Kabine. „Sind wir alleine?"

Die anderen nicken. Kein anderer Kunde war im Laden und auch die Verkäuferin war nirgends zu sehen. Also trat ich einen Schritt ins Freie und drehte mich etwas beschämt einmal um die eigene Achse. „Tadaaa, wie findet ihr es?"

„Du siehst toll aus!" Unter Sues Kompliment wurde ich ganz rot. Auch Ellie brachte ihre Begeisterung zum Ausdruck. Becky wollte natürlich, dass ich das rote Set auch noch anprobierte, aber ich lehnte dankend ab.

Meine Wahl war getroffen. Doch als ich einen Blick auf das Preisschild warf, stockte mir der Atem. Davon könnte man eine ganze Familie durchfüttern! Aber jetzt gab es kein Zurück mehr, und wenn ich den Mädchen glauben durfte, waren Dessous keine Ausgabe, sondern eine Investition. Ergeben reichte ich der Verkäuferin meine Kreditkarte und nahm nur wenig später eine winzige Tüte in Empfang.

Auf den Schock, den der teuerste Einkauf meines Lebens mir beschert hatte, musste ich erst einmal etwas essen. Kurzentschlossen steuerten wir einen thailändischen Imbiss an, und als ich den ersten Bissen des leckeren Currys in meinen Mund schaufelte, ging es mir direkt besser.

„Also, die Dessous hätten wir, aber du hast uns noch nicht verraten, was du damit vorhast. Den Großteil können wir uns zwar denken, aber Details wären nicht schlecht." Beiläufig spießte Ellie eine Mango auf ihre Gabel, während sie mich interessiert musterte. Zwei weitere Augenpaare schlossen sich an, die Mädchen kannten wirklich keine Gnade.

„Jakob hat sich die letzten Tage wirklich Mühe gegeben, und da dachte ich, dass er sich eine kleine Belohnung verdient hat. Da er klar gemacht hat, dass er es langsam angehen will und mich vermutlich niemals von sich aus anrühren würde, will ich ihm die Sache etwas leichter machen", erklärte ich und stopfte mir einen großen Bissen in den Mund, um meine Verlegenheit zu überspielen.

„Bei den Dessous wird es dir nicht schwerfallen, ihn zu überzeugen", meinte Sue augenzwinkernd.

Beckys Blick ruhte nachdenklich auf mir. „In den letzten Tagen hatte ich den Eindruck, dass er ernsthaft an dir interessiert ist. Aber pass trotzdem auf dich auf. Es gibt Männer, die verlieren sofort das Interesse, wenn sie eine Frau im Bett hatten."

Ich unterdrückte ein Augenrollen. Becky trug mit ihren ständigen Zweifeln nicht gerade dazu bei, dass ich mich besser fühlte. Die Entscheidung, nach London zu fliegen, war die erste unvernünftige Tat meines Lebens gewesen und ich fühlte mich, als würde ich auf einem dünnen Seil balancieren, von dem ich jederzeit abstürzen konnte. Doch ich war bereits viel zu lange aus Selbstschutz immer auf Nummer sicher gegangen. Ich wollte endlich leben, ohne ständig Angst davor zu haben, verletzt zu werden. Nur ein einziges Mal wollte ich meinen Gefühlen folgen, ohne dass mir meine Vernunft in die Quere kam.

Kapitel 32

Jakob

„Komme heute Abend nicht zur Party, muss lernen. Sorry, nächstes Mal wieder. Trinkt einen Whisky für mich mit", tippte ich in mein Handy.

Wie oft hatte ich den Jungs in den letzten Tagen abgesagt? Wenn ich nach der Vorlesung jedes Mal mit irgendeiner lahmen Ausrede verschwunden war, hatte mich Sam mit diesem seltsam prüfenden Blick gemustert. Vielleicht ahnte er bereits, dass ich ihm irgendetwas verheimlichte. So viel konnte kein Mensch lernen, wie ich es behauptete. Doch ich war noch nicht so weit, die Sache mit Marissa öffentlich zu machen. Zumal wir beide selbst noch nicht einmal wussten, was „diese Sache" überhaupt war. Es war etwas komplett anderes, mit einem One-Night-Stand zu prahlen, als zuzugeben, dass man ernsthafte Gefühle für ein Mädchen hegte. Das musste ich selbst erst einmal verdauen, bevor ich damit an die Öffentlichkeit ging. Deshalb achtete ich streng darauf, die beiden Welten voneinander zu trennen. Zumindest vorerst. Lange würde das Ganze so nicht mehr gutgehen, und ich war drauf und dran, in eine weitere Katastrophe zu schlittern.

Morgen war die Galgenfrist um, die Marissa mir gewährt hatte, um mich zu beweisen. Beim Gedanken daran, dass sie bald eine Entscheidung treffen würde, beschleunigte sich mein Puls rasant. Selbst wenn sie sich für mich entschied, hatte ich keine Ahnung, wie es mit uns weitergehen sollte. Das Thema Zukunft hatten wir

bislang konsequent umschifft und uns ganz auf das
Hier und Jetzt konzentriert.

Ein Klopfen an der Zimmertür erlöste mich von meinen verwirrenden Gedanken. Marissa stand davor und strahlte mich an. Aus irgendeinem Grund hatte sie darauf bestanden, dass wir uns heute bei mir trafen und nicht wie sonst im Hostel oder in der Stadt.

„Wie war dein Tag?", fragte ich, während ich sie zur Begrüßung zärtlich küsste.

„Aufregend", antwortete sie mit einem verlegenen Lächeln. „Ich war mit den Mädels shoppen."

Ich würde niemals verstehen, was am Shoppen so spannend sein sollte. Dennoch bemühte ich mich um ein halbwegs interessiertes Gesicht. „Hast du etwas Hübsches gefunden?"

„Soll ich es dir zeigen?"

„Klar", antwortete ich unbedarft.

„Du musst dich dafür aber umdrehen", befahl sie mir.

Ich stutzte, gehorchte dann aber. Das musste ja ein spannender Einkauf gewesen sein. Hoffentlich hatte sie sich keinen dieser furchtbaren Mini-Hunde gekauft, die man sich in die Handtasche stecken konnte. Jedes Mal, wenn ich einen davon mit seiner Besitzerin auf dem Campus sah, wollte ich ihn aus seinem ledernen Gefängnis reißen und auf einer saftig grünen Wiese zusammen mit einem Knochen absetzen.

„Jetzt kannst du dich umdrehen", flüsterte sie leise und als ich es tat, stockte mir kurz der Atem. Vor mir stand Marissa, fast nackt, mit nichts als hauchzarten schwarzen Dessous. Ihre roten Haare bildeten einen starken Kontrast zur milchig weißen Haut ihres Körpers. Überrascht stellte ich fest, dass sie nicht nur im Gesicht Sommersprossen hatte, sondern dass diese ihren gesamten Körper überzogen. In diesem Moment war es mir unbegreiflich, wie ich sie jemals „Schlammgesicht" oder „Karottenkopf" nennen konnte. Sie sah ganz anders aus als die Mädchen, die ich sonst hatte, das stimmte wohl. Nichts an Marissa entsprach deren Bild von Perfektion. Gleichzeitig lag genau darin der Reiz: Sie war keines dieser austauschbaren Mädchen, die ich zum Zeitvertreib in mein Bett lockte, um sie danach eiskalt abzuservieren. Wie sie so vor mir stand und mich mit schräg geneigtem Kopf anschaute, sah sie einfach wunderschön aus. Doch ich hatte mir felsenfest geschworen, sie während meiner einwöchigen Probezeit nicht anzurühren. Ein Entschluss, der gerade gefährlich ins Wanken geriet ...

„Verdammt ...", murmelte ich leise angesichts der Zwickmühle, in der ich steckte. Ich schluckte schwer und konnte mich nur mit Mühe beherrschen, sie nicht auf der Stelle zu packen und in mein Bett zu schleifen. Stattdessen schob ich die Hände in die Hosentaschen und krallte mich beinahe gewaltsam darin fest.

„Wollen wir einen Film schauen?", fragte ich mit aller Selbstbeherrschung, die ich aufbringen konnte. „Ich habe vor kurzem die neue Komödie mit ..."

„Ich stehe halbnackt vor dir und du denkst an eine Komödie?", rief sie entsetzt aus. Entweder würde sie mir gleich eine scheuern oder in Tränen ausbrechen. Beides würde nicht gut für mich ausgehen, so viel war sicher.

„Es ist nur ... Ich habe mir selbst das Versprechen gegeben, dich in dieser Woche nicht anzufassen", gab ich leise zu.

Marissa verdrehte die Augen. „Gott, Jakob, seit wann denkst du so viel? Halt gefälligst den Mund und komm endlich her."

„Bist du dir sicher?"

Statt einer Antwort trat sie auf mich zu, legte die nackten Arme um meinen Hals und küsste mich. In diesem Moment war es um mich geschehen. Irgendwann musste auch der Kerl mit den besten Absichten einsehen, wenn er verloren hatte – und ich war bereits rettungslos verloren. Einmal angefangen, küssten wir uns wie im Fieber und ich drängte Marissa in Richtung Bett. Ich konnte nicht genug von ihr bekommen und wollte sie kosten, schmecken und spüren.

„Das muss weg", flüsterte sie und zog mir eilig das Shirt über den Kopf. Als sie an einem meiner Nippel knabberte, stöhnte ich auf.

„Shit!" Das hatte noch keine Frau zuvor getan. Marissa war eben immer für eine Überraschung gut, und das gefiel mir.

Nur zu gerne wollte ich mich revanchieren, doch dazu mussten erstmal die schwarzen Dessous verschwinden – sie hatten ihre Pflicht mehr als erfüllt. Zum Glück war ich ein Meister im Öffnen von BHs und auch der Slip landete in Rekordgeschwindigkeit auf dem Boden. Als sie nackt vor mir lag, hielt ich kurz inne und sog diesen Moment in mir auf, als sie mich voller Vertrauen anblickte. Vielleicht würde es unser erstes und letztes Mal werden, wer wusste das schon? Deshalb wollte ich es von der ersten Sekunde an auskosten. Ihre Brüste lagen schwer in meiner Hand, als ich mit der Zunge Kreise darauf zog, die immer enger wurden, bis ich ihr sanft in die rote Spitze biss.

„Ich will dich schmecken", raunte ich.

Wie zur Bestätigung reckte sie mir auffordernd das Becken entgegen. Mit einer einzigen Bewegung spreizte ich ihre Schenkel und tauchte mit der Zunge langsam in sie ein.

„Mehr, Jakob", verlangte sie und ich gab ihrem Wunsch nur zu gerne nach. Ich legte die Hände um ihren Hintern und zog sie fest zu mir heran. Ich genoss das Gefühl, wie sie sich unter meiner Berührung wand und zappelte. Es gab mir das Gefühl von Macht, aber diesmal von guter Macht. Doch als ich spürte, dass sie kurz davor war zu kommen, stieß sie mich plötzlich weg.

„Was ist los?", fragte ich verwirrt. Doch mir blieb keine Zeit, mir Gedanken darüber zu machen, denn im nächsten Augenblick war Marissa bereits auf mir.

Energisch drückte sie mich nach unten ins Kissen. „Jetzt bin ich dran", flüsterte sie mir ins Ohr und ihre roten Haare strichen mir federleicht über das Gesicht. Als ich spürte, wie sich ihre Lippen um mich legten, krallte ich die Hände ins Bettlaken. „Heilige Scheiße", stöhnte ich. „Nicht so schnell." Ich wollte nicht, dass es so endete, auch wenn Marissa fest entschlossen schien, genau das zu erreichen. Immer weiter lockte und quälte sie mich, bis sie in letzter Sekunde abbrach und mich keuchend zurückließ. Sie kramte in ihrer Jeanshose und ich nutzte die Verschnaufpause, um Luft zu holen. Als sie mit einem Kondom in der Hand zurückkam, lag ein Glitzern in ihren Augen. Gebannt schaute ich zu, wie sie es mir gekonnt überstreifte, und die Erwartung von dem, was gleich folgen würde, brachte mich beinahe um den Verstand. Ihre grünen Augen tauchten in meine, als sie sich auf mich setzte und mich beinahe herausfordernd anblickte. Die Botschaft war klar: Marissa bestimmte heute, wo es langging. Ich krallte die Finger in ihre nackten Pobacken und zusammen bewegten wir uns in einem rhythmischen Takt, der von unserem immer heftiger werdenden Keuchen begleitet wurde. Wie hatte ich jemals denken können, dass diese Frau prüde war? Sie wusste genau, was sie wollte, und nahm es sich, ohne zu zögern, was mich nur noch heißer machte.

„Jakob", stöhnte sie und wurde immer enger, bis ich das Gefühl hatte, dass mich jede ihrer Bewegungen gleich umbringen würde. Noch einmal biss ich in ihre Brustwarze, und als sie sich mit einem letzten Stöhnen aufbäumte, kam auch ich, heftig wie niemals zuvor.

Zum allerersten Mal blieben die Fluchtgedanken aus, die mich sonst überkamen, sobald ich mit einem Mädchen im Bett gewesen war. Träge lagen wir nebeneinander und ich genoss es einfach, sanft über Marissas nackte, noch warme Haut zu streichen, während ich sie im Arm hielt.

„Das war besser als im Traum", seufzte sie zufrieden und ich stutzte.

„Du hattest Sexträume mit mir?", fragte ich erstaunt. Ich stützte mich auf die Unterarme und sah sie an, während ich auf ihre Antwort wartete. Belustigt stellte ich fest, dass sie wieder einmal rot geworden war.

„Ach, nicht direkt", wiegelte sie ab, doch mein Interesse war geweckt.

„Los, erzähl! Das hört sich nach einem spannenden Traum an", forderte ich sie auf und kitzelte sie, um sie zu einer Antwort zu zwingen.

Für einige Minuten starrte sie nach oben an die Decke, bevor sie sich einen Ruck gab und sich zu mir umdrehte.

„Bevor ich nach London gereist bin, habe ich wochenlang jede Nacht von dir geträumt", gestand sie mir leise.

Teilweise wusste ich das bereits, nur die Details fehlten noch. „Und wir hatten Sex?", hakte ich nach.

„Fast."

Die Fragezeichen auf meinem Gesicht mussten wie Leuchtreklame blinken, denn sie seufzte und setzte zu einer Erklärung an.

„Ich hatte vor einiger Zeit ein Erlebnis. Ich bekam mit, wie ein Mädchen auf offener Straße von einer Gruppe Jungs bedroht wurde, und schritt ein. Einer von ihnen muss mich an dich erinnert haben, denn daraufhin fing ich an, von dir zu träumen. Jede Nacht hast du mich im Traum besucht. Zunächst warst du derselbe

Mistkerl wie früher. Doch mit der Zeit änderte sich etwas. Wir …"

„Hatten Sex."

„Unterbrich mich nicht ständig!", fuhr sie mich an und gab mir einen Klaps auf den nackten Hintern. „Ich habe mich gegen dich und meine Gefühle gewehrt, so gut ich konnte, doch du wolltest einfach nicht verschwinden. Bis ich irgendwann so verzweifelt war, dass ich nur noch eine Möglichkeit sah."

„Das Land zu verlassen und mich zu suchen", flüsterte ich tonlos und sie nickte.

Sanft nahm ich ihr Gesicht in die Hände und blickte ihr fest in die Augen. „Es tut mir leid, was ich dir damals angetan habe. Ich war ein verdammter Arsch und das Einzige, was ich tun kann, ist, dich um Verzeihung zu bitten. Für die Träume kann ich mich allerdings nicht entschuldigen, ich bin sogar froh darüber. Denn ohne sie wärst du niemals nach London gereist und ich hätte keine zweite Chance bekommen. Bitte bleib bei mir, ich will dich nie wieder verlieren."

Jakob Anderson bat ein Mädchen zu bleiben. Dass dieser Tag einmal kommen würde, hätte wohl niemand erwartet – am allerwenigsten ich selbst. Die Sekunden zogen sich wie Kaugummi, während mein Herz heftig gegen die Brust donnerte. Marissa holte einmal tief Luft und sprach dann die Worte aus, nach denen ich mich mit jeder Faser meines Körpers sehnte. „Ich bleibe bei dir."

Kapitel 33

Wie konnte man das Gefühl haben, dass das Herz vor Glück zerspringen müsste und gleichzeitig so traurig sein, dass es in tausend Scherben zerbrach? Kaputt war mein Herz in beiden Fällen, so viel war sicher.

Nach dem Glücksgefühl in unserer gemeinsamen Nacht kam bereits am nächsten Morgen der freie Fall. Jakob verabschiedete sich mit einem bedauernden Kuss zur Uni. Am liebsten wäre er bei mir geblieben, doch zumindest bei den Vorlesungen musste er anwesend sein. Also blieb ich in seinem Zimmer im Wohnheim zurück und die Trauer um Adrian fiel über mich her wie ein wildes Raubtier. Sie fraß sich durch meine Eingeweide und raubte mir die Luft zum Atmen. Konnte man zwei Menschen gleichzeitig lieben? Warum nur musste man sich immer entscheiden? Doch ich hatte das Richtige getan, das sagte ich mir immer wieder. Alles andere wäre Adrian gegenüber nicht fair gewesen. Durch die Trennung hatte auch er die Chance auf ein glückliches Leben. Er hatte mehr verdient als die halbherzige Beziehung, die ich ihm hätte geben können – mit meinen Gedanken ständig bei einem anderen.

Plötzlich kam mir Jakobs Zimmer viel zu klein vor. Ich musste dringend hier raus und frische Luft schnappen! Schnell zog ich mich an und griff nach meiner Handtasche. Auf dem Flur begegnete mir Gina, das Mädchen, das ich damals auf der Suche nach Jakobs

Zimmer getroffen hatte. Gefühlt war dieser Tag bereits Monate her, doch ich konnte mich noch genau an die Wut in ihren Augen erinnern, als sie über Jakob gesprochen hatte. Skeptisch ruhte ihr Blick auf mir, als ich die Zimmertür hinter mir ins Schloss zog. Ich konnte förmlich sehen, wie sich das Kopfkino hinter ihrer Stirn einschaltete.

Mit verschränkten Armen lehnte sie sich an die Wand im Flur und zog die Augenbraue hoch. „Soso, ihr beginnt ja früh mit eurer Lerngruppe. So fleißig kenne ich Jakob gar nicht. Aber seine Betthäschen dürfen normalerweise nicht über Nacht bleiben. Deshalb bin ich neugierig, wer und was du bist."

Das konnte ich mir vorstellen. Gleichzeitig hinterließ es ein warmes Gefühl in meinem Bauch, dass ich anscheinend die Einzige war, die bei Jakob übernachten durfte. Doch ich hatte keine Lust, unser kompliziertes Verhältnis auf dem Flur mit Gina zu erörtern.

„Nachtschicht", rief ich ihr deshalb hastig über die Schulter zu, während ich davonstürmte, als wäre der Teufel hinter mir her. Bloß raus hier! Ein Schlagabtausch mit einer Ex-Affäre war das Letzte, was ich jetzt gebrauchen konnte.

An der frischen Luft angekommen, atmete ich erst einmal tief durch. Besser! Jetzt noch ein Kaffee und ich würde mich wieder wie ein halbwegs normaler Mensch fühlen. Kurzentschlossen machte ich mich auf den Weg zu Deans. Mit einem Kaffee in der Hand schlenderte ich anschließend über den Campus, bis ich mich auf einer Parkbank niederließ. Alles in mir drängte danach, mit jemandem über das ganze Durcheinander in meinem Herzen und meinem Leben zu sprechen. Also zückte ich mein Handy und rief Annie an – beste Freundin und Retterin in der Not.

„Ich habe mit Jakob geschlafen", platzte ich heraus, als sie nach dem zehnten Klingeln endlich abnahm.

„Es ist noch nicht einmal acht Uhr morgens", maulte sie verschlafen. „Ich habe die ganze Nacht gemalt und bin erst vor zwei Stunden ins Bett gegangen."

„Ich hatte Sex mit Jakob", wiederholte ich und diesmal drangen meine Worte auch zu ihr durch.

„Was?" Ihr Kreischen ließ beinahe mein Trommelfell platzen und ich musste das Handy von meinem Ohr weg halten, bis sie sich wieder halbwegs beruhigt hatte. „Jetzt erstmal für deine beste Freundin zum Mitschreiben: Was ist in den letzten Tagen passiert? Warum hattest du Sex mit Jakob und was ist mit Adrian? Habt ihr euch getrennt oder was ist passiert?"

Jede ihrer Fragen ließ mein Herz schwerer werden und mir war klar, dass das kein leichtes Gespräch werden würde. Zu viele Fragen, auf die ich keine klaren Antworten hatte. Doch sie war meine beste Freundin, in guten wie in schwierigen Zeiten. Also erzählte ich Annie alles. Von unserem gemeinsamen Tag in London, Jakobs Küssen, dem Sex und seiner Bitte, dass ich blieb. Als ich dazu kam, dass ich mich von Adrian getrennt hatte, brach meine Stimme und ich schluchzte unkontrolliert.

Annie wartete geduldig, bis ich mich wieder halbwegs beruhigt hatte. „Du hast das Richtige getan", versuchte sie mich zu trösten, was allerdings nicht gelang.

„Warum fühlt es sich dann so an, als hätte ich gleich zwei Herzen zerstört – seines und meines?", fragte ich bitter.

„Gefühle lassen sich nun mal nicht immer so kontrollieren, wie wir es gerne hätten. Du kannst Adrian lieben und gleichzeitig Jakob noch ein bisschen mehr lieben. Wichtig ist, dass du fair geblieben bist und einen Schlussstrich unter die Beziehung mit Adrian gesetzt hast. Irgendwann wird er das erkennen und dir verzeihen."

Ich atmete tief durch. „Ich hoffe es. Es tut so unglaublich weh und gleichzeitig war die Nacht mit Jakob wunderschön. Ich fühle mich wie der mieseste Verräter aller Zeiten, weil ich es genossen habe."

Ich konnte Annies Skepsis selbst über die Entfernung hinweg spüren. Hier stand sie Becky in nichts nach – beide waren von Natur aus Wachhunde, jederzeit bereit loszuschlagen und ihre Liebsten zu verteidigen.

„Pass auf dich auf, Marissa, und sei vorsichtig. Ich habe kein gutes Gefühl bei der Sache. Der Jakob von früher hat sich nicht plötzlich in Luft aufgelöst. Egal was er dir jetzt sagt, dieser miese Kerl steckt noch irgendwo da drin."

Als ob ich das auch nur für eine Sekunde lang vergessen könnte ...

Kapitel 34

Jakob

„Harte Nacht gehabt?", hörte ich Sams Stimme von weit her und zuckte erschrocken zusammen. Mist, ich wäre beinahe mit dem Stift in der Hand eingeschlafen. Mitten in einer stinklangweiligen Vorlesung über Baurecht. Doch die Müdigkeit hatte heute einen anderen Grund. Nämlich einen mit feuerroten Haaren, die nach Lavendel dufteten und einem Körper, der wunderbare Dinge mit mir anstellten konnte ...

„Mh", knurrte ich abweisend und ließ den Kopf vollends auf die Tischplatte sinken. Es hatte keinen Zweck, mich krampfhaft konzentrieren zu wollen, während meine Gedanken immer wieder zurück zur gestrigen Nacht schweiften.

„Lass dir nicht alles aus der Nase ziehen. Wer ist sie? Ich merke doch schon seit Tagen, dass etwas anders ist. Wir bekommen dich ja kaum noch zu Gesicht. Nach jeder Vorlesung haust du sofort ab und abends musst du lernen." Er malte das letzte Wort mit Anführungszeichen in die Luft und musterte mich spöttisch. „Erzähl mir nichts, ich erkenne eine Lüge, wenn sie vor mir steht. Also, noch einmal, wer ist sie? Und sag jetzt bitte nicht Charlotte, denn das glaube ich nicht."

Ich hatte gewusst, dass der Moment der Wahrheit kommen würde. Ewig konnte ich Marissa nicht verstecken und nach gestern Nacht wollte ich das auch nicht mehr. Sie hatte sich für mich entschieden, und jetzt lag es an mir, die Sensation öffentlich zu machen: Jakob

Anderson war zum allerersten Mal vergeben. „Sie heißt Marissa und ich glaube, ich bin in sie verliebt“, brummte ich von meiner Position auf der Tischplatte aus.

„Was?“ Sams erschrockener Ausruf hallte so laut durch den Hörsaal, dass sich ein Kopf nach dem anderen zu uns umdrehte.

„Gibt es ein Problem?“ Die Professorin Mrs Walsh musterte uns kritisch. Kein Wunder, Sams Gebrüll war bestimmt kilometerweit zu hören gewesen.

„Nein, ich hatte nur eine Frage zur Vorlesung, aber Mr Anderson hat sie mir bereits beantwortet“, beeilte sich Sam zu versichern und setzte sein charmantestes Lächeln auf. Junge, Junge, konnte der die Frauen bezirzen.

Noch ein scharfer Blick in unsere Richtung, dann kehrte Mrs Walsh zur Vorlesung zurück. Sam und ich atmeten beinahe synchron aus vor Erleichterung.

„Erzähl mir alles, jedes Detail! Ich kann nicht glauben, was du gerade gesagt hast. Du und verliebt? Ich wusste nicht einmal, dass dieser Begriff in deinem Wortschatz überhaupt existiert“, zischte er mir zu.

„Wir reden nach der Vorlesung, versprochen. Aber nicht jetzt, sonst schmeißt uns Mrs Walsh noch raus. Inklusive Strafarbeiten für zwei Wochen, du weißt doch, wie sie tickt“, raunte ich zurück und Sam nickte. Ihr strenger Ruf eilte Mrs Walsh weit voraus.

Plötzlich erregte ein helles Blinken in meiner Tasche meine Aufmerksamkeit. So unauffällig wie möglich ließ ich eine Hand hineingleiten, um mein Handy herauszuholen. Bloß nicht erneut Mrs Walshs Ärger heraufbeschwören! Seltsam, ein Anruf von Kim ... Sie war meine Lieblingstante, weil sie meine einzige Tante war, aber wir standen nicht in engem Kontakt. Seit wir in London waren, hatten wir sogar kein einziges Mal telefoniert. Ein seltsames Gefühl breitete sich in meiner Magengrube aus, verbunden mit der Gewissheit, dass etwas passiert sein musste. Mrs Walsh war mir in diesem Moment völlig egal. So schnell ich konnte, packte ich meine Unterlagen zusammen und beugte mich zu Sam. „Ich muss gehen, familiärer Notfall. Deckst du mich bei den Profs?"

Besorgt blickte er mich an, nickte dann aber. „Na klar, mache ich."

Ich rannte beinahe aus dem Hörsaal und ignorierte die wütenden Blicke, die Mrs Walsh mir beim Hinausgehen zuwarf. Jetzt zählte nur der Anruf meiner Tante. Ich musste wissen, was los war, und zwar sofort!

Zum Glück ging sie sofort ans Handy, als ich zurückrief. Sie klang gehetzt und kam sofort zur Sache. „Jakob, gut, dass du anrufst. Es geht um deine Mutter, es ist etwas passiert."

Mein Herz blieb für einen Moment stehen, als ich mir das Schlimmste vorstellte. „Was ist passiert? Lebt sie?", drängte ich.

„Ja, sie lebt", versicherte sie mir schnell. Doch dann holte sie tief Luft. „Aber sie liegt im Krankenhaus."

Meine Beine verwandelten sich in Pudding und ich musste mich kurz setzen. „Jesus!" Das war das Zweitschlimmste, was passieren konnte. „Hatte sie einen Unfall?"

Eine kurze Pause entstand, in der ich beinahe verrückt vor Sorge wurde. Ich hörte Kim am anderen Ende der Leitung schlucken, bevor sie antwortete: „Nicht direkt. Sie hat zwei gebrochene Rippen und zahlreiche Prellungen. Das wird alles wieder heilen, Sorge macht den Ärzten aber eine Kopfverletzung. Gerade wird sie untersucht, danach wissen wir mehr."

„Wie zum Teufel konnte das passieren?", schrie ich ins Handy, obwohl ich die Antwort längst kannte.

„Dein Vater ...", bestätigte Tante Kim meine Vermutung.

Meine Hände ballten sich vor unterdrückter Wut zu Fäusten und ich zwang mich, tief ein- und auszuatmen. Sie musste nicht weiterreden, ich wusste längst, was geschehen war. „Ich komme mit dem nächsten Flieger nach Hause", sagte ich knapp.

„Das ist gut. Sie braucht dich jetzt."

Als ob ich das nicht wüsste ...

„Fuck!" Ich legte auf und mein zorniger Schrei hallte von den Wänden der Universität wider. Niemals hätte ich nach London fliegen dürfen, nicht in dem Wissen, dass sie noch mit ihm unter einem Dach lebte. Russisches Roulette war nichts gegen meinen Vater. Es war meine Aufgabe gewesen, sie zu beschützen, und ich hatte versagt. Bei dem Gedanken daran, wie meine Mutter verletzt und verprügelt in einem Stuttgarter Krankenhaus lag, brach ich beinahe zusammen. Was, wenn sie niemals wieder gesund würde? Das wäre ganz allein meine Schuld und ich hatte keine Ahnung, wie ich damit weiterleben sollte.

So schnell ich konnte, rannte ich zurück zum Wohnheim. Dort stopfte ich wahllos Kleider in meinen Koffer und versuchte krampfhaft, nicht durchzudrehen. Gott, ich würde ihn umbringen, wenn ihr irgendetwas zustoßen würde! Nein, ich würde ihn auf jeden Fall umbringen und nichts und niemand würde mich davon abhalten können! Immer wieder schlug ich wie von Sinnen mit der Faust gegen die Wand, um zumindest einen Teil meiner Wut abzureagieren. Ich genoss den Schmerz, den mir jeder Schlag einbrachte. Er war etwas, das ich kontrollieren konnte, im Gegensatz zu dem, was meiner Mutter gerade passierte. Und er half mir, nicht über das Undenkbare nachzugrübeln ...

„Jakob, hör auf!" Christy stand plötzlich im Türrahmen und auf ihrem Gesicht lag das pure Entsetzen. „Was um alles in der Welt machst du da? Man kann dich im gesamten Wohnheim hören. Bist du vollkommen verrückt geworden oder warum schlägst du hier alles kurz und klein?"

Ganz vorsichtig, beinahe als hätte sie Angst vor mir, kam sie mit langsamen Schritten auf mich zu. Schockiert betrachtete sie meine Hand, die vom vielen Schlagen knallrot war und heiß pochte. An einer Stelle blutete ich bereits, doch ich fühlte nichts. Nichts außer diesem rasenden Schmerz in meiner Brust, der sich wie ein harter Schutzschild über meiner Hilflosigkeit ausgebreitet hatte. Schwer atmend stand ich da und versuchte, mich zumindest halbwegs wieder unter Kontrolle zu bringen. Ich wollte ihr keine Angst einjagen. Als sie sanft nach meinem Arm griff, zuckte ich zurück. Doch dann ließ ich zu, dass mich Christy zum Bett führte, und ließ mich willenlos neben sie sinken, starr vor Angst und Wut.

„Was ist los, Jakob?", drängte sie sanft. „Es muss etwas passiert sein, wenn du dich wie ein tollwütiger Irrer aufführst."

Meine Stimme glich einem heißeren Krächzen, als ich ihr antwortete: „Meine Mutter liegt im Krankenhaus. Die Ärzte wissen noch nicht genau, wie es um sie steht. Sie wird gerade untersucht."

„O mein Gott!" Entsetzt schlug sie sich die Hand vor den Mund.

„Ich war nicht da, um sie zu beschützen", flüsterte ich tonlos. „Das ist ganz allein meine Schuld. Wenn ich da gewesen wäre, dann wäre das alles nicht passiert!", fuhr ich auf und die Wut gewann wieder die Oberhand.

Verwirrung stand in Christys Augen. „Du kannst doch nichts dafür, dass deine Mutter im Krankenhaus liegt!" Natürlich dachte sie das, sie kannte ja auch nicht die Umstände, wie es zu dem „Unfall" gekommen war.

„Es war meine verdammte Aufgabe, genau das zu verhindern, und ich habe versagt!" Ich krallte mich an meinem Shirt fest, um nicht wieder auszurasten und auf irgendetwas einzuschlagen. Stattdessen zwang ich mich, tief ein- und auszuatmen.

„Es ist nicht deine Schuld", wiederholte sie.

Ich ließ es geschehen, dass sie mich an sich zog und den Arm um mich legte. Völlig fertig vergrub ich das Gesicht in ihren weichen Haaren und gab mich für einige Sekunden der Illusion hin, dass alles irgendwie in Ordnung kommen würde. Nur noch für einen winzigen Augenblick wollte ich die Realität ausblenden, bis sie mich doch wieder gnadenlos einholen würde.

Dann hörte ich ein Krachen ...

Erschrocken fuhren Christy und ich auseinander. Im Türrahmen stand Marissa, die Augen vor Schreck weit aufgerissen. Vor ihr auf dem Boden lag eine aufgeplatzte Box mit undefinierbarem matschigen Inhalt. Der Geruch nach indischem Essen breitete sich im ganzen Zimmer aus. Für einige Sekunden waren wir alle wie erstarrt. Mir war bewusst, wie das Ganze hier für Marissa aussehen musste: Christy und ich, Arm in Arm auf meinem Bett. Das Urteil „schuldig" war bereits gesprochen, bevor ich ein Wort zu meiner Verteidigung sagen konnte. Niemals würde ich den verletzten Ausdruck auf ihrem Gesicht vergessen, als sie mich direkt anblickte. Ihr Mund klappte einmal auf und wieder zu, ohne etwas zu sagen. Dann machte sie auf dem Absatz kehrt und stürmte wie eine Furie aus dem Zimmer. Hektisch rappelte ich mich auf, um ihr hinterherzurennen. „Marissa, warte!", brüllte ich. „Du kannst jetzt nicht einfach abhauen, lass uns darüber reden!"

Doch sie war bereits über alle Berge.

„Verdammt", murmelte Christy und ich nickte schweigend. Mit diesem Wort war alles gesagt.

Während ich vor ein paar Stunden noch unendlich glücklich gewesen war, stand ich nun vor dem Scherbenhaufen meines Lebens.

Zur Hölle mit meinem Vater und zur Hölle mit der Liebe – sie machte nichts als Ärger.

Teil 3

Kapitel 35

Marissa

„Melde dich, sobald du wieder festen Boden unter den Füßen hast." Becky zog mich in eine Umarmung, die so fest war, dass es mir beinahe die Luft abschnürte. Ich musste mich beherrschen, um nicht zum hundertsten Mal an diesem Tag in Tränen auszubrechen.

„Versprochen", flüsterte ich und wandte mich schnell Sue zu, die mit ausgebreiteten Armen in der riesigen Halle des Heathrow Airport stand, um mich zu verabschieden. „Ich werde euch so vermissen", schniefte ich, während ich sie an mich drückte.

„Wir werden dich auch vermissen. Ohne dich wird das Hostelzimmer ganz leer sein. Du kommst uns einfach bald besuchen, wir haben immer ein Bett oder ein Sofa für dich frei. Mein grünes Cocktailkleid wartet schon auf dich", ergänzte Ellie mit einem schelmischen Grinsen und ich musste unter Tränen lachen.

Was hatten wir zusammen für verrückte Dinge erlebt! Die Party, bei der Becky Ellie als Racheengel auf Jakob angesetzt hatte. Die vielen durchgequatschten

Abende, an denen wir vier wie im Schullandheim in unseren Betten lagen und Süßigkeiten aßen. Und natürlich der Tag, an dem Becky mich zwang, mit ihr Dessous kaufen zu gehen. Beim Gedanken an den Anlass, für den sie gedacht waren, verwandelte sich meine Trauer auf einen Schlag wieder in Wut. Was würde ich dafür geben, diese eine Nacht mit Jakob rückgängig zu machen! Vielleicht hätte es noch eine Chance für mich gegeben, halbwegs heil aus der ganzen Sache heraus zu kommen, wenn ich rechtzeitig die Reißleine gezogen hätte. Doch in dieser Nacht hatte ich ihm sowohl meinen Körper als auch mein Herz geschenkt und er hatte es gnadenlos ausgenutzt. Wenn ich daran dachte, dass der Mistkerl vermutlich genau das geplant hatte, wurde mir beinahe schlecht. Er hatte mich glauben lassen, dass er sich in mich verliebt hatte, nur um mich direkt am nächsten Tag mit einer anderen zu betrügen. Wie schlecht konnte ein Mensch nur sein? Obwohl ich Jakob einfach nur hassen wollte, waren es Schmerz und Trauer, die mich seither auf Schritt und Tritt begleiteten. Ich konnte an nichts anderes mehr denken als an die pochende Wunde in meiner Brust, die mich bei jedem Atemzug an ihn erinnerte. In dieser Sekunde schien es mir unvorstellbar, dass das Leben irgendwie weitergehen konnte. Aber das würde es, ich musste nur fest daran glauben. Und ich musste endlich aus der Stadt verschwinden, in der das alles passiert war.

Als hätte der Lautsprecher meine Gedanken gehört, rief er in diesem Moment meinen Flug auf.

„Ich muss los", seufzte ich und griff nach meinem kleinen Koffer, den ich eigentlich nur für ein paar Tage gepackt hatte. Letztendlich waren es beinahe zwei Wochen gewesen, die ich in London verbracht hatte. Gefühlt kam es mir vor wie eine halbe Ewigkeit. Während ich in Richtung Gate lief, warf ich einen letzten Blick zurück über die Schulter zu meinen drei neuen Freundinnen. Sie waren das einzig Gute, was auf dieser Reise passiert war, und wir hatten uns fest versprochen, miteinander in Kontakt zu bleiben. Ein letztes Winken, dann war ich allein.

Während des gesamten Heimflugs fühlte ich mich wie in Trance. Immer wieder wanderten meine Gedanken zurück zum gestrigen Abend. Jakob in den Armen dieses wunderschönen Mädchens. Im Vergleich zu mir war sie einfach perfekt, kein Wunder, dass er ihr nicht widerstehen konnte. Ich konnte nicht vergessen, wie vertraut sie miteinander gewirkt hatten, so als würden sie sich bereits ewig kennen. War die Nacht mit mir so furchtbar gewesen, dass er sich direkt am folgenden Tag die Nächste ins Bett holen musste? Beim Gedanken daran ballten sich meine Hände automatisch zu Fäusten. Wie konnte er mir das nur antun? Die meisten Vorwürfe aber machte ich mir selbst, schließlich kam es nicht aus heiterem Himmel. Jeder hatte mich vor ihm gewarnt: Annie, Becky, mein Unterbewusstsein. Doch ich wollte unbedingt glauben, dass er sich geändert hatte. Für mich. Aber jemand wie Jakob würde sich niemals ändern, nicht in einer Million Jahren und schon gar nicht meinetwegen. Einem rothaarigen, sommersprossigen Mädchen mit Übergröße, fiel mir die Bemerkung der Verkäuferin im Dessousladen wieder ein. Wenn ich hingegen an das dunkelhaarige Mädchen dachte, das ich in seinen Armen ertappt hatte, wurde mir schlecht. Wie konnte ich nur für eine Sekunde ernsthaft annehmen, dass er sich für mich interessierte, wenn solche Mädchen bei ihm Schlange standen? Ich würde niemals so aussehen wie sie, und das musste ich endlich akzeptieren. Ende der Geschichte.

Das trübe Wetter, das mich in Deutschland erwartete, passte perfekt zu meiner Stimmung. Als ich Annie erblickte, die in einem grellbunten Regenmantel in der

Ankunftshalle stand, warf ich mich mit einem erstickten Schrei in ihre Arme.

„Schh, nicht weinen", flüsterte sie und strich mir beruhigend über die bebenden Schultern. Am Ende des Tages würde ich vermutlich keine Tränen mehr übrig haben, so viel hatte ich in den letzten vierundzwanzig Stunden bereits geweint.

Während der Autofahrt vom Flughafen zurück nach Tübingen presste ich die Nase an die regennasse Scheibe und versuchte mir vorzustellen, wie mein Leben jetzt weitergehen sollte. Mit meiner Reise nach London hatte ich alles zum Guten wenden wollen. Stattdessen lag bei der Rückkehr mein Leben in Scherben. Ich hatte mit Adrian Schluss gemacht, weil ich ehrlich sein wollte. Ehrlichkeit, ein Wort, das Jakob anscheinend nicht kannte, dachte ich bitter. Dennoch konnte ich ihm nicht die ganze Schuld an der Misere geben. Er hatte mich zwar manipuliert, doch die Entscheidung für ihn hatte ich ganz allein getroffen – und nun musste ich die Konsequenzen tragen. Für Adrian und mich gab es keine Chance mehr und wenn ich ehrlich zu mir selbst war, wollte ich das auch gar nicht. Auch wenn die Sache mit Jakob zu Ende war, hatte mich die Reise mehr verändert, als ich zunächst dachte. Ich wusste nun endlich, wer ich war und wohin ich im Leben wollte. Deshalb konnte ich nicht mehr so einfach in mein altes Leben und die gewohnten Rollen schlüpfen, auch wenn ich gerade nichts lieber tun würde, als mich in Adrians vertraute Arme zu werfen. Aber diese Tür war geschlossen und sie würde sich nie wieder öffnen. Jetzt war es Zeit, meine Wunden zu lecken und mich in meinem neuen Leben zurecht zu finden. Ohne Adrian – und ohne Jakob.

Zurück in der WG zog ich mich sofort in mein Zimmer zurück. Ich fühlte mich so müde, als hätte ich während der gesamten Zeit in London keine Sekunde lang geschlafen. Mit letzter Kraft zog ich die Vorhänge zu, legte mich ins Bett und verließ es für die nächsten zwei Tage nicht mehr. Der einzige Weg zurück ins Licht führte direkt durch die Dunkelheit. Dafür gab es keine Abkürzung, so sehr ich sie mir auch wünschte, und so ließ ich mich einfach in die samtige schwarze Umarmung fallen.

Am dritten Tag klopfte mit zaghafter Stimme mein Lebenswille an die Tür und zwang mich, zum ersten Mal seit meiner Rückkehr das Bett länger als nur für die Toilette zu verlassen. Ich öffnete die Vorhänge und blinzelte in die Sonne, die mich einladend anstrahlte. Ihre Botschaft war klar: Das Leben ging weiter, mit oder ohne Jakob. Mit frischen Kleidern in der Hand machte ich mich auf den Weg zur Dusche und inhalierte tief den Duft meines Lavendelshampoos. Als ich zurückkam, fühlte ich mich zwar nicht wie ein neuer Mensch, aber zumindest so weit in der Lage, die ersten vorsichtigen Schritte in Richtung Normalität zu gehen. Diese führten mich direkt in die Küche, wo bereits Annie am Tisch saß. Dieser Anblick hatte etwas so Vertrautes, dass ich stumm zu ihr lief und sie fest an mich drückte. Ein Strahlen breitete sich auf ihrem Gesicht aus.

„Endlich, ich war schon kurz davor, deine Eltern anzurufen, weil ich mir ernsthaft Sorgen um dich gemacht habe. Ich dachte schon, du würdest deine Höhle nie wieder verlassen."

Dankbar nahm ich die Tasse Kaffee entgegen, die sie mir reichte. Mit dem ersten Schluck kam auch mein Appetit zurück, und ich kramte eine Dose mit Schokocookies aus dem Schrank hervor, die ich gierig verschlang.

„Wie geht es dir?" Die Besorgnis in Annies Stimme ließ mein schlechtes Gewissen wachsen. Die letzten

Tage waren vermutlich auch für sie nicht leicht gewesen.

Überrascht stellte ich fest, dass sich der rasende Schmerz in meiner Brust zu einem dumpfen Pochen gewandelt hatte. Er war immer noch da, aber ich hatte nicht mehr bei jedem Atemzug das Gefühl, verrückt zu werden. „Ich glaube, über das Schlimmste bin ich hinweg. Aber es wird noch eine Weile dauern, bis ich das Ganze verarbeitet habe und nach vorne schauen kann."

„Die letzten Tage müssen der blanke Horror für dich gewesen sein, das kann man nicht so einfach hinter sich lassen. Nimm dir alle Zeit, die du brauchst. Du kannst immer auf mich zählen, das weißt du hoffentlich."

Ich legte den Kopf an ihre Schulter und dankte im Stillen dafür, eine so wunderbare Freundin zu haben, die auch dann noch zu mir hielt, wenn ich wahnsinnigen Mist gebaut hatte. Kein Wort des Vorwurfs kam über ihre Lippen. Auch kein „Ich habe es dir ja gleich gesagt, jetzt hast du den Schlamassel." Das Einzige, was ich spürte, war bedingungsloser Rückhalt, und das war weit mehr, als ich verdient hatte. Wie hatte ich nur so dumm sein können? Nach den ganzen Jahren des Leids in der Schule war ich endlich glücklich gewesen, und ich hatte einfach alles weggeworfen. Für einen Jungen, der mich mein ganzes Leben lang gequält hatte. Ich war so sicher gewesen, dass sich Jakob geändert hatte, dabei hatte er mir die ganze Zeit nur etwas vorgespielt. Vermutlich lachte er in dieser Sekunde mit seinen Freunden über die dumme Rothaarige, die man so leicht rumkriegen konnte. Ein weiterer Name auf seiner Liste an Eroberungen. Ich hatte es ihm so leicht gemacht!

An Annies Schulter flossen die Tränen in Strömen und in diesem Moment war ich mir sicher, dass sie nie mehr versiegen würden.

Ich konnte mir nicht vorstellen, dass das Leben weitergehen und ich jemals wieder glücklich werden würde. Nicht nach alldem, was geschehen war.

Kapitel 36

Jakob

Seit dem Anruf von Tante Kim und dem wütenden Abgang von Marissa stand ich unter Schock. Mechanisch buchte ich den nächsten Flieger nach Hause und packte meine wenigen Habseligkeiten zusammen. Für große Abschiedsszenen hatte ich keine Kraft. Sam schickte ich kurz und schmerzlos eine Nachricht, dass ich aufgrund eines familiären Notfalls zurück nach Deutschland musste. Die Vorlesungen und die anstehenden Prüfungen waren mir hingegen scheißegal, sie standen auf meiner Prioritätenliste ganz weit unten. Stattdessen spielten meine Sorgen Pingpong zwischen meiner Mutter und Marissa. Ich hatte gehofft, das Missverständnis zwischen uns aufklären zu können. Selbst Christy hatte angeboten, mit Marissa zu reden und ihr die Situation zu erklären, was ich ihr hoch anrechnete. Doch man konnte mit niemandem reden, der sich weigerte, ans Handy zu gehen. Selbst die Nachrichten, die ich ihr im Minutentakt schickte, ignorierte sie konsequent und irgendwann gab ich frustriert auf. Ich konnte nicht an zwei Fronten gleichzeitig kämpfen. Zuerst musste ich mich um meine Mutter kümmern – und um das Arschloch, das sich mein Erzeuger nannte.

Zurück in Deutschland fuhr ich vom Flughafen direkt zum Krankenhaus. Mein Herz blieb beinahe stehen, als ich meine Mutter in ihrem Krankenbett liegen sah. Sie sah so winzig und zerbrechlich aus, dass es mir die Kehle zuschnürte. Ihr blasses Gesicht bildete einen furchtbaren Kontrast zu dem Veilchen auf ihrer Wange, das in einem intensiven Violett schillerte. In meinen Hosentaschen ballte ich die Hände zu Fäusten, während ich für meine Mutter ein Lächeln auf mein Gesicht zauberte. Das würde der Kerl noch bereuen, so viel war klar. Diesmal würde er nicht so leicht davonkommen, denn ich würde ihm das Leben zur Hölle machen!

Mit schnellen Schritten war ich bei ihr und ließ mich auf die Kante des schmalen Bettes sinken.

„Wie geht es dir?", fragte ich leise, während ich nach ihrer Hand griff und sie streichelte.

Ihre Augen leuchteten kurz auf, als sie mich sah. Doch ich stellte besorgt fest, dass sie sie kaum offenhalten konnte.

„Jakob, mein Schatz, was machst du denn hier? Du solltest doch in London sein und studieren. Oder habt ihr etwa gerade Ferien?"

„Ja", log ich ohne den Hauch eines schlechten Gewissens. Der Zweck heiligte hier die Mittel. „Tante Kim hat mich angerufen und erzählt, dass du einen kleinen Unfall hattest. Deshalb wollte ich dich in den Ferien besuchen."

Mühsam versuchte sie sich in eine sitzende Position aufzurappeln, doch sie scheiterte immer wieder kläglich. Ich legte ihr die Hand auf die Schulter und zwang sie sanft, aber bestimmt, sich wieder hinzulegen.

„Ruh dich aus. Ich bin jetzt da und kümmere mich um alles, du musst dir keine Sorgen machen."

„Es sieht schlimmer aus, als es ist. Ich bin nur ständig so müde und in meinem Kopf dreht sich alles, so als hätte ich zu viel getrunken. Die Ärzte sagen, ich muss noch etwas hierbleiben zur Beobachtung." Beim Reden fielen ihr immer wieder die Augen zu und meine Sorge und Wut wuchsen mit jeder Sekunde. Was hatte dieses Schwein ihr nur angetan?

„Kannst du mir sagen, was genau passiert ist?", drängte ich. Ich wollte es endlich wissen – ich musste es wissen! Doch sie war bereits eingeschlafen. Stumm betrachtete ich ihr Gesicht, das im Schlaf so friedlich wirkte. Wenn sie schlief, konnte sie endlich die Sorgen und Qualen vergessen, die sie sonst täglich verfolgten. Vielleicht war es besser so. Im Moment half ihr die Flucht ins Niemandsland wohl am besten dabei, wieder gesund zu werden.

„Keine Sorge, ich passe auf dich auf, so etwas wird nie wieder passieren", murmelte ich leise, obwohl sie mich nicht hören konnte. Als ich sicher war, dass sie tief und fest schlief, machte ich mich auf die Suche nach einem Arzt und einem Kaffee. So wie es aussah, würde ich noch eine ganze Weile in diesem verdammten Krankenhaus verbringen.

Die Augen des Stationsarztes waren ernst, als er endlich Zeit fand, mit mir zu sprechen. Er redete nicht lange um den heißen Brei herum, wofür ich ihm dankbar war, denn ich brauchte endlich Fakten.

„Ihre Mutter wurde Opfer häuslicher Gewalt", begann er und diese Worte aus dem Mund eines Fremden zu hören, machte die Wahrheit nur noch schockierender. „Während die äußerlichen Wunden früher oder später vollständig heilen werden, macht uns die Kopfverletzung immer noch Sorgen. Die Art der Verletzung deutet darauf hin, dass sie mit voller Wucht gegen einen schweren Gegenstand geprallt ist, an Details kann sie sich allerdings nicht mehr erinnern. Ihre Nachbarin hat sie bewusstlos auf dem Boden gefunden und ist so lange bei ihr geblieben, bis der Krankenwagen eintraf."

Mein Erzeuger hatte also nicht einmal den Mumm gehabt, sich um sie zu kümmern, sondern hatte sich direkt aus dem Staub gemacht. Etwas anderes hatte ich auch nicht erwartet.

„Bei den Untersuchungen wurde eine schwere Gehirnerschütterung festgestellt. Seither leidet Ihre Mutter unter Schwindel, Erbrechen und Müdigkeit. Wir kümmern uns um sie, aber auch in Zukunft braucht sie absolute Ruhe. Jede weitere Erschütterung ihres Kopfes könnte unabsehbare Folgen nach sich ziehen."

Bei seinen Worten musste ich mir ein höhnisches Lachen verkneifen. Absolute Ruhe war mit einem betrunkenen Schläger als Mann quasi ein Ding der Unmöglichkeit.

Frustriert begab ich mich zurück zum Krankenbett, wo ich so lange Wache schob, bis ich irgendwann vor Übermüdung einschlief. Ein energisches Rütteln an meiner Schulter holte mich unsanft zurück in die Wirklichkeit. Dabei hatte ich gerade einen wunderbaren Traum gehabt. Er hatte rote Haare, trug schwarze Dessous und schmiegte sich verführerisch an mich. Ein Traum, der wohl niemals mehr in Erfüllung gehen würde, denn ich hatte es ordentlich vergeigt. Zumindest dachte Marissa das und gab mir keine Chance, alles richtig zu stellen.

Schläfrig blickte ich auf und sah direkt in das Gesicht von Kim, die mich mit einer Mischung aus Besorgnis und Ärger anstarrte.

„Du brauchst eine Pause. Ich übernehme hier, und du gehst nach Hause und ruhst dich aus."

Ich wollte schon protestieren, doch sie unterbrach mich sofort. Ihre Augen blitzten zornig, als sie mich anfuhr: „Das ist keine Bitte, sondern ein Befehl. Du tust niemandem einen Gefallen, wenn du auch noch zusammenklappst. Ich kann mich schließlich nicht um euch beide kümmern. Wann hast du zum letzten Mal etwas gegessen? Schlaf dich ordentlich aus und dusch vor allem, hier stinkt es wie im Pumakäfig!" Charmant wie eh und je, so war sie, meine Tante. Da war jeder

Widerstand zwecklos und ich hatte auch gar keine Kraft, mich zu wehren.

„In Ordnung, du hast gewonnen." Müde strich ich mir eine Haarsträhne aus der Stirn und schnupperte an meinem Sweatshirt. Eine Dusche war vermutlich nicht die schlechteste Idee. Frische Kleider und etwas zu Essen würden auch nicht schaden. „Aber du rufst mich an, sobald sie aufwacht, versprochen?"

„Versprochen und jetzt raus hier." Energisch schob sie mich in Richtung Tür.

Nur widerwillig verließ ich das Krankenzimmer mit einem letzten Blick auf meine Mutter, die weiterhin friedlich schlief und von allem nichts mitbekam. Ziellos wanderte ich durch die Straßen Stuttgarts. Keine zehn Pferde würden mich nach Hause bringen, denn dort bestand die Gefahr, dass ich meinem Vater über den Weg laufen würde. Wenn das geschah, könnte ich für nichts garantieren. Das letzte Fünkchen Kontrolle hatte ich gerade im Krankenhaus gelassen. Meine Mutter konnte es in der jetzigen Situation nicht gebrauchen, dass ich im Gefängnis landete wegen einer Schlägerei mit meinem Vater. Allein beim Gedanken an diesen Mistkerl musste ich mich zwingen, tief durchzuatmen, so groß war das Verlangen, auf irgendetwas einzuprügeln.

Wie sollte es nur weitergehen? Bislang hatte sich meine Mutter standhaft geweigert, ihn zu verlassen. Sie war immer noch davon überzeugt, dass er sich irgendwann ändern würde.

„Beim nächsten Mal wird alles anders", sagte sie immer und ich fragte mich jedes Mal, ob sie die Wahrheit nicht sah oder sie einfach verdrängte. Jeder außer ihr wusste, dass er sich niemals ändern würde. Einmal Arschloch – immer Arschloch. Doch wenn es um meinen Vater ging, war sie auf beiden Augen blind vor vermeintlicher Liebe, die diesen Namen überhaupt nicht verdient hatte. Aber jetzt gab es keine andere Wahl, ohne zu riskieren, dass sie beim nächsten Ausrutscher dauerhafte Schäden davontrug. Eines war klar: Das würde ich auf keinen Fall zulassen! Ich hatte sie bereits einmal im Stich gelassen, als ich nach London ging. Ein zweites Mal würde mir das bestimmt nicht passieren. Also blieb nur eine Möglichkeit: Ich musste dafür sorgen, dass der Mistkerl verschwand und nie wieder zurückkam.

Kapitel 37

Marissa

Glücklich wurde ich in den kommenden Wochen tatsächlich nicht mehr. Allerdings stellte ich fest, dass es auf Dauer auch ziemlich schwierig war, unglücklich zu sein. Das lag vor allem daran, dass das neue Semester angefangen hatte und mich zu einem normalen Alltag zwang. Dankbar ergriff ich den Strohhalm, der mir gereicht wurde, und kniete mich tief in die Arbeit. Auch Annie gab ihr Bestes, mich immer wieder aus meinem Schneckenhaus zu holen, wenn ich einen Rückfall hatte und mich der Schmerz einzuholen drohte.

„Hast du dich endlich umgezogen?", rief sie zum wiederholten Mal, während ich seufzend aus meiner Jogginghose stieg und in eine halbwegs saubere Jeans schlüpfte. „Komm schon, wir wollen doch den Erfolg deines Projekts feiern."
Schnell griff ich nach meiner Handtasche und trat aus meinem Zimmer, bevor Annie weiterhin das halbe Haus zusammenbrüllte. Zufrieden hakte sie mich unter, als wir zusammen zum Pub liefen. Als ich ein Plakat auf der morschen Holzwand des uralten Gebäudes entdeckte, kniff ich die Augen zusammen und musterte Annie scharf. „Date Night? Wusstest du davon?"
Ihr Blick war so unschuldig wie der einer Babykatze, als sie mich aus großen Augen anschaute. „Natürlich nicht!", sagte sie im Brustton der Überzeugung und ich wusste sofort, dass sie log. „Vergiss diese blöde Date

Night. Wir machen uns einfach einen schönen Abend. Du musst mal raus und unter Leute kommen, denn wenn du nur allein in deinem Zimmer sitzt und lernst, wird es auch nicht besser."

Ergeben ließ ich es zu, dass sie mich ins Pub zog. Ich konnte ihr nicht wirklich böse sein, schließlich wollte sie nur mein Bestes. Auch wenn unsere Vorstellungen, was mein Bestes war, ab und an auseinandergingen ...

Die Masse an Leuten und der Geruch nach Alkohol und Pommes ließen mich beinahe auf der Stelle umdrehen, doch Annie hielt mir direkt die Getränkekarte unter die Nase.

„Willst du auch einen Caipirinha?", schrie sie, um die laute Musik zu übertönen.

„Lieber einen Gin Tonic."

„Gute Wahl." Anerkennend verzog sie das Gesicht. „Kann ich dich kurz alleine lassen?"

Dachte sie wirklich, ich bräuchte einen Babysitter für die kurze Zeit, in der sie Getränke holen ging?

„Natürlich", seufzte ich und stieß sie sanft in Richtung Bar. Während Annie weg war, suchte ich mir einen Stehplatz an der Wand und beobachtete das bunte Treiben im Pub. Es war rappelvoll, und während viele an den Tischen saßen und etwas aßen, hatte der Rest bereits die Tanzfläche erobert. Überrascht stellte ich fest, dass ich es sogar genoss, hier zu sein und den Leuten beim Tanzen zuzuschauen. Annie hatte recht, ich konnte mich nicht für immer in meinem Zimmer verkriechen. Irgendwann musste ich wieder zurück ins Leben und heute schien mir ein guter Tag, um damit anzufangen. Ich schloss die Augen und wiegte mich sanft zur Musik, als ich plötzlich eine Berührung am Arm spürte.

„Magst du etwas trinken?"

Überrascht schaute ich auf und blickte in ein bärtiges Gesicht mit gutmütigen braunen Augen. Ich hatte den

Jungen noch nie zuvor gesehen. Wären wir uns ein paar Jahre vorher begegnet, hätte ich vermutlich zugestimmt, etwas mit ihm zu trinken. Doch heute war mir nicht nach Flirten zumute. Das wäre bereits Schritt zehn und ich wagte mich gerade erst an Schritt eins.

„Sorry, ich bin mit einer Freundin hier", sagte ich abwehrend, aber mit einer Spur Bedauern in der Stimme.

Zum Glück verstand er sofort und versuchte erst gar nicht, mich zu irgendetwas zu überreden. Mit einem Augenzwinkern verabschiedete er sich.

Schnaufend kam Annie zurück, jeweils ein Glas in den Händen, von denen sie mir eines überreichte.

„Gott, ich glaube, ganz Tübingen ist heute hier. Die Schlange war so lang, ich musste gleich drei Kerle bezirzen, dass sie mich vorlassen. Ansonsten wäre ich vermutlich noch Stunden angestanden."

Ich musste grinsen. Das war so typisch für sie. Wenn Annie etwas wollte, kannte sie kein Hindernis.

Verstohlen zeigte sie auf einen blonden Typen in der Warteschlange. „Wie findest du den? Der wäre ganz nach meinem Geschmack."

Kurz fuhr mir der Schreck in die Glieder, denn der blonde Haarschopf sah von hinten genauso aus wie der von Jakob. Doch das konnte nicht sein, denn er war weit weg, in London. Als sich der Typ umdrehte und ich mich mit einem Blick in sein Gesicht selbst von der Tatsache überzeugen konnte, atmete ich erleichtert aus.

„Geh hin und schnapp ihn dir. Auf was wartest du noch?", ermunterte ich Annie.

„Ehrlich? Und was ist mit dir?"

„Ich komme schon klar. Gerade macht es mir sogar Spaß, nur hier zu stehen, die Musik zu genießen und Leute zu beobachten." Wie zur Bestätigung fing ich an, rhythmisch mit dem Fuß zu wippen.

Annie blickte immer noch skeptisch, also schob ich sie entschlossen in Richtung des blonden Typen. „Tu mir nur einen Gefallen", bat ich sie. „Ich möchte heute Nacht etwas schlafen. Also schreit bitte beim Sex nicht die gesamte Wohnung zusammen, wenn ihr nach Hause kommt."

Ein spitzbübisches Grinsen erschien auf ihrem Gesicht. „Dafür kann ich nicht garantieren. Leise sein gehört nicht zu meinen Stärken." Dann war sie im Getümmel verschwunden.

Ich hatte nicht gelogen, ich genoss es tatsächlich, einfach nur dazustehen und die ganze Atmosphäre in mich aufzusaugen. Die Gespräche, das Gelächter und das Tanzen waren wie eine Brücke zurück zu den Lebenden und zum ersten Mal seit Ewigkeiten hatte ich das Gefühl, wieder ein paar Schritte in die richtige Richtung zu machen. Ich trank gerade einen Schluck von meinem Gin Tonic, als ich in der Menge zwei bekannte Gesichter ausmachte: Tim und Nora, Adrians Freunde. Seit meiner Reise nach London hatte ich mit keinem von ihnen geredet. Tim war Adrians bester Freund, da konnte ich es ihm nur schwer verübeln, dass er zu ihm hielt. Doch ich hatte stets angenommen, dass ich einen guten Draht zu Nora hatte. Dass er doch nicht so gut war, zeigte sich vermutlich erst im Falle einer Trennung, so wie bei uns. Als plötzlich noch jemand zu den beiden dazustieß, verschluckte ich mich beinahe an meinem Drink: Adrian! Ob er wegen der Date-Night hier war? Überrascht stellte ich fest, dass mich der Gedanke an eine andere Frau in seinen Armen merkwürdig kalt ließ.

Als hätte er meine Gedanken gehört, drehte er sich plötzlich um, und inmitten der Menschenmenge fanden mich seine Augen. Für einen kurzen Moment war ich versucht, wegzuschauen, denn ich wollte nicht die Wut in ihnen lesen, die er für mich empfinden musste. Ich wusste, dass ich ihm wehgetan hatte, und bereute es zutiefst, aber ich musste nicht immer wieder an

meine Fehler erinnert werden. Dazu ging ich bereits
selbst hart genug mit mir ins Gericht. Doch zu meiner
Überraschung sah ich weder Schmerz noch Wut in seinem Gesicht, als er mich anblickte. Er nickte mir einmal knapp zu und wandte sich dann wieder zu seinen
Freunden. Für ihn drehte sich die Welt weiter und irgendwann, auch wenn ich noch nicht wusste wann,
würde sie das auch für mich tun.

Kapitel 38

Jakob

„Du verdammtes Arschloch!" Mit einem einzigen Ruck nagelte ich ihn an die Wand im Wohnzimmer und hielt seinen Oberkörper wie im Schraubstock fest. Es kostete mich alle Mühe, ihn nicht hier und jetzt so windelweich zu prügeln, dass er nie wieder aufstand. „Weißt du eigentlich, was du ihr angetan hast? Wegen dir liegt sie im Krankenhaus und Gott weiß, ob sie jemals wieder gesund wird!", schrie ich wie von Sinnen.

„Lass mich los. Bitte! Ich bin doch dein Vater, Jakob." Es klang beinahe wie ein Winseln aus seinem Mund und meine Verachtung wuchs mit jeder Sekunde, die ich ihm gegenüber stand. Wehrlose Frauen schlagen – das konnte er! Aber sich gegen jemanden seiner Körpergröße behaupten, dazu fehlte ihm der Mumm. „Es war keine Absicht, ich schwöre es! Wir hatten einen dummen Streit wegen dem Geld und da ist mir einfach die Hand ausgerutscht. Das passiert in den besten Familien, keine große Sache. Sie wird schon wieder, so war es doch bisher immer."

„Immer?" Fassungslos schnappte ich nach Luft. „Wie oft hast du sie verprügelt, seit ich weg war?"

Sein rechtes Augenlid zuckte, als er schnell versuchte, sich aus der Affäre zu ziehen. „Nur einmal, ich schwöre! Ansonsten habe ich sie nicht angerührt."

Als ob ich ihm auch nur ein Wort glauben würde. Bereits mein ganzes Leben lang hatte ich nichts als Lügen aus seinem dreckigen Mund gehört. Warum sollte es gerade jetzt anders sein? Es ging ihm lediglich darum, die eigene Haut zu retten, und dafür würde er gerade einfach alles tun und sagen.

„Auf deine Ausflüchte kann ich getrost verzichten", knurrte ich und rammte ihn noch einmal so heftig gegen die Wand, dass sein Rücken ein knirschendes Geräusch von sich gab. Schmerzerfüllt verzog er das Gesicht, doch es war mir egal. Sollte er doch am eigenen Leib spüren, wie es war, einer anderen Person ausgeliefert zu sein. Wie musste sich meine Mutter gefühlt haben, als sie allein mit diesem Schläger in der Wohnung war, ohne Aussicht auf Gnade? Ich sah die Furcht in seinen Augen und auf eine perverse Art und Weise genoss ich es, endlich Macht über ihn zu haben. Er konnte nicht einschätzen, wie weit ich zu gehen bereit war. Zurecht, denn momentan wusste ich nicht einmal selbst, ob ich mich beherrschen konnte, wenn es darauf ankam. Sein Gesicht nahm eine immer dunklere Farbe an und ich lockerte den Griff zumindest so weit, dass er Luft bekam, schließlich sollte er hier nicht verrecken – mitten auf dem Wohnzimmerteppich. Ich wollte ihm nur so viel Angst einjagen, dass er es endlich kapierte und für immer verschwand.

„Hör mir genau zu", flüsterte ich heiser an sein Ohr, während mich der Gestank nach Alkohol und ranzigem Fett beinahe würgen ließ. „Wenn dir irgendetwas an deinem Leben liegt, dann nimmst du jetzt die Beine in die Hand und verschwindest von hier. Für immer! Ich will dich nie wieder in der Nähe dieser Wohnung oder meiner Mutter sehen."

Wenn ich gedacht hatte, dass es mit einer leeren Drohung getan war, dann hatte ich mich getäuscht. Ein gefährliches Glitzern trat in seine Augen und warnte mich davor, diesen Mann zu unterschätzen. Er mochte ein Säufer sein, aber er war ganz sicher nicht dumm. Meine Intelligenz hatte ich von ihm geerbt, und er wusste genau, dass ich ihn nicht zu Tode prügeln konnte, ohne die Konsequenzen tragen zu müssen.

„Und wenn ich nicht gehe?"

Ich sah den Triumph in seinen Augen und es stimmte: Theoretisch konnte ich ihn zu gar nichts zwingen. Aber ich hatte noch ein Ass im Ärmel.

„Dann werde ich dir das Leben zur Hölle machen und glaube mir, ich kann sehr kreativ sein. Wenn du denkst, dass ich dich selbst zur Strecke bringe, dann hast du dich getäuscht, so dumm bin ich nicht. Aber ich habe meine Leute überall in der Stadt und vor allem habe ich eines: Zeit. Eines Tages, wenn du gerade nicht an mich denkst, wirst du vielleicht vor ein fahrendes Auto geschubst. Ganz aus Versehen natürlich. Oder es fällt plötzlich ein schwerer Gegenstand aus dem Fenster, wenn gerade niemand hinsieht. Unfälle passieren nun mal und man kann nicht immer auf der Hut sein. Irgendwann werde ich dich kriegen und bei so einem versoffenen Idioten wie dir wird keiner zweimal nachfragen, was genau passiert ist. Alle werden einfach nur froh sein, wenn du endlich weg bist."

Ich bluffte, aber ich betete zu Gott, dass er es nicht merken würde. Ich hatte bereits viel in meinem Leben getan, auf das ich nicht stolz war. Aber jemanden umbringen? Das würde ich niemals fertig bringen, egal wie sehr ich es auch wollte. Für einen Moment hielt ich die Luft an, um seine Reaktion zu beobachten. Doch ich musste meine Rolle überzeugender gespielt haben als gedacht. Ein unsicheres Flackern trat in seine Augen und in dem Moment wusste ich, dass ich gewonnen hatte. Seine eigene Haut war ihm viel zu wichtig um zu riskieren, dass ich meine Drohung wahrmachen würde.

„Haben wir uns verstanden?", knurrte ich und drückte noch einmal fest zu, um meine Worte zu unterstreichen.

„Jaja, du kannst mich loslassen. Ich werde euch in Ruhe lassen. Mit deiner Mutter ist eh nichts mehr los und du Bengel hast mich noch nie interessiert. Als du geboren wurdest, ging alles den Bach runter. Wenn ich irgendetwas an meinem Leben ändern könnte, dann dass du auf die Welt gekommen bist." Er spuckte vor mir auf den Boden und ich trat angewidert einen Schritt zurück. Seltsamerweise trafen mich seine Worte kein bisschen. Ich hatte mich bereits seit Jahren damit abgefunden, dass ich niemals einen Vater hatte und auch niemals haben würde. Aber ich hatte eine Mutter und diese liebte ich mit jeder Faser meines verkorksten Herzens. Ich würde sie vor allem Leid der Welt beschützen und wenn es das Letzte war, was ich in meinem Leben tun würde.

„Verschwinde und vergiss niemals, was ich dir gesagt habe. Sobald du auch nur einen Schritt in ihre Nähe setzt, werde ich es wissen. Ich werde dich finden und dich vernichten. Das ist ein Versprechen."

Dann ließ ich ihn los und er sackte erleichtert auf dem Boden zusammen, ehe er sich flink wie ein Wiesel aufrappelte und vor mir in Sicherheit brachte. Ich sah zu, wie er durch die Wohnung lief, um in Windeseile seine Sachen zu packen. Ein paar gammelige Kleider, Dosen mit Essen aus der Küche und natürlich seinen heißgeliebten Alk. Doch als er zu unserem Geheimversteck marschierte, in dem wir etwas Bargeld bunkerten, schritt ich ein. Mahnend stellte ich mich ihm in den Weg.

„Das lässt du schön bleiben. Hier ..." Ich hielt ihm einen Zehner hin. „Kauf dir eine Flasche Schnaps und sauf ihn irgendwo unter einer Brücke."

Schneller als ich schauen konnte, hatte er mir den Schein aus der Hand gerissen und marschierte mit seinen Habseligkeiten in Richtung Tür. Er warf keinen

Blick zurück, als er seine eigene Wohnung für immer verließ.

Endlich! Schweratmend ließ ich mich auf unser altes Sofa fallen. Ich hatte bis zuletzt nicht geglaubt, dass er tatsächlich gehen würde. Was hätte ich getan, wenn er sich geweigert hätte? Nicht daran denken, beschwor ich mich selbst. Er hatte es mir abgekauft, und das war alles, was zählte. Mein Herz hämmerte noch immer wild in meiner Brust. Ich starrte nach oben an die Decke. Würde jetzt alles gut werden? Gefühlt war in meinem Leben nie irgendetwas gut. Ich jagte von einer Katastrophe zur nächsten und versuchte verzweifelt, die Scherben aufzukehren, die sich zu meinen Füßen sammelten. Und wenn gerade alles gut war, dann sorgte ich selbst für das nächste Unglück.

Marissa. Beim Gedanken an den letzten Blick, den sie mir zugeworfen hatte, schloss ich gequält die Augen. Er war voller Verachtung und Trauer gewesen. Sie war neben meiner Mutter das einzig Gute in meinem Leben. Ob sie mir jemals verzeihen würde?

Kapitel 39

Marissa

„... und letztendlich soll das Projekt dabei helfen, Menschen Mut zu machen, die von Mobbing betroffen sind. Sie sollen wissen, dass sie nicht allein sind und dass es ein Leben danach gibt. Ein gutes Leben, das auf sie wartet."

Applaus brandete im Hörsaal auf, als ich meinen Vortrag vor dem Plenum beendet hatte. Geschafft! Ich atmete tief durch und wischte mir die schweißnassen Hände an der Hose ab. Bis zuletzt war ich skeptisch gewesen, wie mein Vortrag ankommen würde. Doch wohin ich auch sah, blickte ich in lächelnde Gesichter. Jetzt fehlte nur noch das Feedback von Frau Graf. Allein an ihr lag es, ob sie meine Strafarbeit akzeptierte oder mich zu sechs Monaten Kopierdienst verurteilen würde. Mir war alles recht, solange ich nicht wieder nach London fliegen müsste. Doch sie ließ mich noch etwas zappeln. Als sie sich schließlich räusperte, hielt ich gespannt den Atem an.

„Ich muss schon sagen, Frau Winter, Sie haben gute Arbeit geleistet. Das Projekt war als Experiment gedacht um herauszufinden, ob es den Betroffenen online leichter fällt, sich Unterstützung zu suchen. Wie es aussieht, war es ein voller Erfolg. Deshalb habe ich beschlossen, das Projekt fortzuführen und würde Sie gerne als wissenschaftliche Hilfskraft mit der Leitung beauftragen. Natürlich mit Bezahlung, wie klingt das für Sie?"

Sprachlos blickte ich sie an. Ein Lob von der strengen Frau Graf war gleichzusetzen mit einem Orden – äußerst kostbar und so selten, sodass man es nur einmal im Leben überreicht bekam.

„Frau Winter, haben Sie Ihre Zunge verschluckt?" Jetzt war sie wieder zurück, die Frau Graf, die ich kannte.

Ich beeilte mich zu nicken. „Das wäre wirklich toll, vielen Dank." Und so meinte ich es auch. Nach meiner Rückkehr aus London hätte ich das Projekt am liebsten aufgegeben. Alles daran erinnerte mich an Jakob und unsere gemeinsame Zeit. Dann aber begriff ich, dass es bei diesem Projekt nicht um Jakob oder mich ging. Es war längst so viel mehr geworden. Tag für Tag erreichten mich Nachrichten von Betroffenen. Ich las ihre teilweise unfassbaren Geschichten und bemühte mich nach Kräften zu helfen. Oft war ich bis nachts damit beschäftigt, alle Kommentare und Nachrichten zu beantworten. Mir wurde klar, dass ich es nicht übers Herz brachte, das alles wieder aufzugeben. Endlich waren meine Vergangenheit und all das Furchtbare, das ich erlebt hatte, zu etwas gut. Ich konnte diese Menschen verstehen und endlich etwas tun, um zu helfen. Noch immer dachte ich an das Mädchen zurück, das von dem Jungen mit der roten Basecap bedroht worden war. Sie war damals der Stein gewesen, der alles ins Rollen gebracht hatte. In ihr hatte ich die Marissa aus der Schulzeit wiedererkannt. Damals war ich mir so hilflos vorgekommen, dass ich nicht mehr für sie hatte tun können. Aber jetzt konnte ich helfen und diese Chance würde ich mir nicht entgehen lassen.

Nach und nach leerte sich der Hörsaal und ich ließ mich erschöpft auf einen Sitz fallen. Eine geborene Rednerin würde ich niemals werden, dachte ich mit sanfter Selbstironie. Dafür war ich viel zu nervös und aufgeregt.

„Das hast du gut gemacht", vernahm ich plötzlich eine vertraute Stimme hinter mir.

Mein Kopf flog herum und meine Augen fanden Adrian, der an der hinteren Wand des Hörsaals lehnte. Hatte er etwa die ganze Zeit dort gestanden und zugehört? Ich hatte ihn gar nicht bemerkt, so vertieft war ich in meinen Vortrag gewesen.

„Danke ...", sagte ich verlegen, da ich nicht so recht wusste, wie ich mit der Situation umgehen sollte. „Was machst du hier?", platzte es dann aus mir heraus. Niemals hätte ich damit gerechnet, ausgerechnet Adrian hier zu treffen nach allem, was passiert war.

Er löste sich von seinem Platz an der Wand und schlenderte langsam den Gang entlang auf mich zu. Alles an ihm war mir so vertraut, dass ich kurz schlucken musste. Sein Gesicht, seine Stimme, seine Bewegungen.

„Mir wurde von einer gut informierten Quelle berichtet, dass hier und heute eine Veranstaltung stattfindet, zu der ich unbedingt gehen sollte."

„Annie!", stöhnte ich und schimpfte innerlich. Was hatte sie sich nur dabei gedacht, ausgerechnet ihn einzuladen? „Es tut mir leid", sagte ich leise. Wir wussten beide, was ich meinte, da bedurfte es keiner Erklärung.

„Ich weiß", sagte er schlicht. „Mir tut es auch leid. Aber vielleicht war es besser so. Vielleicht hat uns dieses abrupte Ende einen langsamen, quälenden Abschied erspart. Wer weiß das schon?"

Er blickte mich aus seinen sanften braunen Augen an und ich wusste, dass er recht hatte. Es wäre so oder so passiert. Früher oder später, mit Jakob oder ohne. Adrian war damals zu einem Zeitpunkt in mein Leben getreten, als ich vor allem eines gebraucht hatte: Sicherheit. Diese hatte er mir immer gegeben, wofür ich ihm zutiefst dankbar war. Gleichzeitig spürte ich, dass unsere Beziehung auf diese Art nicht weiter funktioniert hätte. Ich hatte bereits vor der Sache mit Jakob angefangen, mich von Adrian zu lösen und eigene Wege zu gehen. Jakob war nicht die Ursache unserer Trennung gewesen, sondern lediglich die Konsequenz.

„Du wirst mir immer wichtig sein", sprach ich meine Gefühle laut aus. „Du hast mir so viel gegeben, aber ich denke, wir würden besser als Freunde funktionieren als als Paar."

Adrian schluckte. „Gib mir Zeit, Marissa. Das hat mich alles sehr überrumpelt und mitgenommen. Vielleicht irgendwann, aber jetzt brauche ich erst einmal Abstand. Ich wollte nur, dass du weißt, dass ich dir nicht böse bin. Und dass ich stolz bin auf das, was du hier machst."

„Danke", murmelte ich und musste schlucken. „Danke, dass du gekommen bist, das bedeutet mir viel."

Sanft strich er mir mit dem Zeigefinger über die Wange. „Bis bald, Marissa. Irgendwann werden wir uns wieder begegnen. Tübingen ist nicht groß genug, dass man sich ewig aus dem Weg gehen kann." Er grinste verschmitzt und dann ging er.

Ich blieb zurück, allein in einem riesigen Hörsaal. Auf der einen Seite war ich froh, dass wir das geklärt hatten. Dass er nicht wütend auf mich war und wir irgendwann vielleicht sogar wieder zu einem normalen Verhältnis zurückfinden würden. Gleichzeitig fühlte ich mich in diesem Augenblick so einsam wie selten zuvor in meinem Leben.

Kapitel 40

Jakob

„Willst du eine Decke, ist dir kalt? Oder soll ich uns etwas vom Italiener besorgen? Du hast bestimmt Hunger." Besorgt schaute ich hinunter zu meiner Mutter, die auf dem Wohnzimmersofa lag. Vor zwei Wochen war sie aus dem Krankenhaus entlassen worden, und seither hatte ich mich geweigert, sie auch nur für eine Sekunde aus den Augen zu lassen. Die Ärzte hatten mir aufgetragen, gut für sie zu sorgen, und im Gegensatz zu vielem anderen nahm ich diese Aufgabe sehr ernst.

Seufzend stemmte sie sich in eine aufrechte Position. „Ich habe alles, was ich brauche. Aber wir müssen reden, Jakob, und zwar dringend."

Sämtliche Alarmglocken in meinem Kopf schrillten. Wäre sie nicht meine Mutter, sondern meine Freundin, würde sie nach dieser Ankündigung mit mir Schluss machen. Aber so hatte ich nicht den blassesten Schimmer, was gleich folgen würde.

„Ich muss es dir so direkt sagen, weil du es sonst nicht verstehst: Du übertreibst es mit deiner Sorge, mein Schatz. Mir geht es wieder gut. Der Schwindel und die Übelkeit sind fast weg, und bis auf ein paar Kopfschmerzen ist nichts mehr übrig geblieben von meinem Sturz. Ich weiß, was du die letzten Wochen für mich getan hast. Aber es wird Zeit, dass du aufhörst, wie eine Glucke um mich herumzutänzeln und mich zu bemuttern."

Ich setzte bereits zum Protest an, doch sie stoppte mich mit einer energischen Handbewegung. Erschrocken klappte ich den Mund wieder zu – so entschlossen kannte ich sie überhaupt nicht.

„Während der letzten Woche hatte ich viel Zeit zum Nachdenken. In unserem Leben ist einiges schiefgelaufen, das ist mir nun klar geworden. Mir fehlte die Kraft, mich von deinem Vater zu trennen, und so sah ich lieber stumm zu, wie er unsere Familie zugrunde richtete. Doch als ich im Krankenhaus lag, hat sich etwas verändert. Ich habe begriffen, dass es so nicht weitergehen kann. Das habe ich nicht verdient, und du ebenfalls nicht, denn es ist auch dein Leben, das er zerstört hat." Sie schloss für einen Moment gequält die Augen, bevor sie weitersprach. „Dein Vater wird keinen Fuß mehr in diese Wohnung setzen, und wenn er es dennoch versucht, werde ich ihn wegen jahrelanger Misshandlung anzeigen. Zeugen gibt es schließlich genug." Humorlos lachte sie auf und ich verkniff mir den Kommentar, dass ich ebenfalls dafür gesorgt hatte, dass dieses Schwein für immer verschwand. Dass sie selbst die Einsicht und die Kraft zur Trennung hatte, war das Beste, was passieren konnte.

„Das ist toll, Mum! Ich verspreche dir, ich werde immer für dich da sein." Ich drückte ihr die Hand, doch sie unterbrach mich erneut.

„Das wirst du nicht. Du warst in den letzten Jahren schon genug für mich da, hast dich um mich gekümmert und mich vor ihm verteidigt. Doch damit ist jetzt Schluss! Ich hätte mich um dich kümmern müssen, doch mir fehlte einfach die Kraft dafür. Kannst du mir verzeihen?"

Fassungslos blickte ich sie an. Ich hatte mit vielem gerechnet, aber nicht damit, dass sie mich um Verzeihung bat.

„Es gibt nichts zu verzeihen", sagte ich brüsk. „Du kannst nichts dafür, dass er so ein Arschloch ist."

Doch sie schüttelte energisch den Kopf, nicht bereit, in diesem Punkt nachzugeben. „Doch, und das weißt du. Es war meine Aufgabe, dich zu beschützen, und das habe ich nicht geschafft. Aber ab jetzt wird alles anders, das verspreche ich dir. Ich möchte in eine andere Wohnung ziehen, an dieser hier hängen zu viele schlechte Erinnerungen. Ich will einen kompletten Neustart und endlich anfangen zu leben. Das Gleiche gilt auch für dich. Geh wieder studieren, Jakob, triff dich mit Freunden, leb dein Leben. Es wird doch irgendetwas geben, das du willst!"

Marissa, schoss es mir blitzartig durch den Kopf, doch ich sprach es nicht laut aus. „Bist du dir sicher?" fragte ich und spürte das Misstrauen in jeder Pore meines Körpers. Ich traute ihrem Stimmungswandel nicht. Zu lange hatte ich miterlebt, wie sie sich wieder und wieder von meinem Vater weichkochen ließ.

„Das bin ich. Tante Kim hat bereits angeboten, mir bei der Wohnungssuche zu helfen. Du kennst sie, wenn sie sich einmal etwas in den Kopf gesetzt hat, dann ..."

„Kann sie niemand aufhalten", beendete ich den Satz und wir brachen beide in Gelächter aus. Tante Kim war wie eine Dampfwalze: Wehe dem, der sich ihr in den Weg stellte. Es war schön, meine Mutter wieder lachen zu sehen, und ich stellte überrascht fest, dass es auch bei mir eine Ewigkeit her war, seit ich zum letzten Mal fröhlich gewesen war. Mit Marissa hatte ich jeden Tag gelacht und mein Magen zog sich beim Gedanken an sie schmerzhaft zusammen. Es war einfach nicht dasselbe ohne sie! Mit einem Ruck stand ich auf – ich musste dringend etwas erledigen.

Eine Sache hatte ich inzwischen begriffen: Ich durfte Marissa nicht verlieren – zumindest nicht kampflos.

Das war ich ihr und mir verdammt nochmal schuldig.
Zwar hatte sie nicht auf meine Anrufe und Nachrichten reagiert, doch eines hatte ich bislang noch nicht
versucht: persönlich mit ihr zu reden. Also klemmte ich
mich hinter meinen Laptop und machte mich im Internet auf die Suche nach ihr. Dabei konnte ich mir ein
Grinsen nicht verkneifen, denn vor kurzem war es Marissa, die mich auf genau dieselbe Weise gefunden
hatte. Mir war nie bewusst gewesen, wie leicht man jemanden über das Internet aufspüren konnte, und bereits nach kurzer Zeit landete ich einen Treffer. Sie studierte in Tübingen und ich musste nur noch herausfinden, wo sie wohnte. Im Telefonbuch fand ich sie natürlich nicht – wer veröffentlichte seine Nummer heutzutage noch dort? Stattdessen wurde jede Kleinigkeit bei
Instagram geteilt. Dort stieß ich auf ein Foto von Annie
W., das sie zusammen mit Marissa auf einer hübschen
Terrasse vor einem alten Fachwerkhaus zeigte. Bingo!
Bereits am nächsten Tag saß ich im Zug.

„Nächster Halt: Tübingen Hauptbahnhof", schnarrte
undeutlich die Stimme des Schaffners durch die Lautsprecher des Zuges. Schnell schulterte ich meinen
Rucksack, um mich für den Ausstieg bereitzumachen.
Tübingen – zuletzt war ich als Kind zusammen mit
meiner Mutter dort gewesen. Eine typische Studenten-
stadt, klein, gemütlich und eine abgeschlossene Welt,
in der sich die Studenten nur aufs Lernen konzentrieren konnten. Das komplette Gegenteil also von mir und
dem Viertel im Hallschlag, in dem ich aufgewachsen
war. Die Vorstellung, wie Marissa hier ein behütetes
und glückliches Leben mit ihrem Freund geführt hatte,
fraß sich unangenehm durch meine Eingeweide. Das
war etwas, das ich ihr niemals bieten konnte. Mit mir
gab es immer Ärger und Drama. Doch wäre Marissa
hier vollkommen glücklich gewesen, hätte sie sich

niemals für mich entschieden. Das musste ich mir nur so lange einreden, bis ich es selbst glaubte.

Auf direktem Weg marschierte ich vom Bahnhof in die Altstadt, wo ich das Fachwerkhaus von dem Foto vermutete. Planlos lief ich die Straßen auf und ab, während ich danach Ausschau hielt. Doch zu meiner Enttäuschung konnte ich es nirgendwo entdecken. Fuck, konnte nicht einmal in meinem Leben etwas nach Plan laufen? Frustriert beschloss ich, eine Rast einzulegen, und setzte mich auf eine Bank, um das bunte Treiben in den Gassen der Altstadt zu beobachten. Dann war ich bereit für die zweite Runde und tatsächlich: In einer versteckten Seitengasse wurde ich endlich fündig. Ich verglich das Haus auf dem Foto mit dem Haus, vor dem ich gerade stand, dann stieß ich einen leisen Pfiff aus. Volltreffer! Vorfreude mischte sich mit Angst. Was würde ich tun, wenn sie mich nicht sehen wollte? Wenn sie mich endgültig zum Teufel jagte? Doch das würde ich niemals herausfinden, wenn ich länger hier herumstand und Däumchen drehte. Ich öffnete das Gartentor und trat in den Vorgarten. Entschlossener als ich mich fühlte, drückte ich auf die Klingel, bevor ich es mir anders überlegen konnte. Bereits nach kurzer Zeit ertönte der Summknopf und ich trat ins Haus. Im Erdgeschoss stand bereits eine Tür weit offen und von drinnen vernahm ich eine Stimme, die mir nur allzu vertraut war.

„Wie oft habe ich dir gesagt, dass du an deinen Schlüssel denken sollst, wenn du aus dem Haus gehst? Was hättest du gemacht, wenn ich nicht zuhause gewesen wäre? Dann würdest du jetzt draußen sitzen und warten, bis ich irgendwann zurückkomme. Wenn du Pech hättest, würde es dabei noch regnen und du wärst pitschnass, bis du dir schließlich eine Erkältung holst." Sie schimpfte vor sich hin, doch ich hörte genau, dass sie es eigentlich nicht ernst meinte, so viel Zuneigung für die unbekannte Person lag in ihrer Stimme.

Vorsichtig, um sie nicht zu erschrecken, näherte ich mich der offenen Wohnungstür. Sollte ich einfach so hereinplatzen? Stattdessen entschied ich mich dafür zu klopfen. Erschrocken fuhr Marissa herum und als sie mich erblickte, weiteten sich ihre grünen Augen vor Entsetzen.

„Du", hauchte sie tonlos.

Kapitel 41

Marissa

Litt ich an Halluzinationen oder wie konnte es sein, dass Jakob hier in Tübingen war, direkt vor meiner Haustür?

Sekundenlang stand ich unter Schock und starrte ihn wie paralysiert an. Erst als er einen Schritt auf mich zutrat, setzte sich mein Gehirn ruckartig wieder in Gang. Vermutlich sah ich aus wie ein erschrockenes Kaninchen, denn er trat ganz vorsichtig näher, so als könnte ich jeden Augenblick die Flucht ergreifen. Ganz falsch lag er damit nicht, denn alles in mir schrie danach, die Beine in die Hand zu nehmen und zu rennen.

„Hallo, Marissa", sagte er leise und beim Klang seiner dunklen Stimme kroch Gänsehaut über meinen gesamten Körper. „Wie geht es dir?"

Er hatte sein typisches schiefes Grinsen aufgelegt und ich blickte ihn ungläubig an. „Was denkst du denn, wie es mir geht? Ich habe dir vertraut, du hast mich betrogen. Ende der Geschichte und jetzt verschwinde." Nachdem ich die erste Überraschung verdaut hatte, gewann meine Wut die Oberhand.

„So war es aber nicht." Er trat immer näher und erweckte in mir das Bedürfnis, mich zu verteidigen. Schnell griff ich nach einem großen Schirm, der im Schirmständer neben der Haustür stand, und hielt ihn schützend vor mich.

Ein kurzes Grinsen huschte über Jakobs Gesicht, das aber schnell wieder verschwand. „Lass es mich erklären. Ich verspreche dir, du wirst alles verstehen, wenn du mir zuhörst. Nur ein paar Minuten, mehr verlange ich nicht."

Ich focht einen inneren Kampf mit mir aus. Auf der einen Seite wollte ich, dass er auf der Stelle verschwand. Auf der anderen war meine Neugier geweckt, was er mir so Wichtiges sagen wollte, dass er dafür extra nach Tübingen reiste.

„Ich hoffe für dich, dass du eine gute Erklärung für dein Verhalten hast", gab ich schließlich nach und ließ den Schirm sinken. Die Neugier hatte gesiegt.

„Können wir uns irgendwo setzen?"

„Nein." Meine Antwort kam schnell und hart. Die Wohnung war mein Schutzgebiet und ich würde Jakob hier nicht herein lassen. „Wenn du mir etwas zu sagen hast, tu es jetzt und hier."

„Schon gut, ich hab verstanden." Abwehrend hob er beide Hände. „Zuerst einmal: Ich habe dich niemals betrogen."

Ich lachte trocken auf. „Das war bereits die erste Lüge für heute. Ich habe doch mit eigenen Augen gesehen, wie du mit dieser Tussi auf deinem Bett saßt und dein Gesicht in ihrem Hals vergraben hast." Bereits beim Gedanken daran musste ich beinahe würgen.

„Das war Christy, eine gute Freundin, die ebenfalls im Wohnheim wohnt. Wir hatten mal etwas miteinander, das will ich gar nicht leugnen. Aber das war vor deiner Zeit. Seit das mit uns angefangen hat, war ich nicht mehr mit Christy zusammen, ich schwöre es."

„Willst du damit sagen, dass ich mir das alles nur eingebildet habe? Ich bin nicht dumm, ich weiß, was ich gesehen habe."

„Nein, natürlich nicht, nur war es anders, als es ausgesehen hat. Christy hat mich getröstet – als gute Freundin und nicht mehr." Er schluckte schwer. „Ich hatte kurz davor einen Anruf von meiner Tante bekommen, dass meine Mutter im Krankenhaus lag. Zu dem Zeitpunkt wusste ich noch nicht, wie die Sache ausgehen würde. Ich war außer mir vor Sorge und habe aus Wut und Verzweiflung das halbe Zimmer kurz und klein geschlagen. Christy hat mich gehört und davon abgehalten, eine Riesendummheit zu begehen. Ich musste mit jemandem reden, sonst wäre ich durchgedreht. Sie war da und hat mich getröstet. Das war es, was du gesehen hast. Eine gute Freundin, die ihren verzweifelten Mitbewohner tröstet. Nicht mehr und nicht weniger, ich schwöre bei Gott."

Für einige Augenblicke war es still, während ich versuchte, seine Worte zu verarbeiten. Konnte Jakobs Version wirklich stimmen oder wollte ich einfach nur, dass sie es tat?

„Was ist mit deiner Mutter passiert?", erkundigte ich mich, denn ich brauchte Antworten, und zwar dringend.

Ich spürte, wie schwer es ihm fiel, darüber zu sprechen. „Ich habe dir doch von meinem Vater erzählt ..."

O ja, das hatte er. Ich hatte das Gespräch noch lebhaft in Erinnerung.

Jakobs Stimme wurde so leise, dass ich ihn kaum noch verstand. „Er hat sie verprügelt, so wie er es schon oft getan hat. Nur ist sie diesmal hingefallen und hat sich den Kopf so stark angeschlagen, dass sie mit einer Kopfverletzung ins Krankenhaus kam. Die Ärzte wussten lange nicht, ob sie wieder gesund wird. Als mich meine Tante anrief, war noch nicht klar, wie es ausgehen würde. Allein der Gedanke daran, sie zu verlieren ..." Er schloss gequält die Augen und der Wunsch, ihn zu trösten, wurde beinahe übermächtig. Doch ich blieb wie angewurzelt stehen.

„Das ist ja furchtbar", sagte ich stattdessen. „Es tut mir so leid, was mit deiner Mutter passiert ist. Wie geht es ihr jetzt?"

Sein Gesicht erhellte sich. „Besser. Sie ist noch schwach, aber schmiedet bereits wieder Zukunftspläne. Das Wichtigste ist, dass sie das Schwein endlich verlassen hat."

„Das ist toll!" Ich meinte es genau so, wie ich es sagte. Die Geschichte mit seiner Mutter tat mir unendlich leid. Beim Gedanken daran, dass es sich genauso gut um meine Eltern hätte handeln können, wurde mir beinahe schlecht. Wir konnten uns unsere Eltern nicht aussuchen, vielmehr glich es einem Glücksspiel in der Lotterie.

„Es muss eine schlimme Zeit für dich gewesen sein", sagte ich zögernd und er nickte langsam und bedächtig.

„Das war es. Am schlimmsten war es, als wir noch nicht wussten, wie es um sie stand. Ich habe mir solche Vorwürfe gemacht, dass ich nicht bei ihr war, als es passierte. Ich hätte da sein müssen, das war meine verdammte Pflicht!", presste er voller unterdrückter Wut hervor, doch ich schüttelte den Kopf. „Auch wenn du nicht in London gewesen wärst, hättest du nichts daran ändern können. Schließlich hättest du nicht jede Sekunde auf deine Mutter aufpassen können und ein einziger unbeobachteter Moment hätte deinem Vater genügt. Früher oder später wäre es trotzdem passiert, und das weißt du auch."

„Warum fühle ich mich dann so verdammt schuldig?"

„Weil du ein guter Mensch bist." Diese Worte auszusprechen, fiel mir unendlich schwer, weil sie allem widersprachen, was ich in den letzten Wochen über Jakob Anderson gedacht hatte. Es war so leicht gewesen, wütend auf ihn zu sein. Ihn als notorischen Fremdgänger, Idioten und Lügner zu bezeichnen. Doch dass er hier mit dieser Geschichte aufkreuzte, stellte alles infrage, was ich mir die letzte Zeit eingeredet hatte. Fakt war: Jakob hatte seine Schwächen, und das nicht zu knapp.

Er hatte Fehler gemacht und einige davon würde ich niemals vergessen, egal wie sehr ich es auch versuchte. Fakt war aber auch, dass er nicht durch und durch schlecht war. Zumindest war er ein guter Sohn, der seine Mutter aufrichtig liebte.

„Glaubst du, dass es noch eine Chance für uns beide gibt?", stellte er die Frage, die ich am meisten fürchtete. Seine Augen waren weit aufgerissen und ich sah die Angst vor meiner Antwort darin.

Es war die Frage, die auch ich mir stellte, seit wir uns in London zum ersten Mal nach all den Jahren begegnet waren. Letztendlich führte alles zu einem einzigen Punkt: Würde ich es schaffen, die Vergangenheit hinter mir zu lassen und nach vorn zu blicken? Wenn ich Jakob noch eine Chance geben wollte, dann musste ich all die Dinge loslassen, die er mir angetan hatte. Denn das mit uns konnte nur gutgehen, wenn ich anfing, ihm zu vertrauen, und aufhörte, die Vergangenheit als Maßstab für die Zukunft heranzuziehen. Waren wir beide stark genug dafür oder war es besser, einen Neubeginn zu wagen? Mit einem neuen Partner und ohne die Rucksäcke, die wir beide trugen und die so schwer wogen?

Für einige Sekunden rang ich mit mir, doch dann gewannen all die angestauten Gefühle die Oberhand. Überfordert sah ich nur einen einzigen Ausweg. „Es tut mir leid, ich kann das nicht!" Verzweifelt schlug ich mir die Hände vor das Gesicht und trat die Flucht in mein Schlafzimmer an. Das Letzte, was ich von Jakob hörte, war das Schlagen der Haustür. Dann brach meine Welt noch einmal zusammen.

Kapitel 42

Jakob

Marissa,
du wirst es kaum glauben, aber dieser Brief ist der erste, den ich je in meinem Leben geschrieben habe. Vermutlich wird es auch der letzte sein, denn ich bin verdammt schlecht im Schreiben. Daran konnten auch dreizehn Jahre Folter im Deutschunterricht nichts ändern.

Immer wenn wir beide uns gegenüberstehen, führen unsere Gefühle ihr ganz persönliches Drama auf. Unter normalen Umständen würde ich dich jetzt einfach küssen, um dich davon zu überzeugen, wie viel du mir bedeutest. Doch gerade hasst du mich, was ich auch verstehen kann – deshalb versuche ich es mit einem Brief. Ich möchte, dass du weißt, dass ich deine Entscheidung gegen mich verstehen kann. Du hast keinerlei Grund, mir zu vertrauen. Ganz im Gegenteil: Ich habe dich jahrelang mies behandelt und ja: Zu diesem Zeitpunkt war es mir egal, wie du dich dabei gefühlt hast. Ich war ein Arschloch, das wissen wir beide, und daran gibt es nichts zu Beschönigen. Jeder würde verstehen, wenn du mich zum Teufel jagst und nie wieder ein Wort mit mir redest.

Dennoch passt es nicht zu der Marissa, die ich kenne, dass sie so leicht aufgibt. Du hast sogar den weiten Weg nach England auf dich genommen, nur um dich deiner Vergangenheit zu stellen. Unserer Vergangenheit, denn sie handelt von uns beiden. Es waren schon immer wir: du und ich.

Als du wie aus dem Nichts vor meiner Tür standest, habe ich dich für eine verrückte Irre gehalten (Entschuldige die Wortwahl, aber es ist die Wahrheit). Dabei war es genau andersherum. Von Anfang an hattest du dein Ziel fest vor Augen: Du wolltest reinen Tisch machen und mich endgültig aus deinem Leben streichen. Der Idiot hingegen war ich, der nicht begriffen hat, welche Chance du mir damit geboten hast.

Was danach kam, damit hätte wohl keiner von uns beiden gerechnet. Ich lüge nicht, wenn ich sage, dass die Zeit mit dir eine der schönsten in meinem Leben war. Ich habe jede verdammte Sekunde davon genossen. Von dem Moment an, als du an meine Tür geklopft hast, bis zu dem Moment, als ich dich zum letzten Mal sah.

Zwei Dinge im Leben kann man nicht erzwingen: Vertrauen und Liebe. Wie kostbar Vertrauen ist und wie leicht es zerstört werden kann, habe ich durch dich gelernt. Ich gäbe meinen rechten Arm dafür, wenn du dadurch wieder bei mir wärst. Doch so einfach ist es leider nicht. Vertrauen muss wachsen, und ob du mir diese Chance noch einmal geben willst, liegt ganz allein bei dir. Was ich dir allerdings schenken kann, ist Liebe. Ich schreibe dir heute etwas, was ich in meinem ganzen Leben noch keinem Mädchen gesagt habe: Ich liebe dich, Marissa. Du kannst mich gerne weiterhin hassen, aber zumindest das musst du mir glauben. Ich liebe deine feuerroten Karottenhaare, die man auch in der größten Menschenmenge wiederfindet. Ich liebe deine Sommersprossen, die von deiner Stirn bis zu deinem kleinen Zeh reichen. Wenn ich die Augen schließe, sehe ich dich immer noch vor mir auf der Westminster Bridge: Wie du mich angesehen hast, als würdest du ganz genau verstehen, wie ich mich gerade fühle. Du

hast direkt durch mich hindurchgeblickt und den kleinen Jungen gesehen, der ich manchmal noch bin. Du hast mich jeden Tag zum Lachen gebracht und mich so wahnsinnig glücklich gemacht.
Deshalb werde ich dich weder überreden, noch werde ich flehen oder betteln (auch wenn ich das am liebsten tun würde).
Ich bitte dich nur um eine einzige Sache: Bereue unsere gemeinsame Zeit in London nicht! Egal was die Zukunft bringt, die Erinnerung daran kann uns niemand mehr nehmen. Ich werde sie für immer wie einen Schatz in meinem Herzen tragen und ich hoffe, dass du es genauso machst. Wenn du an uns beide denkst, dann nicht mit Wut oder Trauer. Das Leben ist zu kostbar, um es von der Vergangenheit bestimmen zu lassen. Das weiß ich jetzt.
In Liebe
Jakob

Kapitel 43

Marissa

Jakob,
Worte sind so leicht gesagt.
Doch es sind Taten, die Worte wahr machen.
Ansonsten sind sie nur heiße Luft.

Kapitel 44

Jakob

„Kommen Sie herein, Herr Anderson, und nehmen Sie bitte Platz. Frau Wagner befindet sich gerade noch in einem Meeting, wird aber in wenigen Minuten bei Ihnen sein. Kann ich Ihnen bis dahin etwas anbieten? Kaffee, Tee, ein Wasser?" Mit einem beflissenen Lächeln öffnete mir die Sekretärin die Tür zum Büro ihrer Chefin und deutete auf einen gemütlichen kleinen Sessel in einer Ecke des Raumes.

„Danke nein, ich brauche nichts", wehrte ich ab.

Ihr Lächeln wurde noch eine Spur einnehmender, als sie mich von oben bis unten musterte. Immerhin hatte ich mich heute in meinen besten – und meinen einzigen – Anzug geworfen, um einen guten Eindruck bei ihrer Chefin zu machen. Zumindest bei der Sekretärin konnte ich punkten. Der Jakob von früher hätte sie längst mit den Augen ausgezogen – schließlich ragten lange, schlanke Beine unter ihrem kurzen Rock hervor. Dem Jakob von heute war das komplett egal – das Einzige, was zählte, war meine Mission.

Mit einem bedauernden Blick, weil ich auf keinen ihrer Flirtversuche reagierte, ließ sie mich allein. Neugierig musterte ich die Wand hinter dem Schreibtisch, die über und über mit Auszeichnungen und Preisen behängt war. Verdammt, die Frau war eine absolute Koriphäe auf ihrem Gebiet – und wie man hörte auch ein fürchterlicher feuerspeiender Drache.

Im nächsten Moment wurde auch schon schwungvoll die Tür aufgerissen. Eine zierliche Frau mit blonden Locken stürmte mit energischen Schritten herein und ließ sich mir gegenüber in den Sessel fallen. Ungläubig starrte ich sie an – so hatte ich sie mir absolut nicht vorgestellt.

„Herr Anderson, entschuldigen Sie die Verspätung, heute jagt ein Termin den nächsten und ich komme kaum zum Durchatmen. Aber jetzt habe ich ein paar Minuten Zeit für Sie. Vorstellen muss ich mich ja wohl kaum, immerhin haben Sie einen Termin bei mir vereinbart. Deshalb gehe ich davon aus, dass Sie genau wissen, was wir hier tun, und kommen gleich zur Sache."

Ihr Ton war freundlich, doch ich spürte genau, dass man mit dieser Frau besser keine Spielchen trieb. Eine Position wie die ihre bekam man schließlich nicht umsonst. Hier waren Ellbogen gefragt, und die hatte sie ohne Zweifel.

„Dann schießen Sie mal los. Was genau führt Sie heute zu mir?" Sie faltete die Hände vor der Brust und fixierte mich so scharf, dass es mir kalt den Rücken hinunterlief. Selten gelang es einem Menschen, mich nervös zu machen. Marissa war einer davon, aber aus komplett anderen Gründen als diese Drachenlady hier.

Ich schluckte und versuchte mich darauf zu konzentrieren, warum ich eigentlich hier war. Glücklicherweise hatte ich mir Notizen gemacht, ansonsten wäre ich gnadenlos untergegangen. Einmal angefangen, gewann ich mit jeder Sekunde an Sicherheit, und als ich fertig war, ließ ich mich erleichtert zurück in den Sessel plumpsen.

Sie musterte mich einige Sekunden lang stumm und unter ihrem prüfenden Blick begann ich sofort wieder zu schwitzen. Doch dann zeigte sich ein Lächeln auf ihrem Gesicht – das erste des heutigen Tages.

„Ich muss Ihnen ganz ehrlich sagen, dass ich skeptisch war, als Sie einen Termin bei mir vereinbart haben. Ich habe vermutet, dass Sie entweder ein verrückter Spinner sind oder jemand, der sich wichtig machen will. Für beides habe ich keine Zeit, und Sie müssen zugeben: Was Sie mir gerade erzählt haben, klingt zu verrückt, um wahr zu sein."

Mir war vollkommen bewusst, wie sich das Ganze anhören musste, und ich konnte verstehen, wenn sie mich hochkant aus ihrem Büro warf.

„Je länger ich Ihnen zugehört habe, umso klarer wurde mir eines: Sie meinen das Ganze ernst, oder?"

Ich nickte. Wenn ich eine Sache auf der Welt ernst meinte, dann diese hier. Freiwillig hätte ich mich ganz sicher nicht dem Drachen zum Fraß vorgeworfen.

„Das ist gut, sehr gut sogar. Wissen Sie, es passiert täglich, dass mir Menschen ihre Anliegen vortragen: Frau Wagner tun Sie dies ... können Sie bitte das ...? Ich brauche ... Und ich sage fast immer ‚Nein!'. Meine Zeit ist knapp, und ich kann nur Dinge unterstützen, hinter denen ich voll und ganz stehe. Die Leute da draußen, deren Interessen ich vertrete, haben das Bestmögliche verdient. Das bin ich ihnen schuldig, verstehen Sie das?"

Nicht so direkt. Dennoch nickte ich wieder brav.

Sie holte einmal tief Luft. „Aber Ihre Idee gefällt mir. Das Ganze ist so außergewöhnlich, dass ich es als Bereicherung und Gewinn für meine Organisation ansehe."

Ungläubig starrte ich sie an. Passierte das hier gerade wirklich oder bildete ich mir das nur ein? Meine Verwirrung musste mir im Gesicht abzulesen sein, denn sie lachte laut und beherzt los – es klang so unmelodiös wie das Scheppern einer Milchkanne.

Dann erhob sie sich und reichte mir die Hand. „Gut, dann haben wir einen Deal. Die Formalitäten wird meine Sekretärin mit Ihnen absprechen und Sie hören demmächst wieder von mir wegen dem genauen Termin. Einen schönen Tag noch, Herr Anderson.“

Ehe ich mich versah, hatte sie mich bereits aus ihrem Büro geworfen und ich fand mich fassungslos auf dem Flur wieder. Sie hatte tatsächlich ja gesagt! Ja zu meinem verrückten Plan, den ich in den letzten Tagen ausgetüftelt hatte. Mit Müh und Not schaffte ich es noch in den angrenzenden Park, als ein lauter Schrei der Begeisterung aus mir herausbrach – ich hatte es tatsächlich geschafft!

Kapitel 45

Marissa

„Annie! Du musst sofort kommen!" Mein gellender Schrei hallte durch die WG und nur fünf Sekunden später stand eine tropfnasse Annie vor mir.

„Was ist passiert? Brennt es irgendwo oder haben wir einen Wasserschaden?" Hektisch sah sie sich um auf der Suche nach der vermeintlichen Katastrophe.

„Nein, keine Sorge", beruhigte ich sie schnell, dann strahlte mein Gesicht wieder. „Du glaubst nicht, was gerade passiert ist!"

„Hoffentlich etwas Gutes, wenn ich dafür klatschnass aus der Dusche springe", murrte sie.

Ich packte sie an den nackten, nassen Schultern und schüttelte sie einmal kräftig durch. „Etwas absolut Gutes sogar! Du wirst es nicht glauben: Die M.G.M-Organisation hat mich zu einem Interview eingeladen. In drei Tagen schon, ich kann es noch gar nicht fassen!" Und das konnte ich wirklich nicht. Ich hatte die Einladung zwar schwarz auf weiß vor mir, aber glauben konnte ich es immer noch nicht.

„Das hört sich wirklich toll an, aber was ist die M.G.M-Organisation?" Annies ratloser Blick sprach Bände, und ich musste lachen.

„Es steht für ‚Mut gegen Mobbing'. Das ist eine der drei größten Organisationen gegen Mobbing überhaupt. Heute Morgen kam eine Nachricht, dass sie mich gerne interviewen würden. Ich habe keine Ahnung, wie sie überhaupt auf mich gekommen sind, schließlich gibt es viel größere Fische als meinen Instagram-Kanal."

Jetzt wurde auch Annie das Ausmaß der Sache bewusst und ihre Augen wurden riesengroß. Im nächsten Moment fingen wir wie auf ein geheimes Zeichen hin an zu kreischen und hüpften so wild auf und ab, dass sogar ihr Handtuch flöten ging. Dann stoppte ich ruckartig und blickte sie unsicher an.

„Glaubst du, ich schaffe das? Momentan geht alles so schnell, und ich frage mich, ob ich dem Ganzen überhaupt gewachsen bin."

„Marissa", sagte Annie ernst. „Was du in den letzten Wochen geleistet hast, war unglaublich. Ich lüge nicht, wenn ich sage, dass du dich zu einer der stärksten Frauen entwickelt hast, die ich kenne. Du bist nach London gereist, hast dich Jakob gestellt und auch wenn er dir das Herz gebrochen hat, hast du niemals aufgehört, weiter zu kämpfen: Für dich und für andere, die dasselbe durchmachen müssen. Jetzt ist es an der Zeit, dass du dir selbst erlaubst, ein paar Lorbeeren zu ernten. Außerdem ist jede Presse, die du bekommen kannst, wichtig. Aufmerksamkeit und Bewusstsein in den Köpfen der Menschen ist eines der besten Hilfsmittel gegen Mobbing."

Jedes ihre Worte war wahr und obwohl ich wusste, dass ich bei dem Interview tausend Tode sterben würde, sagte ich noch am selben Tag zu. Und dann standen mir die längsten drei Tage meines Lebens bevor, in denen es „Warten" hieß.

„Was sagt ihr zu meinem Outfit? Bin ich overdressed?" Kritisch drehte ich mich einmal vor dem Spiegel in meinem Zimmer, während aus dem Laptop aufgeregtes Gemurmel drang. „Ich verstehe kein Wort, wenn ihr alle durcheinanderredet", schimpfte ich und beugte mich direkt über den Laptop, auf dem gerade eine Konferenzschaltung mit Becky, Sue und Ellie lief.

„Du siehst super aus", tönte etwas verzerrt Sues Stimme aus dem Lautsprecher. Sie jammerte ständig über das miserable Internet in der schottischen Einöde, in der sie lebte.

„Ich würde den schwarzen Hosenanzug nehmen", meinte Becky und ich stöhnte auf. War ja klar, dass sie niemals einer Meinung sein würden.

„Ellie?", hakte ich nach und grinste zufrieden, als sie auf das taubenblaue Kleid deutete, das ich bereits trug. „Dann steht es 3:1. Danke für die Unterstützung, meine Damen." Es war auch höchste Zeit, denn der Blick auf die Uhr zeigte mir, dass ich in fünf Minuten losmusste. Schließlich wollte ich auf gar keinen Fall zu spät kommen. „Wünscht mir Glück", bat ich.

„Marissa for president!", schrie Becky und lachend klappte ich den Laptop zu. Wir waren noch immer dieselben verrückten Hühner wie in London.

Das Interview sollte in einem Studio in Stuttgart stattfinden. Während der Zugfahrt hatte ich alle Mühe, meine Nervosität unter Kontrolle zu bringen. Am liebsten wäre ich ausgestiegen und sofort wieder zurück in die WG gefahren. Doch hier ging es nicht nur um mich, das sagte ich mir immer wieder. Hier ging es darum, Aufmerksamkeit für mein Herzensthema zu schaffen und so vielen Menschen wie möglich zu helfen. Dieser Gedanke gab mir die notwendige Kraft, nicht auf der Stelle die Flucht zu ergreifen.

„Schön, dass Sie hier sind", begrüßte mich die Assistentin mit einem herzlichen Lächeln, als ich das Studio erreichte. „Ich bringe Sie gleich ins Hair-and-Make-up, danach gibt es ein kurzes Briefing mit dem Moderator und dann geht es auch schon los. Sie schaffen das schon", munterte sie mich auf, als sie meinen panischen Gesichtsausdruck sah.

Ich schluckte und folgte ihr ins Gebäude. Ungläubig sah ich zu, wie die Visagistin meine Haare in eine rote Traummähne verwandelte und mich so stark schminkte, dass ich mir vorkam wie beim Fasching.

„Ist das nicht zu viel?", hakte ich vorsichtig nach.

„Keine Sorge, Schätzchen, die Kameras schlucken das meiste davon. Vertrau mir einfach."

Hatte ich eine andere Wahl?

Als Nächstes stand das Briefing mit dem Moderator auf dem Programm. Ich hatte ihn bereits im Fernsehen gesehen, und es verschlug mir kurz die Sprache, als er live und in Farbe vor mir stand.

„Frau Winter", begrüßte er mich souverän und seine angenehme Stimme legte sich wie eine sanfte Hülle um meine Aufregung. „Wir können gleich starten, wir warten nur noch auf die anderen beiden Teilnehmer."

Die anderen BEIDEN Teilnehmer? „Ich dachte, ich führe das Interview nur mit Frau Wagner, der Vorsitzenden der M.G.M.-Organisation?"

Der Moderator kratzte sich am Kopf und sah plötzlich sichtlich verlegen aus. „Ich dachte, sie wären informiert, dass noch jemand dabei ist. Das ist jetzt natürlich unangenehm ..."

Das Schlagen der Studiotür ließ mich ruckartig aufhorchen und meine Augen erfassten eine große, muskulöse Gestalt mit blonden Haaren. Bedächtig trat sie auf uns zu und schüttelte zuerst dem Moderator die Hand, bevor sich seine eisblauen Augen fest auf mich richteten.

„Hallo, Marissa", sagte er schlicht, während mein Herz drei Takte lang stockte.

„Das darf jetzt nicht wahr sein", war alles, was ich herausbrachte.

Kapitel 46

Jakob

Ich hatte bereits so eine Ahnung gehabt, dass Marissa meine Anwesenheit beim Interview nicht gefallen würde. Doch dass sie dermaßen schockiert war, hatte ich nicht erwartet. Wenigstens fiel dem großen Kerl im Anzug, der der Moderator sein musste, in diesem Moment wieder ein, was seine Rolle bei alldem hier war. Er klappte den offenen Mund zu und setzte ein einstudiertes Lächeln auf. Dann deutete er auf die drei schlichten Sessel, die auf einem Podium standen.

„Bitte setzen Sie sich, Frau Wagner wird gleich kommen." Dann ergriff er die Flucht – zum Teufel mit der Professionalität.

Marissas Augen sprühten Funken, als sie sich mir zuwandte: „Was machst du hier, Jakob? Ist das wieder einer deiner Tricks? Ich hätte es ahnen müssen – die Einladung für das Interview war zu schön, um wahr zu sein."

Was ich hier machte? Es war doch mit Frau Wagner abgesprochen, dass wir das Interview zu dritt führen würden. Schließlich hatte ich alles im Vorfeld genau mit ihrer Sekretärin durchgekaut.

„Ehrlich, Marissa, ich dachte, du wüsstest, dass ich auch dabei sein würde", beteuerte ich, doch natürlich glaubte sie mir kein Wort. So ein Mist! Selbst wenn ich etwas Gutes tun wollte, stand ich am Ende dennoch wie der letzte Idiot da. Dabei konnte ich diesmal ausnahmsweise nichts dafür.

In diesem Moment kam auch schon Frau Wagner um die Ecke geschossen – elegant, energisch und mit einem breiten Grinsen im Gesicht. „Marissa, Jakob, schön Sie hier so vereint zu sehen. Ich habe von dem kleinen Missverständnis gehört. Das ist alles meine Schuld, ich hatte vergessen, Sie zu informieren. Bitte entschuldigen Sie! Kann ich davon ausgehen, dass das Interview trotzdem wie geplant stattfinden kann?"

„Ähm, ja", war alles was Marissa herausbrachte. Was hatte sie auch für eine andere Wahl?

Verdutzt stellte ich fest, dass Frau Wagner mir zuzwinkerte. Unglaublich! Diese verdammte, kleine Kupplerin hatte das alles geplant! Hinter der harten Fassade musste ein butterweicher Kern schlummern.

„Wollen wir das Briefing machen?", schaltete sich der Moderator mit einem raschen Blick auf die Uhr ein. Vermutlich befürchtete er bereits die nächste Katastrophe und wollte ihr zuvorkommen.

Doch Frau Wagner fuhr ihm sofort über den Mund: „Das machen wir aus dem Bauch heraus, schließlich soll es ja authentisch wirken und nicht wie irgendeine abgelesene Geschichte." Sie verscheuchte den Moderator auf seinen Platz und übernahm nun das Ruder. Dieser zuckte nur mit den Schultern und gab sich geschlagen – er wusste wohl, wann er verloren hatte.

Marissa sah aus, als würde sie gleich in Tränen ausbrechen, während ich wie eingefroren dastand und die Szene beobachtete. Das Ganze war so verrückt, dass es beinahe komisch war.

Kurzerhand ergriff Frau Wagner Marissas Schultern und drückte sie sanft in den Sessel. Dann setzte sie sich ihr gegenüber. Der Moderator saß wie ein Dekostück daneben und öffnete immer mal wieder stumm den Mund wie ein Fisch – nur um ihn sofort wieder zu schließen.

„Marissa", begann sie und ihre Stimme wurde überraschend weich, als sie sich ihr zuwandte. „Jakob hat mir von Ihrer Geschichte erzählt. Vielmehr ihrer gemeinsamen Geschichte, die beinahe hollywoodreif erscheint, wenn man sie zum ersten Mal hört."

Marissas Augen weiteten sich vor Überraschung und für eine Sekunde streifte ihr Blick meinen, bevor Frau Wagner fortfuhr: „Können Sie unseren Zuschauern kurz erzählen, wie Sie beide sich kennengelernt haben?"

Ich beobachtete, wie sich Marissa auf ihrem Sessel versteifte und stöhnte innerlich auf. Verflucht, sie war kurz vor einem Blackout, das sah ich ihr an. Ich konnte nicht zulassen, dass sie im Fernsehen gedemütigt wurde. Nicht wegen einer Sache, die ich eingefädelt hatte.

„Marissa kam neu in unsere Klasse", schaltete ich mich schnell ein, bevor es zur Vollkatastrophe kommen konnte. „Zu dieser Zeit war ich ein ziemlicher Arsch ... oh, darf man Arsch im Fernsehen sagen? Egal, auf jeden Fall war ich einer und machte mir einen Spaß daraus, meine Mitschüler zu quälen."

Frau Wagner hatte die Lage sofort erfasst und konzentrierte sich nun ganz auf mich. Erleichtert stellte ich fest, dass die Kameras von Marissa wegschwenkten.

„Warum haben Sie sich ausgerechnet für Marissa entschieden? Lag es nur daran, dass sie die Neue war?"

Ich schluckte und konnte Marissa nicht ansehen bei meinen nächsten Worten. „Sie erschien mir das perfekte Opfer. Sie hatte noch nicht so viele Freunde, konnte sich nicht wehren und diese karottenroten Haare waren einfach ideal, um sie dafür zu hänseln."

Bei der Erwähnung ihrer Haare glomm endlich wieder das vertraute Feuer in Marissas Augen auf. „Hänseln ist das falsche Wort dafür", begann sie stockend. „Fertigmachen trifft es eher. Das hat er so lange getan, bis die Opfer irgendwann nicht mehr konnten. So war es doch, Jakob, oder?" Ihr harter Blick war nun direkt auf mich gerichtet – und diesmal war ich es, der schluckte.

Schnell schaltete sich Frau Wagner wieder ein, bevor es zum Schlagabtausch zwischen uns kommen konnte. „Nach der Schule haben Sie sich jahrelang nicht gesehen. Doch dann haben Sie sich entschieden, Jakob zu suchen. Dafür sind Sie sogar Hals über Kopf nach London geflogen. Wie kam es dazu, Marissa?"

„In den ganzen Jahren nach der Schule habe ich ihn nie aus meinem Kopf bekommen. Jakob war einfach immer da, egal was ich tat. Jeder, der schon einmal Mobbing erlebt hat, weiß, dass es nicht einfach vorbei ist, wenn man den Täter nicht mehr sieht. Es bilden sich Narben, die man nicht mehr loswird. Irgendwann habe ich beschlossen, mich der Vergangenheit zu stellen. Ich wollte Jakob vergessen und sah nur eine Möglichkeit: Mit ihm darüber zu reden, was passiert ist."

„Hat es denn funktioniert?", fragte der Moderator neugierig dazwischen, offenbar sah er seine Chance gekommen, endlich mitzumischen.

Marissas Stimme war nur noch ein Flüstern, als sie antwortete: „Nicht so wie erhofft. Er ist immer noch in meinem Kopf."

„Jakob, wie haben Sie sich gefühlt, als Marissa plötzlich vor Ihrer Tür stand? In England! Sie müssen ja komplett überrascht gewesen sein", wandte sich der Moderator, mutig geworden, nun an mich.

Beim Gedanken daran, wie ich ihr die Tür vor der Nase zugeknallt hatte, musste ich schmunzeln. „O ja, ich war schockiert und wollte sie so schnell wie möglich wieder loswerden. Am Anfang war ich total genervt von ihr, doch dann hat sich etwas verändert ..."

„Was denn?", hakten Frau Wagner und der Moderator gleichzeitig nach, was ihm einen bösen Blick von ihr einbrachte.

„Marissa hat mich verändert. Sie hat mir den Spiegel vorgehalten und mir gezeigt, was ich mit meinem Verhalten in der Schule angerichtet habe. Bei ihr und all den anderen. Dabei wurde mir bewusst, wie groß meine eigenen Dämonen sind und dass ich viel zu lange vor ihnen davongelaufen bin." Ich holte tief Luft, denn der nächste Satz ging mir nicht leicht über die Lippen. „Deshalb habe ich mich dazu entschlossen, eine Therapie zu machen und bereits damit angefangen."

Ein erstickter Schrei kam aus Marissas Richtung, doch ich konnte sie gerade nicht anschauen.

„Es erfordert viel Mut, zu seinen Fehlern und Taten zu stehen, Jakob. Und noch mehr Mut braucht es, wenn man sich wirklich ändern will." Zum allerersten Mal erntete auch ich dieses herzliche Lächeln von Frau Wagner, das bis gerade ausschließlich für Marissa reserviert gewesen war. Dieser wandte sie sich jetzt wieder zu und ich atmete erleichtert auf, dankbar für die Verschnaufpause. „Auch Sie haben große Schritte gemacht, Marissa. Sie haben ein Instagram-Profil, auf dem Betroffene Sie kontaktieren können, um Hilfe zu bekommen. Was würden Sie heute Abend sagen, um ihnen Mut zu machen?"

Marissa hob das Kinn ein Stück und blickte direkt in die Kamera. Als sie sprach, war es, als würde sie jedem da draußen direkt in die Augen sehen: „Es mag euch jetzt so vorkommen, als ob es keinen Ausweg gibt. Als ob der Täter übermächtig ist und ihr nichts gegen ihn ausrichten könnt. Doch das stimmt nicht. Früher oder später wird der Moment kommen, an dem ihr wieder glücklich werdet. Denkt nicht, dass ihr schwach seid, denn das seid ihr nicht, ganz im Gegenteil: Ihr seid wahnsinnig stark und werdet mit jedem Tag stärker.

Und vergesst niemals: Ihr seid nicht allein. Es gibt so viele da draußen, denen es genauso geht. Helft euch gegenseitig! An dieser Stelle möchte ich meinen Freunden danken: Annie, Becky, Sue und Ellie. Danke, dass ihr mich immer unterstützt habt."

Nun vergaß sogar Frau Wagner vor lauter Rührung den Text und der Moderator nutzte die Gunst der Stunde. „Das waren bewegende Worte, Marissa. Wie ist es bei Ihnen, Jakob, möchten Sie zum Abschluss etwas ergänzen?"

„Ja, das will ich." Ich stand auf und trat einen Schritt auf Marissa zu, vorsichtig, um sie nicht zu erschrecken. Dann blickte ich sie direkt an. Denn das, was ich nun sagen würde, war für sie. „Ich möchte mich entschuldigen. Bei dir und bei allen anderen, denen ich weh getan habe. Es tut mir leid und wenn ich könnte, würde ich meine Taten ungeschehen machen. Doch das ist unmöglich. Deshalb ist das Einzige, was mir bleibt, mich zu entschuldigen."

„Danke." Marissas Wangen brannten und in diesem Moment wollte ich nichts lieber, als sie zu küssen, doch das ging nicht. Das hier war nicht mein Moment, sondern ganz allein ihrer.

Kapitel 47

Marissa

Nach dem Interview floh ich Hals über Kopf aus dem Aufnahmestudio. Es war zu viel gewesen. Dass Jakob dieses Interview arrangiert hatte. Das Geständnis, dass er eine Therapie machte. Seine Entschuldigung. Und zu guter Letzt seine reine Anwesenheit, die mich beinahe um den Verstand gebracht hatte. Mein Herz war so durcheinander, dass es in den Fluchtmodus schaltete. Kurz dachte ich, dass Jakob mir folgen würde, doch das tat er nicht. Er schien meine Entscheidung gegen ihn zu akzeptieren und ich versuchte den Funken Bedauern, den ich dabei empfand, zu ignorieren. Schließlich gab er mir genau das, was ich verlangt hatte – die Freiheit, selbst zu entscheiden, was ich wollte und was nicht.

Doch wider Erwarten fand ich zuhause in der WG keine Ruhe. Es war viel leichter gewesen, Jakob zu hassen, als ständig das Bild vor Augen zu haben, als er sich bei mir entschuldigte – ehrlich und voller Reue. Auch die Tatsache, dass er dieses Interview arrangiert hatte, stimmte mich nachdenklich. Er hatte rein gar nichts davon gehabt, ganz im Gegenteil. Vor aller Öffentlichkeit hatte er zu seinen Fehlern gestanden und zugegeben, dass er eine Therapie machte – das erforderte Mut, großen Mut sogar.

„Und Liebe", flüsterte mir eine innere Stimme immer wieder zu. Sie zu ignorieren, fiel mir von Stunde zu Stunde schwerer.

Als ich auch Tage nach dem Fernsehinterview noch ein nervöses, zappeliges Wrack war, schaltete sich Annie ein.

„Marissa, du nervst", sagte sie eines Nachmittags auf ihre gewohnt charmante Weise, als wir bei einem Kaffee in der Küche saßen.

„Ich weiß", seufzte ich. „Aber was soll ich machen? Ich kriege ihn einfach nicht aus meinem Kopf."

„Herrgott noch mal", rief Annie und haute so energisch auf die Tischplatte, dass ich erschrocken zurückzuckte. „Das ist ja wie im Kindergarten mit euch beiden! Dabei ist die Sache doch glasklar."

Verwirrt runzelte ich die Stirn. Das Durcheinander meiner Gefühle war alles andere als klar. „Wie meinst du das?"

„Herzchen, hör mir zu ..."

Ich hasste es abgrundtief, wenn sie mit mir sprach wie mit einem Kleinkind, aber heute ignorierte ich es.

„Kein Junge kastriert sich selbst vor laufenden Kameras im Fernsehen, wenn er dich nicht aufrichtig lieben würde. Und dass du ihn ebenfalls liebst, ist sonnenklar. Warum sonst kannst du ihn immer noch nicht vergessen? Die Antwort ist: Du liebst ihn und er liebt dich. Was früher passiert ist, kann niemand mehr ungeschehen machen. Weder du noch Jakob. Aber es gibt einen Unterschied zwischen vergessen und verzeihen. Du wirst niemals vergessen, was zwischen euch passiert ist: all die Verletzungen und Fehler. Das ist schlichtweg unmöglich, denn die Vergangenheit ist für immer festgeschrieben. Die weitaus wichtigere Frage ist aber, ob du ihm verzeihen kannst? Ihm zu vergeben, obwohl du niemals vergessen kannst, ist schwer, aber gleichzeitig eure einzige Chance."

Annies messerscharfe Analyse haute mich beinahe aus den Socken. So hatte ich das Ganze noch nie betrachtet. Konnte ich Jakob verzeihen, aufrichtig und von ganzem Herzen? Ich schloss die Augen und Bilder schossen mir durch den Kopf: Unser Besuch auf dem Camden Market. Wie er mir im London Eye die Stadt von oben gezeigt hatte. Wie er jeden Morgen unerschütterlich mit Frühstück zum Hostel marschiert war und Beckys wütende Blicke ignoriert hatte, nur um bei mir zu sein. Das Vertrauen in seinen Augen, als er mir die Geschichte von seinen Eltern erzählt hatte. Unser erster Kuss auf der Westminster Bridge und die gemeinsame Nacht, in der ich mich so geborgen gefühlt hatte. Wogen all diese Erlebnisse schwerer als die Verletzungen, die er mir in der Vergangenheit zugefügt hatte?

Ruckartig öffnete ich die Augen. Ich drückte der verwirrten Annie einen Kuss auf die Wange und lief in mein Zimmer. „Du hast mir sehr geholfen!“, rief ich ihr über die Schulter zu, während ich das Handy zur Hand nahm, um endlich das Richtige zu tun.

Wir verabredeten uns zwei Tage später und wählten Stuttgart als Treffpunkt. Hier hatte alles angefangen mit uns beiden und hier sollte alles enden, auf die ein oder andere Weise.

Ich hatte mich gerade auf eine Bank am Schlossplatz gesetzt und beobachtete fasziniert eine kleine Amsel, die in einem der Springbrunnen badete, als jemand neben mir Platz nahm. Vorsichtig drehte ich mich um und mein Blick fand Jakob, der mich mit einem amüsierten Lächeln musterte.

„Hey du“, begrüßte ich ihn, unsicher, wie ich beginnen sollte.

„Ich habe mich über deinen Anruf gefreut“, sagte er leise.

Wir schwiegen eine Weile verlegen, bis ich schließlich das Wort ergriff. „Wie geht es deiner Mutter?“

„Besser, aber ich bin nicht hier, um über sie zu reden, sondern über uns. Du hast mir gefehlt."

„Du mir auch", gestand ich leise und im selben Moment wurde mir erst klar, wie sehr er mir tatsächlich gefehlt hatte. Neben Jakob zu sitzen, ihn anzuschauen, seinen Duft einzuatmen, brachte all die Gefühle zurück, die ich so lange verdrängt hatte. Doch jetzt kamen die Emotionen mit voller Wucht zurück und raubten mir beinahe die Luft zum Atmen. „Danke für das Interview, das du arrangiert hast. Seither explodiert mein Handy förmlich vor lauter Nachrichten und Anfragen." Für einen Moment schloss ich die Augen. „Und danke für deine Entschuldigung, sie hat mir viel bedeutet."

Er wollte etwas sagen, doch ich stoppte ihn mit einer knappen Geste. Ich hatte mir bereits auf der Fahrt hierher zurechtgelegt, was ich ihm sagen wollte und jetzt war der richtige Augenblick dafür gekommen.

„Ich habe viel nachgedacht in letzter Zeit. Über mich, über dich und über uns. Dabei ist mir eines klar geworden: Ich kann niemals vergessen, was früher passiert ist. Der Schmerz, den du mir zugefügt hast, sitzt so tief, dass er zu einem Teil von mir geworden ist. Er hat mich geprägt, geformt und mich zu dem Menschen werden lassen, der ich heute bin."

Jakob sog scharf die Luft ein, doch ich sprach schnell weiter, damit er mich nicht unterbrach. „Aber ich mag diesen Menschen, zu dem ich geworden bin und gleichzeitig weiß ich eines: Ich will keine Zukunft ohne dich. Deshalb sage ich dir heute etwas, von dem ich hoffe, es niemals bereuen zu müssen: Ich verzeihe dir, Jakob Anderson. Ich verzeihe dir alles, was du mir je angetan hast, und ich tue das aus freien Stücken. Weil ich dich liebe und will, dass wir beide noch eine Chance haben." Eine Träne rann mir über die Wangen und ich fing sie mit meiner Zunge ein. „Das hier ist die letzte Chance, die ich dir geben werde. Wenn du mein Vertrauen noch einmal missbrauchst, dann wirst du mich nie wiedersehen. Vergebung und Vertrauen sind keine unendliche Währung, sondern ein einmaliges Geschenk."

Mit einem kleinen Seufzer beendete ich meine Rede und blickte ängstlich zu Jakob, der stocksteif neben mir auf der Bank saß. Doch anstatt etwas zu sagen, schloss er plötzlich die Entfernung zwischen uns und zog mich so fest in die Arme, dass ich kaum noch Luft bekam. Seine eisblauen Augen blickten mich so ernst und voller Liebe an, dass ich wusste, dass ich die richtige Entscheidung getroffen hatte. Es würde nicht leicht werden, das war mir klar. Unsere Dämonen hatten sich nicht einfach in Luft aufgelöst. Aber wenn es jemand schaffen würde, dann waren es wir beide. Sein Atem kitzelte an meinem Ohr, als er „danke" flüsterte. Und dann küsste er mich endlich.

Epilog

„Komm endlich! Deinetwegen verpassen wir noch den Zug." Ich zerrte an Jakobs Oberarm, um ihn endlich vom Sofa hochzureißen. Dabei hatte ich Annies Stimme im Ohr, die ständig schimpfte, dass Jakob mittlerweile zum Inventar der WG gehörte. Doch unter ihrem ganzen Meckern hörte ich auch die ehrliche Freude heraus, dass ich endlich glücklich war. Denn das war ich, auch wenn unser Start ins Beziehungsleben noch etwas holprig verlief. In den Hollywoodfilmen sah immer alles so einfach aus: Sie küssten sich und lebten glücklich bis an ihr Lebensende. Bei uns hingegen war es eher ein vorsichtiges Herantasten. Während ich mich immer noch dabei ertappte, dass ich einen Fehler von Jakob erwartete, versuchte dieser beinahe krampfhaft, alles richtig zu machen. Manchmal ging er mir damit tierisch auf die Nerven, doch ich wusste, dass er es nur gut meinte. Es würde noch eine Weile dauern, bis wir unseren gemeinsamen Rhythmus gefunden hatten, das war uns beiden klar. Doch wir waren auf einem guten Weg – und dieser sollte uns heute nach München führen, sofern es mir gelang, Jakob zum Aufstehen zu bewegen.

„Ich will nicht fahren. In München wartet die irre Becky, und ich habe Angst vor ihr." Sein schiefes Grinsen verriet mir, dass zumindest ein Hauch Wahrheit in seinen Worten steckte. Er hatte tatsächlich Respekt vor Becky, was ich gut verstehen konnte, schließlich war sie ein 1A Bodyguard für mich gewesen! Doch diesen brauchte ich jetzt nicht mehr. Ich konnte gut auf mich selbst aufpassen und hatte Becky gebeten, nett zu Jakob zu sein. Zumindest ein kleines bisschen.

„Becky ist nicht irre, sondern meine Freundin. Außerdem wohnen wir übers Wochenende im Hotel. Wenn es dir zu viel wird, kannst du einfach in unser Zimmer gehen."

„Worauf habe ich mich da nur eingelassen? Ein Wochenende mit drei Mädchen in München. Ausgerechnet Sue, die einzig Vernünftige in eurem Haufen, kommt nicht. Den ganzen Tag shoppen, ins Musical gehen und euer Kichern ertragen. Ich muss komplett bescheuert gewesen sein, als ich zugestimmt habe", jammerte er, erhob sich aber dennoch brav vom Sofa.

„So ist es gut", lobte ich ihn und zog ihn schnell aus dem Wohnzimmer, damit er es sich nicht noch einmal anders überlegte.

„Ich hoffe, du weißt das Opfer zu schätzen, das ich für dich bringe." Seine Stimme verwandelte sich in ein tiefes Knurren und mir lief eine Gänsehaut den Rücken hinunter, als er meinen Hals ausgiebig küsste.

„Glaube mir, du wirst fürstlich entlohnt werden", versprach ich und freute mich bereits jetzt auf das Einlösen meines Versprechens. „Doch jetzt müssen wir zum Zug, denn er wartet nicht auf uns."

Wir erreichten den Zug in letzter Sekunde und ließen uns erschöpft auf die Sitze fallen. Die letzten Meter waren wir gerannt und ich war immer noch außer Puste.

„Ich schlafe ein bisschen." Jakob legte den Kopf auf meiner Schulter ab und kuschelte sich eng an mich, als er die Augen schloss.

Mit einem Anflug von Zärtlichkeit strich ich ihm die blonde Haarsträhne aus dem Gesicht, die ihm immer so vorwitzig in die Stirn fiel. Seit einer Weile war er häufig müde. Die Therapie war anstrengend, und er kam jedes Mal erschöpft aber zufrieden zurück. Natürlich wusste ich nicht, was sie dort genau besprachen, aber ich merkte sehr wohl, wie gut es ihm tat. Außerdem war er voll und ganz damit beschäftigt, eine Wohnung in der Nähe seiner Uni in Stuttgart zu finden. Nach seiner überstürzten Abreise aus London hatte er beschlossen, nicht mehr zurückzukehren, denn sein Auslandssemester wäre sowieso bald zu Ende gewesen. Seither pendelte er zwischen der neuen Wohnung seiner Mutter und unserer WG in Tübingen hin und her. Kurz hatten wir überlegt, zusammenzuziehen, doch den Gedanken schnell wieder verworfen. Wir wollten es langsam angehen lassen und nichts überstürzen.

Außerdem war ich mittlerweile so in mein Instagram-Projekt eingespannt, dass mir keine Zeit für die Wohnungssuche geblieben wäre. Kurzerhand hatte ich deshalb letzte Woche beschlossen, mir über das Schwarze Brett der Uni Unterstützung zu suchen. Die ersten interessierten Anfragen waren bereits eingetrudelt und ich freute mich schon darauf, jemanden auszuwählen.

Mittlerweile hatten auch meine Eltern von dem ganzen Drama erfahren, schließlich ließ sich so ein Fernsehinterview nicht lange verheimlichen. Mein Gesicht tauchte in verschiedenen Zeitungen auf und irgendwann kam, was kommen musste: der Anruf meiner Mutter. Sie war in Tränen aufgelöst und ich hatte Mühe, sie zu beruhigen. Immer wieder gab sie sich selbst die Schuld, dass sie damals in der Schule nichts bemerkt hatte. Doch es war meine eigene Entscheidung gewesen, nichts zu sagen. Allerdings konnte ich gut verstehen, dass es noch eine Weile dauern würde, bis sie die Neuigkeiten verdaut hatte.

Die größte Überraschung erreichte mich eines Tages von Lucy. Ein schlichter weißer Brief mit einem Foto von uns beiden aus Schultagen lag in meinem Briefkasten. Auf der Rückseite des Fotos stand nur: „Ich bin stolz auf dich, Lucy." Dieser Satz rührte mich so sehr, dass ich die Tränen wegblinzeln musste. Irgendwann würde ich über meinen Schatten springen und Lucy anrufen, das nahm ich mir fest vor. Doch ich war noch nicht bereit dazu und wollte mir die Zeit geben, die ich brauchte.

Mein Blick wanderte wieder zu dem schlafenden Jakob. Meine Gefühle für ihn hatten sich in der letzten Zeit verändert. Sie waren nicht mehr so explosiv wie früher, sondern waren ruhiger und tiefer geworden. Nach dem ganzen Drama hatte ich endlich das Gefühl, wieder atmen zu können, und ich genoss es, zusammen Pläne für die Zukunft zu schmieden. Für die nächsten Semesterferien hatten wir uns fest vorgenommen, zusammen nach London zu reisen – als Paar. Wir wollten noch einmal all die Plätze anschauen, mit denen wir so viele Gefühle und Erinnerungen verbanden. Und vor allem wollten wir neue Erinnerungen schaffen in der Stadt, die wir so sehr liebten: Zusammen mit Sam und den Jungs wollten wir in Deans Café sitzen und uns durch die Kuchenkarte schlemmen. Endlich zusammen nach Brighton ans Meer fahren und einen Tag im British Museum verbringen. Und natürlich eine weitere Runde auf dem Riesenrad am Londoner Himmel drehen.

Meine Gedanken glitten zurück zu dem Brief, den Jakob mir geschrieben hatte und in dem er mich bat, die Zeit in London niemals zu bereuen. Das würde ich nicht, da war ich mir sicher. Denn London hatte mir mehr geschenkt, als ich jemals für möglich gehalten hatte. Ich hatte Jakob gefunden, ich hatte uns gefunden und vor allem hatte ich mich selbst gefunden.